전화
번호부

전화번호부

2005년 5월 20일 초판 1쇄 찍음
2005년 5월 27일 초판 1쇄 펴냄

지은이 | 한성탁
펴낸이 | 김영현
편집 | 박문수, 정은영, 홍진, 강영특
디자인 | 여현미, 이선화
관리 · 영업 | 김경배, 김태일, 이용희

펴낸곳 | (주)실천문학
등록 | 10-1221호(1995.10.26.)
주소 | (121-820) 서울시 마포구 망원1동 377-1 601호
전화 | 322-2161~5, 팩스 | 322-2166
홈페이지 | www.silcheon.com

ⓒ 한성탁, 2005

ISBN 89-392-0511-1 03810

이 도서의 국립중앙도서관 출판시도서목록(CIP)은 e-CIP홈페이지
(http://www.nl.go.kr/cip.php)에서 이용하실 수 있습니다.
(CIP제어번호 : CIP2005001002

제11회 실천문학 신인상 장편 수상작

한 성 탁 장편소설

저화
번호부

실천문학사

| 차 례 |

1

대빵은 오늘도 꼭두새벽부터 독서에 열중했다.

장작개비처럼 비쩍 마른 몸을 벽에다 비스듬히 기대고, 꺾어 세운 무릎에다 단정하게 책을 올려놓은 채 독서에 몰두해 있는 대빵의 모습은 퍽 진지해 보였다. 간혹 책에서 눈길을 떼고 멍하니 천장을 올려다보며 무언가 자기만의 생각에 잠겨 있기라도 할라치면 마치 고뇌에 잠긴 어느 철학자의 모습처럼 제법 숭고해 보이기까지 했다. 인간이란 그 손에 무엇을 들고 있느냐에 따라서 이미지가 달라진다는 말이 맞기는 맞는 모양이었다.

하지만 누군가한테 두들겨 맞아서 군데군데 작살이 난 이빨을 드러내며 늘어지게 쩍쩍 하품을 해대거나, 시도 때도 없이 코딱지를 후벼 파서 아무 곳에나 픽픽 튕겨대거나, 혹은 가래침을 카악카악 뽑아내서 손바닥에 뱉어 자신의 낡은 추리닝 바지에다 쓱쓱 문질러대는 모습을 물끄러미 바라보고 있노라면, 저런 것이 과연 사람 대열에 설 수 있을까 하는 회의가 드는 것도 어쩔 수 없다.

대빵이 독서에 열중해 있는 동안, 우리는 대빵에게 최대한의 예의를 갖추기 위해 무척 겸손하고 복종적인 자세로 바짝 웅크리고 앉아 있어야 했다. 지랄같이 비좁은 방 때문에 서로서로 몸뚱어리를 밀어붙인 채 바짝 웅크리고 앉아야 하는 그런 복종적인 자세는 무척 불편하고 수치스러웠지만, 우리는 대빵의 입에서 '편히쉬어'라는 은혜로운 말씀이 떨어질 때까지 마냥 그렇게 앉아 있을 수밖에 없었다.

대빵이 매일같이 꼭두새벽부터 집요하게 들여다보는 책은 전화번호부였다. 일반 가정집의 티브이 장식장 위라든가, 음식점이나 슈퍼마켓의 계산대 옆이라든가, 혹은 공중전화 부스 같은 곳에서 흔히 발견할 수 있는 그런 전화번호부였다. 더욱이 대빵이 읽고 있는 것은 요즘에 나온 신간이 아니라 시중에서 굴러다니기 시작한 지도 무려 6년이나 지나서 이제는 그 효용 가치마저 무척 의심스러운 구닥다리 전화번호부였다. 그런데도 대빵은 누렇게 변색되어 폐품쪼가리나 다름없는 그 전화번호부를 가지고 거의 매일같이 꼭두새벽부터 독서에 파묻혀 지냈다. 정말 대단한 집념이 아닐 수 없었다.

사실 우리는 늘 피곤한 인간들이었다.

두 평 반쯤 되는 비좁은 방 안에서 무려 열두 명의 인간들이

먹고, 자고, 똥 싸고, 그리고 하루 종일 쪼그리고 앉아서 지내야 하는 일은 무척 힘들고 피곤하다 못해 어떤 초인적인 인내력까지 요구했다. 그뿐 아니라 이 비좁은 방 안의 대빵이라든가 이곳 수용소 실장한테 이따금씩 두들겨 맞아가며 하루하루를 근근이 보내야 하는 일은 너무도 불안하고 두렵고 지긋지긋했다.

우리는 지랄같이 비좁은 방 안에서 서로서로 몸뚱어리를 바짝 밀어붙인 채 고달픈 칼잠을 자다가 이곳 수용소의 규칙에 따라 오늘도 새벽 4시에 기상했다. 그런 뒤, 때에 절고 냄새에 찌든 너덜너덜한 군용 담요와 캐시밀론 이불을 단정하게 개어서 두부모를 자른 것처럼 방 한구석에다 반듯하게 정돈해놓았다. 그리고 대빵이 전화번호부를 가지고 독서를 시작하자 우리는 무척 겸손하고 복종적인 자세로 바짝 웅크리고 앉아 있는 중이었다. 우리는 매일같이 반복되는 그런 생활에 정말이지 미치고 환장하다 못해 머리가 돌아버릴 지경이었다.

우리가 이 비좁은 방 안에서 무척 겸손하고 복종적인 자세로 앉아 있으면서 할 수 있는 일이라곤 거의 없었다. 습관적으로 방바닥을 멍하니 내려다보며 뇌 세포를 몽롱하게 만들거나, 방 안에 나른하게 퍼져 있는 불안과 권태, 무료함 등에 지친 나머지 맞은편에 앉은 놈을 갑자기 맹렬히 쏘아보아서 그 인물이 당혹해하는 모습을 은밀히 즐기거나, 발가락을 열심히 꼼지락거리면서 그 움직임을 실없이 관찰하거나, 눈치껏 끄덕끄덕 졸거나, 옆 사람과 맞닿은 어깨며 엉덩이의 촉감에 하릴없이 신경을 곤두세우거나, 대빵이 독서하는 모습을 물끄러미 훔쳐보거나, 아니면 이제는 단물이 빠져버린 통에 아무런 맛과 향기도 느낄 수 없는 추억의 부스러기들을 몽롱하게 헤집어보는, 그런 일 따위밖에 할 일이라곤 정말 거의 없었다.

우리는 불안과 권태, 무료함 등에 지치면 이따금 습관처럼 창문을 바라보기도 했다. 하지만 오늘도 먼동이 트는 새벽이 오려면 아직도 멀었는지 창문 너머에는 여전히 칙칙한 보안등 불빛과 어둠만 볼썽사납게 드리워져 있을 뿐이었다. 창문의 유리는 아프리카 메기가 작년에 반란을 일으켰을 때 이미 박살이 났지만, 수용소 측에서 굳이 유리를 갈지 않고 밖에서 비닐만 덧씌운 탓에 쇠창살이 총총히 박힌 창문은 무척 꼴사납고 흉물스럽게 보였다. 그리고 창문 너머에서는 칙칙한 보안등 불빛이 오늘도 우리를 찰거머리처럼 감시하고 있었다. 우리는 정말이지 너무 피곤한 인간들이었다.

"이런 씨팔, 이 쌍년들이 아침 해장부터 나를 완전히 엿 먹이고 있네. 이 좆같은 년들이⋯⋯."

우리들이 무척 겸손하고 복종적인 자세로 우두커니 앉아 있는 동안에도 대빵은 혼자 독서에 몰두해 있다가 어떤 중대한 문제점이라도 발견했는지 습관처럼 저 혼자 씨부렁대기 시작했다. 우리는 좀 불안한 눈길로 대빵을 주목했다.

"이 쌍년들을 그냥 냅다 이 사시미 칼로 난도질을 해버려. 아니면 이 등산용 도끼로 박살을 내버려……."

　대빵은 좀 흥분했는지 전화번호부를 돌돌 말아 쥐었다. 전화번호부를 사시미 칼이나 등산용 도끼로 착각하는 그런 순간이 또 닥쳐온 모양이었다. 사실 대빵의 독서 습관에는 좀 문제가 있었다. 독서에 열중하다가 어떤 문제점이 발견되면 이성적으로 그리고 합리적으로 문제를 해결해보려는 노력은 전혀 보이지 않고 대뜸 '사시미 칼'이나 '등산용 도끼' 같은 흉측스런 단어를 마구잡이로 휘둘러대는 습관이 있었다.

　대빵은 오늘도 그런 흉측스런 독서 습관을 여지없이 드러내 보였다. 물론 대빵의 그런 모습을 보고 있노라면, 좀전에 우두커니 천장을 올려다보며 무언가 자기만의 생각에 잠겨 있을 때 언뜻 내비쳤던 고뇌에 찬 철학자의 모습 같은 것은 순식간에 증발되어버리기 일쑤였다. 그 대신 쌍욕이나 흉측스런 단어를 마구잡이로 휘둘러대는 한 추악한 인간의 모습만 드러날 뿐이었다. 인간이란 얼마나 수시로 그 모습이 변할 수 있고 또 허물어질 수도 있는가를 대빵은 우리에게 매일같이 산증인처럼 보여주었다.

　대빵이 흉측스런 욕설을 퍼부으며 흥분해 있으면 우리는 가급적 대빵하고 눈길이 마주치지 않도록 무척 조심할 필요가 있었다. 이왕이면 좀더 확실한 복종의 표시로 고개를 푹 숙이고 있거나, 아예 눈길을 방바닥에다 고정시킨 채 바짝 숨을 죽이고 있는 것이 비교적 안전했다. 흥분한 대빵한테 겁대가리 없이 혹은 자기도 모르는 사이 얼떨결에 정면으로 눈길이 이 마주치기라도 했다가는 정말 재수 옴 붙듯이 황당한 불행을 겪어야만 했다.

"너 이 새끼, 너 이리 나와 봐. 네놈이 방금 나를 비웃었지……? 나를 똑바로 쩨려보면서 노골적으로 나를 비웃었지? 내가 중학교밖에 나오지 않은 무식한 놈이고, 집도 절도 없이 떠돌던 건축목수였고…… 그리고, 그리고 나이 서른여섯에 결혼은 고사하고 애인 하나 없는 병신 같은 놈이라고 비웃고 있었지? 아니 아예 좆같은 놈이라고 씹어대고 있었지? 이 씹새끼야, 내가 병신 같은 놈이냐? 내가 좆같은 놈이야?"

대빵은 독특한 심령술을 가지고 있었기 때문에 대빵에게 걸려든 그 재수 없는 놈은 그저 속수무책으로 당할 수밖에 없었다. 꼭두새벽부터 별 뚜렷한 이유도 없이 누군가한테 무차별적으로 얻어터지는 일은 정말 서럽고 분하고 억울한 일이기 때문에 우리는 그저 대빵하고 눈길이 마주치지 않도록 최대한 주의를 기울여야만 했다. 그리고 대빵이 흥분을 가라앉히고 이성을 되찾을 때를 기다리는 수밖에 없었다.

하지만 이 비좁은 방 안의 그런 살벌한 분위기를 비웃고 조롱이라도 하듯 시도 때도 없이 노골적으로 히죽히죽 웃어대고 있는 무척 강직한 인물이 있었다. 우리가 무척 겸손하고 복종적인 자세로 바짝 웅크리고 앉아 있는 동안에도 그 인물만은 항상 두 다리를 편안하게 쭉 뻗고 있으면서 이 비좁은 방 안의 엄격한 질서와 규율을 깡그리 무시했다. 그리고 세상이 같잖다는 듯이 쉴 새 없이 히죽히죽 웃으면서 그 누군가를 혹은 그 무언가를 끊임없이 비웃고 조롱하고 있었다. 정말 대단한 인물이 아닐 수 없었다.

그 대단한 인물은 방아깨비였다.

방아깨비는 사실 그 강직한 특성 때문에 집에서 버림받은 인물이었다. 방아깨비는 좀 특이한 병을 앓았는데 다운증후군이었다. 그래서인지 하루 종일 저 혼자 쉴 새 없이 고개를 끄덕이면서 히죽히죽 웃어댔다. 물론 그 누군가를 혹은 그 무언가를 끊임없이 비웃고 조롱하고 있었다. 심지어 대빵마저 방아깨비의 그 비웃음과 조롱의 특권을 속수무책으로 인정해줄 수밖에 없었다. 어쩌면 방아깨비는 이 비좁은 방 안의 최고 권력자인 대빵을 향해서 노골적으로 비웃음과 조롱을 퍼부을 수 있는 유일한 인물인지도 몰랐다. 또한 이곳 수용소에 대해서 그리고 이곳 수용소 너머 자유가 난무하는 저 아득한 사회에 대해서 쉴 새 없이 비웃고 조롱을 퍼부을 수 있는 유일한 인물인지도 몰랐다. 방아깨비는 잠만 깨면 늘 쉴 새 없이 고개를 끄덕이면서 저 혼자 히죽히죽 웃어대고 있었던 것이다.

하지만 우리는 방아깨비가 아니었기 때문에 감히 히죽히죽 웃으면서 대빵한테 비웃음이나 경멸을 퍼부을 수는 없었다. 우리가 할 수 있는 일이라곤 그저 대빵하고 눈길이 마주치지 않도록 좀더 고개를 푹 숙이고 황당한 불행의 그림자가 제발 자신에게만은 덮치지 않기를 빌며 마음을 졸이는 것뿐이었다. 사람에게는 다 자기 나름대로의 처세법이 있는 것이고, 그 처세법을 따라야 손해를 보지 않을 확률이 많은 법이었다.

"아아, 씨팔, 도대체 쓸만한 년들이 눈에 띄어야 말이지. 쓸만한 년들이……."

대빵은 저 혼자 씨부렁대다가 습관처럼 고뇌의 한숨을 푹푹 내쉬었다. 그러다가 어떤 심경의 변화를 일으켰는지 사시미 칼이나 등산용 도끼처럼 돌돌 말아 쥐었던 전화번호부를 다시 펼쳐 들었다. 그리고 빈약한 상체를 다시 벽에다 비스듬히 기대고 손가락에다 침을 퉤퉤 뱉어가며 책장을 넘기기 시작했다. 아마도 저 혼자 씨부렁대며 욕설을 퍼붓는 동안에 어떤 해결점이라도 찾아낸 모양이었다.

우리는 방 안에 다시 찾아온 고요한 분위기에 우선 안도의 한숨을 내쉬었다. 어쨌든 지금까지는 누군가가 씹창나게 얻어터지지 않고 시간을 잘 죽여온 셈이었다. 그렇지만 대빵이 언제 또다시 변덕을 부릴지 알 수 없었기 때문에 우리는 좀체 마음을 놓을 수가 없었다. 대빵은 마치 사탕을 손에 쥔 네댓 살짜리 어린아이처럼 시도 때도 없이 변덕을 부렸기 때문에 사실 우리는 늘 불안할 수밖에 없었다.

2

어제 새벽에는 필리핀 염소가 대빵에게 씹창나게 두들겨 맞았다. 대빵의 독특한 심령술에 따르면 필리핀 염소가 자기를 아주 노골적으로 노려보며 비웃고 씹어댔다는 거였다. 물론 필리핀 염소는 얻어터지면서도 한사코 자신의 결백을 주장했지만 결코 대빵의 독특한 심령술을 뒤집어엎을 수는 없었다.

사실 대빵 같은 권력자는 어떤 독특한 심령술이나 신통력을 가지고 있게 마련이었다. 그리고 그 신통력으로 자신의 권력이나 권위를 확인해보고 싶은 아주 독특한 욕망마저 가지고 있게 마련이었다. 그렇기 때문에 필리핀 염소로서는 대빵의 신통력 앞에서 속수무책일 수밖에 없었다. 필리핀 염소는 두들겨 맞다가 마침내 궁여지책으로 대빵을 노려본 게 아니라 전화번호부를 훔쳐보고 있었다고 둘러댔다. 하지만 지혜를 짜낸 그 대답은 불행하게도 대빵의 화만 더욱 돋우는 결과를 초래하고 말았다.

"뭐야? 감히 이 전화번호부를 훔쳐보고 있었어? 아아, 이 도적놈이, 이 날강도 같은 놈이, 이 음탕한 놈이, 감히 이 전화번호부를 훔쳐보고 있었어? 감히 이 전화번호부에 있는 내 여자들을 훔쳐보고 있었어? 이 늙은 놈이 침을 질질 흘리면서 감히 내 여자들을 훔쳐보고 있었어? 물론, 물론 훔쳐보기만 했던 것은 아닐 테지. 결코 훔쳐보기만 했던 것은 아닐 테지, 그렇지?

이 더럽고, 음탕하고, 파렴치한 늙은 수캐야, 그렇지?"

대빵은 무척 흥분해서 날뛰기 시작했다. 사실 대빵이 매일같이 꼭두새벽부터 전화번호부를 가지고 독서를 하는 것은, 전화번호부에 있는 여자들 중에서 자신의 마음에 드는 여자의 이름을 고르려는 어떤 습관적인 욕망 때문이었다. 물론 전화번호부에 있는 여자들은 모두 대빵의 여자들이나 마찬가지였다. 이 비좁은 방 안에서 오직 대빵만이 전화번호부를 손에 쥘 수 있었기 때문에 전화번호부에 있는 여자들을 열람하고 선택하고 주물러댈 수 있는 그 엄청난 권리도 당연히 대빵만이 가지고 있었다. 그런데 필리핀 염소가 전화번호부에 있는 여자들을 훔쳐보고 있었다고 실토를 했으니 대빵이 노발대발하는 것도 당연한 일이었다. 대빵은 마치 자신의 여편네가 외간 남자한테 능욕이라도 당한 것처럼 무척 흥분해서 설쳐댔다.

"이 늙은 수캐가 감히…… 감히 내 여자들을 훔쳐보고 있었어? 물론 훔쳐보기만 했던 것은 아닐 테지, 결코 훔쳐보기만 했던 것은 아닐 테지, 브라자도 벗기고 빤쓰도 벗겼을 테지, 안 그래? 이 늙은 수캐야, 그렇다고 빨리 실토를 안 해? 빨리 사실대로 안 불어?"

대빵은 필리핀 염소의 앙상한 턱수염을 손아귀에 바짝 틀어쥐면서 사정없이 뺨을 갈겨대기 시작했다. 필리핀 염소는 비명을 지르며 괴로워하다 마침내 또다시 실토를 했다. 물론 필리핀 염소의 실토가 진심에서 나온 것인지, 아니면 대빵의 폭력에 겁을 집어먹고 그냥 엉겁결에 내뱉은 것인지, 우리로서는 알 수 없었다. 필리핀 염소는 허겁지겁 실토를 했다.

"마, 맞습니다. 훔쳐보기만 했던 게 아니라…… 브라자도 벗기고 빠, 빤쓰도 벗겼습니다. 예예, 맞습니다, 브라자하고 빤쓰도 벗겼습니다."

"흥, 이 늙은 수캐가 이제야 진실을 털어놓기 시작하는군. 그런데 브라자를 벗기고 빤스마저 벗겼는데, 네놈이 그냥 가만히 있었을 리가 만무하잖아, 안 그래? 도대체 몇 번이나 올라탔어? 몇 번이나 올라탔냐고?"

"에고고, 에고고. 나는 결코…… 결코…… 여자들을 올라타지는 않았습니다. 그냥 브라자하고 빤쓰만 벗겼습니다. 그냥 브라자하고 빤쓰만……."

"이 늙은 수캐가 정신을 좀 차린 줄 알았더니 끝까지 지랄하고 있네. 브라자하고 빤쓰까지 벗겼는데 당신 같은 색골이 가만히 있었다면 어느 병신 같은 놈이 그 말을 곧이곧대로 믿겠어? 안 그래? 그러니 어서 바른대로 불어. 빨리 안 불어?"

대빵은 필리핀 염소의 귀를 잡아 비틀기도 하고 주먹으로 옆구리를 내지르기도 하면서 끈질기게 진실을 요구했다. 물론 진실은 이미 대빵의 뇌 세포에 입력되어 있었기 때문에 필리핀 염소는 그저 지옥의 문턱에서 악전고투할 수밖에 없었다. 필리핀 염소는 비명을 내지르면서도 최후의 선만은 넘지 않으려고 무척 안간힘을 썼다.

"에고고, 에고고……. 정말, 정말입니다. 나는 결코 전화번호부에 있는 여자를 올라타지 않았습니다. 이건 진심입니다, 진심……. 다만, 다만 브라자하고 빤쓰만 벗겼을 뿐입니다. 브라자하고 빤쓰만. 에고고, 에고고……."

"이 늙은 수캐가 나를 완전히 바지저고리 취급하고 있네. 브라자하고 빤쓰만 벗겨놓고 올라타지 않았다면 어느 개새끼가 믿겠냐고, 안 그래?"

"에고고, 에고고. 진심입니다, 진심. 다만 브라자하고 빤쓰만 벗겼을 뿐입니다. 아아, 제발, 제발……."

"이 늙은 수캐가 나를 완전히 돌아버리게 만드는군."

대빵은 진짜 돌아버렸는지 필리핀 염소의 이마를 자신의 대갈통으로 쾅 하고 들이받았다. 필리핀 염소는 대번에 방바닥으로 나동그라졌다. 대빵은 그런 필리핀 염소를 발로 걷어차고 지끈지끈 밟아대기 시작했다. 필리핀 염소는 마침내 지옥의 문턱에서 더 이상 버티지 못하고 또다시 실토를 했다.

"예예, 올라탔습니다, 올라탔습니다. 전화번호부에 있는 여자를 올라탔습니다. 에고고, 에고고. 나 죽네, 나 죽어……."

"좋아. 그럼 누구를 올라탔어? 그 여자 이름이 누구야? 누구냐고? 어떤 개쌍년이냐고?"

"이, 이름은…… 이름은…… 이름은……."

"이 씹새끼야, 더듬거리지 말고 빨리 똑바로 안 불어?"

"최, 최순자를 올라탔습니다. 최, 최순자……."

"최순자? 흥, 진작에 실토를 했으면 덜 맞았을 것 아냐?"

대빵은 필리핀 염소의 실토를 듣고 나서 부리나케 전화번호부를 뒤적이기 시작했다. 마치 자신의 여편네가 간통을 하고 있다는 긴급연락을 받고 허겁지겁 간통 현장으로 달려가고 있는 것처럼 무척 다급한 몸짓이었다. 대빵은 이윽고 전화번호부에서 기적처럼 최순자의 이름을 발견했다. 그 순간 대빵은 자신의 머리카락을 쥐어뜯으며 비통하게 부르짖었다.

"아아, 이 더러운 년놈들…… 이, 이 더러운 년놈들……."

대빵이 절망하는 모습을 보고 필리핀 염소는 대번에 새파랗게 질려버렸다. 극심한 절망은 곧 엄청난 적개심이나 폭력을 동반할 수도 있다는 것을 필리핀 염소도 알고 있는 모양이었다. 하지만 대빵은 일단 꾹 눌러 참고 필리핀 염소를 또다시 지옥의 문턱으로 몰아붙이기 시작했다.

"흐흥, 최순자, 그 최순자 말고 또 누구를 올라탔지? 어서 사실대로만 불어. 내가 더 이상 돌아버리기 전에 빨리 사실대로만 불으라고……."

"저는, 정말이지 최, 최순자만 올라탔습니다. 진심입니다, 진심……."

"이 씹새끼가……."

"아, 아니 유, 유명숙도 올라탔습니다. 유, 유명숙……."

대빵은 또다시 부리나케 전화번호부를 뒤적였다. 대빵은 마침내 전화번호부에서 유명숙의 이름도 발견했다. 대빵은 무척 기가 막힌 모양이었다. 필리핀 염소를 한동안 뚫어지게 쏘아보다 또다시 족쳐대기 시작했다.

"또, 또 누구를 올라탔어? 또 누구를 올라탔냐고?"

"또, 또…… 박혜영도 올라탔습니다, 박혜영."

필리핀 염소는 마침내 자포자기에 빠졌는지 아니면 실제로 그 많은 여자들을 올라탄 적이 있었는지 아주 술술 실토를 하기 시작했다. 대빵은 이제는 굳이 전화번호부를 일일이 확인해볼 필요도 없다는 듯이 필리핀 염소의 턱밑에 바짝 달라붙어서 숨 가쁘게 진실을 캐들어갔다.

"또 누구를 올라탔어?"

"황, 황윤희도 올라탔습니다."

"또 누구를 올라탔어?"

"박미숙도 올라탔습니다."

"또 누구를 올라탔어?"

"김, 김수정도 올라탔습니다."

"김, 김수정도……?"

대빵은 진실을 캐내는 일에 지쳐버렸는지 갑자기 입을 다물었다. 그리고 필리핀 염소를 바보처럼 멍하니 바라보았다. 필리핀 염소의 입에서 의외로 수많은 여자들의 이름이 술술 내뱉어지자 대빵은 마침내 진실을 캐내는 것이 두려워졌거나 아니면 필리핀 염소의 진실에 대해서 어떤 의혹을 품기 시작했는지도 몰랐다. 아니면 쉰아홉 살인 필리핀 염소의 그 엄청난 정력이라든가 여성 편력에 그만 기가 질려버렸는지도 몰랐다.

대빵이 어떤 복잡한 생각에 빠져서 바보처럼 멍하니 천장을 바라보고 있자 필리핀 염소는 마치 승리자처럼 제법 의기양양해 보이기까지 했다. 대빵은 이윽고 복잡한 생각이 정리가 되었는지 필리핀 염소를 냅다 발로 걷어차고 주먹으로 두들겨 패기 시작했다. 어쨌든 필리핀 염소가 전화번호부에 있는 여자들을 올라탔다고 실토했는데도 그런 필리핀 염소를 그대로 가만히 놓아둔다면 대빵의 권력이라든가 권위, 자존심 같은 것에 완전히 똥칠을 하는 것이나 다름없었다. 사실 전화번호부에 있는 여자들은 모두 대빵의 여자들이었던 것이다. 필리핀 염소는 꼭두새벽부터 대빵한테 두들겨 맞으면서 그저 비명만 내지르는 수밖에 없었다.

"에고고, 나 죽네, 나 죽어……. 에고고, 에고고. 제발, 제발. 에고고, 에고고……."

우리는 쉰아홉 살의 필리핀 염소가 서른여섯 살의 대빵한테 썹창나게 두들겨 맞는 모습을 구경하면서 내심 전전긍긍하지 않을 수 없었다. 대빵은 독특한 심령술을 가지고 있었기 때문에 또다시 누가 그 독특한 심령술에 덜컥 걸려들지 알 수 없는 일이었다.

3

우리는 정말 피곤한 인간들이었다.

대빵이 전화번호부를 가지고 독서를 하면서 마음에 드는 여자를 고르고 있는 동안 우리는 무척 겸손하고 복종적인 자세로 바짝 웅크리고 앉은 채 그저 멍하니 시간을 죽이고 있을 수밖에 없었다. 대빵의 입에서 '편히쉬어'라는 그 감격적인 은혜의 말씀이 떨어지지 않는 한 우리는 이 비좁은 방 안에서 그야말로 살아 있는 시체나 다름없었다. 살아 있는 시체가 아니고서는 도저히 이 질식할 것 같은, 이 미칠 것 같은, 이 환장할 것 같은, 이 좆같은, 이 염병할 것 같은 비좁은 방 안에서, 꽉 쟁여진 짐짝처럼 서로의 몸을 밀어붙인 채 무척 겸손하고 복종적인 자세로 바짝 웅크리고 앉아 있을 수가 없었다.

'살아 있는 시체.'

참으로 소름이 끼치는, 그러면서도 어떤 서글픈 철학적인 냄새가 풍기는 그 단어를 최초로 꺼낸 인물은 중국 돼지였다. 작년 여름에 마치 한 마리 돼지처럼 이곳에 끌려왔던 중국 돼지는 그동안 눈부시게 성장해서 이제는 이 비좁은 방 안의 제2인자 자리에까지 올라와 있었다. 대빵이 이 수용소에 끌려온 지 5년이 넘었고, 또한 이곳에 끌려온 지 3년 혹은 4년이 넘는 고참들이 줄줄이 있었지만 중국 돼지는 그 고참들을 제치고 짧은 기간 안에 무척 괄목할 만한 성장을 했던 것이다. 그 중국 돼지가 이제는 대빵의 옆자리에서 무척 겸손하고 복종적인 자세로 웅크리고 앉은 채 장차 이 비좁은 방 안의 대빵 자리를 물려받을 경력을 쌓아가고 있었다.

작달막한 키에다 통통한 체격 그리고 쉰여섯의 나이에 벌써 머리카락이 반백이 되어버린 탓에 중국 돼지는 막말로 누구한테 노인네 취급을 당해도 할 말이 없는 위인이었다. 중국 돼지가 이곳에 끌려온 것은 작년 여름, 그러니까 우리들이 이 비좁은 방 안에서 무더위 때문에 한창 정신없이 헉헉대고 있을 때였다.

경기도 성남에서 염색공장을 다니던 중국 돼지가 이 도시에까지 오게 된 것은 가출한 딸을 찾기 위해서였다. 젊어서부터 공사판이며 공장 등을 떠돌다가 뒤늦게 결혼해서 겨우 딸을 하나 두었지만, 아내가 가난에 지쳐 가출하자, 중학교 2학년이었던 딸마저 가출을 해버렸던 것이다. 중국 돼지는 백방으로 수소문한 끝에 가출했던 딸이 티켓다방에서 일하고 있다는 정보를 입수하고 그곳을 덮쳤지만 딸은 이미 자취를 감춘 뒤였다.

중국 돼지는 절망한 나머지 가게에서 소주를 사서 길거리에서 나발을 불기 시작했다. 그리고 나중에는 술에 곤드레가 되어 남의 집 대문 앞에서 팬티 차림으로 곯아떨어져버렸다. 엉망으로 술에 취한 나머지 남의 집 대문 앞을 자신의 집으로 착각했던 것이다. 밤늦게 귀가하던 집주인이 기겁을 하고 경찰에 신고했지만 중국 돼지는 파출소로 실려 가지 않고 엉뚱하게도 이곳 부랑인 수용소로 끌려오고 말았다. 경찰은 어쩌면 불그죽죽한 얼굴과 통통한 몸집, 그리고 초라한 옷차림 같은 것 때문에 중국 돼지를 한 인간으로 보지 않고 우리를 뛰쳐나온 한 마리 짐승쯤으로 여겨서 이곳 수용소 측에 넘겨주었는지도 몰랐다. '선진적인 거리질서 정화'를 위해서는, 그리고 일반 시민들이 안심하고 살아가도록 하기 위해서는, 결코 거리에 짐승이 돌아다녀서는 안 되었던 것이다.

중국 돼지는 이곳에 실려 온 뒤에도, 이 비좁은 방과 곧바로 연결되어 있는 재래식 변소 앞에서 세상모르고 곯아떨어져 있다가 다음날 해가 중천에 떴을 무렵에야 겨우 기척을 했다. 어쩌면 재래식 변소 문틈에서 쉴 새 없이 기어 나온 구더기들이 알몸을 기어 다니는 통에 그 간지러움 때문에 정신을 차렸거나, 아니면 금방이라도 숨통이 막힐 것 같은 무더위 때문에 깨어났는지도 몰랐다.

중국 돼지는 남아 있는 흐릿한 술기운 때문인지 한동안 멍한 표정으로 방 안을 이리저리 둘러보았다. 어쩌면 중국 돼지는, 우리 집에 왜 이상한 놈들이 떼거지로 앉아 있는 것일까 하고 무척 의아해했는지도 몰랐다. 그러다 자신이 메리야스나 팬티도 없이 알몸이라는 것을 알아차리고 팬티를 찾느라고 허둥댔지만 오줌으로 범벅이 된 그 속옷들은 이미 재래식 변소 밑바닥으로 처박힌 지 오래였다. 또한 이 비좁은 방 안이 자신의 집이 아니고 무언가 대단히 기분 나쁘고 이상하고 수상스런 곳이라는 것을 깨달았는지 중국 돼지의 표정은 차츰 공포와 두려움으로 질려갔다.

"그러니까 실례지만…… 아무튼 무어라고 말씀을 꺼내야 좋을지…… 그러니까 물론 대단히 죄송하지만…… 그러니까 실례의 말씀이……."

중국 돼지는 땀을 뻘뻘 흘리며 연신 더듬더듬 입을 열었다.

"그러니까 어쨌든…… 무어라고 말씀을 해야 좋을지…… 물론 실례가 안 될지 모르겠지만…… 그러니까 대단히 실례가 될지 모르겠지만……."

중국 돼지는 곁눈질로 이 비좁은 방 안의 분위기를 쉴 새 없이 살펴가며 이상한 암호 같은 말만을 자꾸 되풀이했다. 우리는 중국 돼지가 팬티도 없이 알몸인 채로 이상한 암호 같은 말을 자꾸 횡설수설해대고 있는 모습을 그저 측은하게 바라볼 수밖에 없었다. 그러면서 우리는 대빵의 입에서 무언가 한마디 내뱉어지기를 끈기 있게 기다렸다. 대빵은 역시 독특한 심령술을 가진 위인답게 중국 돼지가 횡설수설하는 암호의 내용을 이미 다 해석한 모양이었다. 중국 돼지가 잠시 주춤거리고 있다가 다시 허겁지겁 말문을 꺼내려 하니 대빵이 버럭 고함을 질렀다.

"그러니까 어쨌든…… 물론 실례가……."

"이 좆같은 새끼야, 알았으니까 그만 주둥아리 닥쳐."

"제 말씀은 그러니까…… 뭐라고 말씀을…… 그러니까 어쨌든 실례의 그것이 될지 모르겠지만…… 그러니까…….”

“이 씹새끼야, 알았으니까 그만 주둥아리 닥치라니까…….”

“저는 그러니까…… 사실 어떤 욕망 때문에…….”

“뭐, 욕망……?”

대빵은 중국 돼지의 입에서 갑자기 튀어나온 무척 선정적인 단어 때문인지 잠시 얼떨떨한 표정을 지었다. 대빵의 얼굴은 점점 묘하게 일그러졌는데 아마도 욕망이라는 단어의 기준에 대해서 잠시 헷갈린 모양이었다. 사실 욕망이라는 단어를 접하면 우선은 남녀의 어떤 적나라한 장면이 떠올려지게 마련이었다. 대빵은 마침내 욕망이라는 단어에 대해서 나름대로의 어떤 기준을 정했는지 갑자기 묘하게 웃음을 터뜨렸다.

“낄낄낄…… 욕망? 흐흥, 욕망이라, 욕망…… 낄낄낄…… 그러니까 네놈은 지금 욕망에 굶주려 있다 이거지? 그러니까 아예 알몸으로 그렇게 개기고 있다 이거지? 이 씹새끼야, 여기가 창녀촌인 줄 알아? 우리가 암컷들로 보이냐? 저 개새끼, 완전히 돌은 놈 아냐? 섹스에 굶주려서 환장한 놈 아냐? 혹시 변태 아냐? 이 씹새끼야, 우리를 우롱해도 유분수지. 너 지금 뒈지려고 환장했냐? 이곳에서 감히 욕망을 찾아? 욕망……?”

“아니, 아니. 저는 그것이 아니라, 그러니까 그게 아니라…… 그러니까 어쨌든…… 말하자면 실례의 그것이 될지 모르겠지만…….”

중국 돼지가 다급히 손을 내저으며 또다시 그 특유의 암호 같은 말을 더듬거리고 있자 대빵은 마침내 주먹으로 방바닥을 쿵쿵 쳐대며 버럭 고함을 질렀다.

"이 씹새끼야, 말을 빙빙 돌리지 말고 그리고 부끄러워하지 말고 단칼에 내뱉어보란 말이야, 단칼에……. 도대체 네놈이 하고자 하는 말이 뭐야? 욕망을 풀기 위해서, 그러니까 한탕 뛰기 위해서 여자를 한 명 데려다달라는 거야 뭐야? 지금 당장 여자를 불러줘? 젊은 여자를 불러줄까, 늙은 여자를 불러줄까? 욕망을 풀려면 아무래도 늙은 여자보다는 젊은 여자가 낫겠지, 안 그래? 아예 영계를 데려다줄까?"

"아니, 아니 그게 아니라……. 그러니까 내 말은 그런 욕망이 아니라……. 그러니까 말하자면 이곳이 어디인지 알고 싶은 욕망……. 이곳이 도대체 어디인지 알고 싶은 그런 간절한 욕망……. 그런 욕망, 그런 욕망……."

"그러니까, 그러니까……."

대빵은 말꼬리를 흐리며 벌레 씹은 표정으로 얼굴을 일그러뜨렸다. 그리고 중국 돼지를 사납게 쏘아보았다. 자신의 독특한 심령술을 웃음거리로 만든 듯한 중국 돼지를 발로 그냥 콱 밟아버릴까 아니면 주먹으로 냅다 후려살겨버릴까 하고 무척 고뇌하는 것 같았다. 그렇지만 팬티도 없이 알몸으로 바들바들 떨고 있는 중국 돼지의 몰골을 보고 일단 참아두기로 작정을 한 모양이었다.

"알았어. 네놈의 욕망에 대해서 내가 아주 간단하고도 확실

하게 알려주지. 이곳은 지옥이다. 지옥, 지옥, 지옥……. 지옥
이란 말이야, 알겠냐? 지옥, 지옥, 인간지옥. 인간지옥이란 말
이다. 이제 알겠어?"

그동안 가슴에 맺혔던 어떤 울분과 분노와 슬픔을 토해내듯
이 그리고 그 무언가에 대해서 격렬히 저항이라도 하듯이 대빵
이 꽥꽥 고함을 질러댔기 때문에 중국 돼지는 깜짝 놀라서 후
다닥 양손으로 방바닥을 짚고 바들바들 몸을 떨었다. 임산부처
럼 아랫배가 볼록 튀어나온데다 비곗덩어리처럼 통통하게 살
이 찐 중국 돼지의 알몸에서는 공포에 질려서인지 아니면 더위
에 시달려서인지 쉴 새 없이 땀방울이 흘러내렸다.

"지옥? 지옥? 지옥? 지옥……?"

중국 돼지는 마치 생전 처음 듣는 말이라는 듯이 고개를 갸
우뚱해가며 지옥이라는 단어를 열심히 되새김질했다. 그러다
마침내 지옥이라는 단어의 의미를 깨달은 모양이었다. 그래서
인지 중국 돼지는 우리가 귀신인지 유령인지, 아니면 저승사자
들인지 확인을 해보듯이 공포에 질린 눈으로 쉴 새 없이 우리
를 힐끔거리며 살펴보았다. 그리고 한편으로는 자신의 볼을 꼬
집어보기도 하고 좌우로 머리를 세차게 흔들어보기도 하면서,
자신이 죽은 혼령인지 아니면 살아 있는 육체인지 나름대로 열
심히 확인을 해보는 것 같았다.

중국 돼지는 이윽고 모든 것을 알아차린 모양이었다. 자신이
술에 취해서 곤드레가 되어 있는 사이, 무언가 기분 나쁘고 좆

같은 일이 벌어졌고 그리고 이 지옥 같은 곳에 끌려왔다는 것을 눈치 챈 것 같았다. 그래서인지 중국 돼지는 모든 걸 체념해 버린 사람처럼 고개를 푹 숙이고 이 비좁은 방 안에서 제일 말석이나 다름없는, 구더기가 쉴 새 없이 꿈틀거리며 기어 나오는 재래식 변소 앞에서 우리를 따라 무척 겸손하고 복종적인 자세로 웅크리고 앉았다. 이 비좁은 방 안의 생존조건에 대해 누가 일부러 가르쳐주지 않았어도 중국 돼지는 눈치껏 터득을 한 모양이었다.

하지만 다음날 아침이 되자 중국 돼지는 전혀 딴사람처럼 변해버렸다.

"내가 왜 이곳에 있어야 합니까? 내가 왜 이곳에 있어야 하냐고요? 제발 나를 이곳에서 내보내줘요. 제발 나를 내보내줘요. 제발, 제발, 제발. 아아, 제발……."

이곳 수용소 최고위층인 원장님과 총무님이 새로 끌려온 중국 돼지의 상태를 시찰하러 왔을 때 중국 돼지는 입에 게거품을 물며 거의 결사적으로 애원했다. 심지어 총무님의 바짓가랑이를 붙들고 늘어지기까지 했다. 물론 한 끗발이라도 더 높은 원장님을 붙들고 늘어지고 싶었겠지만 원장님은 여자이고 게다가 치마를 입었기 때문에 차마 원장님의 종아리나 허벅지를 붙들고 늘어지지는 못한 모양이있다. 물론 관청에서 파견 나온 공무원인 사회복지사가 입회해야 했지만, 그 사회복지사는 이곳 수용소에 출근을 한 뒤 사무실에 처박혀서 혼자 바둑을 연구한다든가, 아니면 느닷없이 승용차를 몰고 나가서 드라이브를 즐긴다든가, 아니면 변두리 당구장에 가서 담배 내기 당구로 시간을 때운다든가 하는, 매우 독특한 근무철학을 가진 위인이었기 때문에 사회복지사가 이런 때, 이곳에 입회해주기를 기대한다는 것은 어리석은 일이었다.

"제발, 제발 나를 내보내줘요. 제발, 제발……."

"이 자식아, 너를 뭘 믿고 내보내줘? 너를 뭘 믿고……?"

총무님은 자신의 바짓가랑이를 붙잡고 늘어지는 중국 돼지가 무척 징그럽다는 듯이 냅다 발길로 걷어차며 버럭 고함을 질렀다. 중국 돼지 같은 인물을 한두 명 아니 한두 해 상대해본 것이 아니기 때문에 그런 때는 그냥 냅다 걷어차버리는 것이 자신의 권력이나 권위를 지키는 데 무척 효과가 있다고 나름대로 터득한 모양이었다.

"나는 전화번호가 있어요, 전화번호가……."

중국 돼지는 뒤로 나동그라졌지만 다시 허겁지겁 일어났다. 그리고 어떤 악성 병원균이라도 옮을까 봐 방문턱에서 미적거리며 서 있는 원장님에게 자신의 처지를 필사적으로 하소연하기 시작했다.

"제발, 제발……. 나를 내보내줘요. 나는 전화번호가 있어요. 전화번호가, 전화번호가 있어요. 여기 이렇게 전화번호가 있어요."

중국 돼지는 호주머니에서 한 장의 종이를 꺼내 맹렬하게 흔들었다. 중국 돼지는 간밤에 옆자리의 누군가하고 귓속말을 속삭이더니 이곳 수용소에 대해서 이것저것 제법 많은 것을 알아낸 모양이었다. 이곳은 부랑인 수용소이며, 이곳에 한번 끌려오면 연고지에 전화가 없거나, 설사 연고지에 전화가 있더라도 수용소 측에서 단 한 번 전화 연락을 해보는데 그날 재수 없게 전화 연락이 되지 않거나, 설령 전화 연락이 되더라도 집안 식구들이 인도를 거부하면, 이 비좁은 방 안에서 최소한 5년 정도는 꼼짝없이 강제로 갇혀 있어야 하고, 그 후에야 모범수 같은 신분으로 승격이 되어서 자물쇠를 채우지 않는 자유로운 숙소, 즉 자유사동으로 옮겨준다는 말을 들은 모양이었다. 그 끔찍하고도 절망적인 말에 중국 돼지는 밤새도록 불안과 공포에 떨며 잠을 못 이루었겠지만 어쩌면 그 절망적인 불안과 공포가 의외로 중국 돼지에게 용기를 심어주었는지도 몰랐다.

"아아, 나를 내보내줘요. 제발 내보내줘요. 나는 이렇게 전화번호가 있어요. 전화번호가 있어요. 그러니 나를 내보내줘요. 제발, 제발, 제발……."

중국 돼지가 쉴 새 없이 고개를 꾸벅여대며 결사적으로 애원하자 원장님은 마지못해 중국 돼지에게서 종이쪽지를 건네받았다. 그리고는 원장님과 총무님 뒤에서 몽둥이를 들고 눈알을 부라리며 서 있는 실장에게 일단 전화 연락을 해보라고 지시했다. 실장은 종이쪽지를 들고 나갔다가 얼마 후 씩씩거리며 되돌아왔다.

"저 씨팔놈이 헛소리를 했어요. 저 돼지 같은 놈이 사기를 쳤어. 아무튼 연락이 안 돼요. 연락이 안 돼. 부도수표야, 부도수표……."

실장의 단호한 보고에 총무님은 벌컥 화를 냈다.

"얀마, 통화도 되지 않는 전화번호를 무엇 하러 가지고 다녀? 그리고 그런 부도수표를 왜 우리한테 건네주는 거야? 이 새끼야, 네놈이 그런 정신머리니까 술에 취해 남의 집 대문 앞에서 팬티 바람으로 곯아떨어지기나 하지. 이 쌍놈의 새끼야……."

중국 돼지는 자신의 전화번호 메모지를 쫙쫙 찢어버리는 총무님의 행동에 일단 기가 죽은 모양이었다. 그렇지만 실장이 실제로 전화 연락을 해보았는지, 아니면 전화를 건 뒤에 신호음이 뚜뚜뚜 하고 있을 때 단 몇 초 만에 그냥 찰칵 끊어버린 것은 아닌지 이곳에 갇혀 있는 처지로서는 도무지 알 길이 없었다. 우리는 늘 그 점을 의심하고 있었다.

사실 이곳 수용소는 수용 인원을 최대한 많이 확보해두어야 할 필요가 있었다. 그래야 수용소 측의 예산이 커지고 그에 따라 이곳 수용소 최고위층들의 이윤과 이득 혹은 떡고물 같은 것이 최대한 늘어나는 모양이었다. 그 때문인지 이곳에 끌려온 사람들이 애써 가르쳐준 전화번호는 대부분 통화 불능으로 판명이 되곤 했다. 중국 돼지는 이곳 수용소의 그런 복잡하고 추악한 실정을 밤새 누군가한테 들은 모양이었는지 갑자기 신경

질적으로 부르짖기 시작했다.

"전화가 안 될 리가 없어요. 전화가 안 될 리가 없어. 그 전화번호는 우리 회사 전화번호야. 경기도 성남에 있는 염색공장 총무과 전화번호란 말이야. 왜 전화가 안 된다고 그래. 그러니까 다시, 다시 한 번 전화를 해보세요. 아아, 제발, 제발, 제발…… 멀쩡한 전화번호가 왜 통화가 안 된다고 그래요? 그러니 다시 한 번, 다시 한 번…….'

"이 자식아. 실장이 방금 사무실에 갔다 와서 통화가 안 된다고 했잖아. 그리고 이 쌍놈의 새끼야, 남의 집 대문 앞에서 팬티 차림으로 곤드레가 되었던 놈이 대오각성해서 부끄러워하고 반성할 줄 알아야지, 네놈이 지금 뭐가 잘났다고 지랄이야, 지랄은…….'

중국 돼지는 총무님이 자신의 치부를 들먹이자 잠시 말문이 막혔는지 고개를 떨구고 부끄러워하는 기색을 보였다. 하지만 중국 돼지는 곧바로 부끄러움을 눌러버리고 총무님에게 따지듯이 외쳤다.

"도대체, 도대체 나를 이곳에다 강제로 가두는 이유가 뭡니까?"

"너는 이 새끼야, 술에 취해 남의 집 대문 앞에서 팬티 차림으로 곯아떨어져버리는…… 우리 사회의 버러지 같은 놈이야, 기생충 같은 놈이지. 이곳은 그런 버러지나 기생충들을 잡아두는 곳이야. 그래야 일반 시민들이 마음 놓고 안심하며 살아갈 수가 있거든. '선진적인 거리질서 정화……' 이런 국가 차원의 방침도 몰라? 그러니까 너를 이곳에서 내보내줄 수가 없어. 이제 알겠냐?"

"기생충? 버러지? 허허…… 기가 막혀서. 그럼 우리 법대로 한번 따져봅시다. 도대체 이게 대한민국 법이요? 술에 좀 취하기는 했지만, 그래서 남의 집 대문 앞을 내 집 안방으로 착각하고 팬티 차림으로 곯아떨어지기는 했지만…… 어쨌든 나는 멀쩡한 사람이요. 그런 멀쩡한 사람을 길거리에서 잡아다가 강제로 가둬놓는 이런 사회가 문명사회라고 할 수 있어요? 나를 보고 아까 버러지나 기생충이라고 했는데 나는 여기 이렇게 월급봉투…… 그래요. 저번 달, 7월달치 월급명세서를 이렇게 가지고 있어요. 나는 경기도 성남에 있는 염색공장에서 비록 노동자이기는 하지만 엄연히 정식 직원으로 일하고 있었어요. 버러지나 기생충이 아니라, 내 스스로 벌어먹고 사는 월급쟁이였어요. 염색공장에서 하루 종일 두 발로 염색 천을 밟아대면서 청바지 옷감 물을 빼느라고 중노동을 하고 있었지만 엄연히 내 손발로 벌어먹고 있었어요. 그런 나를 기생충이나 버러지 취급을 하면서 강제로 가둘 수 있어요? 도대체 이게 말이나 돼요? 도대체 이게 대한민국의 법이요?"

중국 돼지는 얼굴이 시뻘겋게 달아올라 대한민국의 법 운운해가며 따지고 들었지만 총무님은 무척 같잖다는 투로 피식피식 웃기만 했다. 사실 중국 돼지는 무언가 착각을 하고 있는 것 같았다. 대한민국의 헌법 위에는 항상 어떤 이상한 권력이 군림해왔던 것이다. 쿠데타는 제쳐두고라도, 헌법을 깔아뭉개는 그런 이상한 권력은 대한민국의 어느 시대, 어느 곳에서든 항상 도사리고 있었다. 사실 이곳 수용소도 그런 이상한 권력이 존재하는 곳 중의 하나였다. 그런데도 중국 돼지는 사력을 다해서 호소하고 있었다.

"나는 다만 술에 취해서, 내 자신도 어쩔 수 없이 골목길에서 쓰러져 잠들었을 뿐이라고요. 나는 엄연히 노동자였어요, 노동자……. 그런데도, 그런 나를 법의 심판도 없이, 판사의 선고도 없이, 이런 곳에다 강제로 가둘 수 있는 거예요? 도대체 대한민국에 법이 있는 거예요? 사람들을 마구잡이로, 정말 마구잡이로 이렇게 잡아다 가두어도 되는 거예요? 만일 내가 부잣집 대문 앞이 아니라, 만약에, 만약에 다 쓰러져가는 가난한 집 대문 앞에서 곯아떨어졌어도 나를 이렇게 가두었을 겁니까?"

중국 돼지는 마침내 절규하듯 울음을 터뜨렸다. 그러나 원장님이나 총무님 그리고 몽둥이를 휘둘러대며 우리들을 관리하고 있는 실장은 중국 돼지가 눈물을 흘리는 모습에 무척 비위가 틀어진 모양이었다. 중국 돼지가 대한민국의 법 운운하며 떠들어대는 모습을 눈살을 찌푸리며 지켜보던 수용소 최고위층들인지라 중국 돼지의 눈물이 좋게 보일 리가 없었다. 그런 분위기 때문이었을까. 마침내 실장이 중국 돼지를 냅다 발길로 걸어차버렸기 때문에 중국 돼지는 울음을 터뜨리다 말고 비명을 내지르며 뒤로 나자빠지고 말았다. 넘어진 중국 돼지를 실장이 구둣발로 짓이겨댔지만 중국 돼지는 여전히 발악을 하듯 외쳐댔다.

"나는 엄연히 노동자예요, 노동자……. 우리 노동자는 박정희 정권, 전두환 정권, 노태우 정권 때도 투쟁을 했어요. 그런 찬란한 노동문화 전통을 가지고 있는 노동자를 이런 수용소에다 강제로 가둬놓는 법이 어디 있어요? 더구나 지금은 독재정권도 아니고 민주화 시대예요, 민주화 시대. 이런 민주화 시대에 이렇게 사람을 마구잡이로…… 에구구 나 죽네. 에구구, 에구구. 나 죽어, 나 죽어……."

중국 돼지의 외침 소리는 수용소 실장이 중국 돼지의 등짝을 몽둥이로 내려갈기는 통에 비명 소리로 변했다. 실장은 씹어뱉듯이 중국 돼지를 몰아세웠다.

"이 개자식아. 네놈의 꼬락서니나 똑똑히 보고 말을 해라. 도대체 네놈의 나이가 몇 살인데 노동자 운운하고 있는 거냐? 이 쌍놈의 새끼야. 간장공장 공장장들이 눈깔이 삐었기에 너 같은 늙은 수캐를 직원으로 써먹었겠냐? 된장공장 공장장들이 시력이 나빠서 너 같은 늙다리를 직원으로 써먹었겠어? 이제 이해가 가? 이 인간 기생충, 이 인간 버러지 같은 놈아……."

"간장공장이나 된장공장에 다닌 게 아니라 염색공장에 다녔어요. 주물공장에도 다녔고……."

"염색공장이든, 주물공장이든, 간장공장이든, 된장공장이든,

씹창공장이든……. 이 개새끼야, 그런 하빠리 공돌이 생활을 한 것이 뭐 그리 대단한 벼슬살이를 한 거라고 여기서 떠벌리고 있는 거야? 그나저나 네놈은 왜 그렇게 이유가 많고 말이 많아? 너 혹시 빨갱이가 아냐? 공산당 아냐? 왜 그렇게 말이 많아? 이 돼지만도 못한 새끼야. 왜 그렇게 말이 많으냐고? 이 새끼, 너 빨갱이가 맞지? 공산당이 맞지?"

실장이 느닷없이 빨갱이나 공산당을 들고 나오자 중국 돼지는 잠시 얼이 빠진 모양이었다. 그런 중국 돼지의 기를 완전히 꺾어놓기 위해서인지 이곳 원장님의 사촌동생인 실장은 방바닥에 엉거주춤 주저앉아 있는 중국 돼지를 다시 구둣발로 냅다 걷어차버렸다. 중국 돼지는 픽 쓰러졌지만 다시 악착같이 일어나서 원장님을 향해 눈물로 하소연을 했다.

"나를 이곳에서 내보내줘요. 제발 나를 내보내줘요. 나는 가출한 딸도 찾아야 하거든요. 그리고 이것은 엄연히 불법 감금이며 불법 체포이며 불법…… 불법…… 아아, 대한민국에는 법도 없습니까? 대한민국에는 법도 없어요? 나는 이렇게 월급 명세서도 가지고 있어요. 전화번호도 있고……. 그런 나를 왜, 왜 이런 곳에 가두고 있는 겁니까? 아아, 제발, 제발……."

"이 쌍놈의 새끼야. 네놈이 아까부터 법, 법을 따지고 있는데…… 법도 사람을 골라가면서 적용이 된다는 것을 여태 모르고 있었냐? 그러면서 대한민국의 법, 법 운운해대고 있어? 이 늙은 돼지새끼야. 법이란 것은 부유하고, 고상하고, 권력깨나 있는 사람들한테나 필요한 것이지 네놈 같은 인간 버러지, 인간 기생충들한테는 아무짝에도 쓸모가 없는 거야. 법도 사람을 골라가면서 적용이 되고 사람을 골라가면서 혜택을 주고 있는 거야. 이제 알겠냐? 그리고 기도원 같은 곳에서는 네놈들을 아예 쇠고랑까지 채워놓고 있는 것도 몰라? 이 돼지새끼야. 쇠고랑을 채워놓지 않은 것만도 고맙게 생각해야지…….”

이곳 수용소 총무님이 대한민국 법의 존재 의의며 효용 가치에 대해서 중국 돼지에게 친절하게 설명을 해주고 나자 그때까지 잠잠히 구경만 하고 있던 원장님이 모처럼 입을 열었다. 금테안경을 쓰고 포동포동하게 살이 오른 몸집처럼 원장님의 목소리는 언제나 상냥하고 부드러웠다.

“자, 자, 조용히 하세요. 여러분…… 나는 솔직히 여러분을 위해서 늘 주님께 기도하고 있어요. 그리고 이곳은 여러분을 강제로 가둬놓는 곳이 아니라…… 여러분의 갱생을 위해서 도와주고 있는 곳이요. 술에 취해 남의 집 대문 앞에서 팬티 차림으로 곯아떨어지는…… 그런 부끄러운 인간은 이곳에서 더욱더 갱생을 해야 할 필요가 있는 거예요. 그러니 여러분 오해를 풀도록 하세요. 그리고 여러분, 여러분…… 내가 제발 부탁하는데 하나님을 믿으세요. 예수님을 믿으세요. 십자가를 믿으세요. 그리하여 갱생하는 인간이 되세요. 갱생을 하는 길만이 여러분이 살길이라는 것을 늘 명심하세요. 나는 여러분을 위해서 늘 눈물을 흘리며 기도하고 있어요. 여러분들의 갱생을 위해서 늘 주님께 기도하고 있어요. 아아, 주님, 주님. 저 불쌍한 죄인들을 용서해주옵소서, 구원해주옵소서……."

교회 권사인 이곳 수용소 원장님이 두 손을 맞대고 기도하는 흉내를 내다가 방문 밖으로 나가자 그것으로 수용소 최고위층들의 시찰은 끝이 나고 말았다. 말하자면 중국 돼지는 이 비좁은 방 안에서 무려 5년여를 강제로 갇혀 있어야 한다는 대단히 불리한 판결을 받고 만 것이다.

사실 우리도 처음에는 중국 돼지처럼 하소연도 해보고, 떼를 써보기도 하고, 심지어는 발악을 해보기도 했지만, 결국에는 중국 돼지와 마찬가지로 참으로 황당한 선고를 받은 뒤 이곳에서 하염없이 생징역을 살고 있는 중이었다. 일정한 거처 없이 떠도는 부랑자들이나, 술에 취해 역 대합실 혹은 길거리 같은 곳에서 쓰러져 잠들었던 사람들을, 일단 악성 병원균 취급을 해서, '선진적인 거리질서 정화'를 위해 이런 수용소에다 강제로 수용해놓고 갱생을 시키겠다고 설쳐대는 데에야, 돈 없고 힘없고 빽 없는 위인들은 대한민국의 헌법을 초월하는 어떤 이상한 권력 앞에서 속수무책으로 당할 수밖에 없었다.

수용소 최고위층들이 시찰을 끝낸 뒤 방문 밖에서 자물쇠를 채우고 사라지자 중국 돼지는 넋이 빠진 채 한동안 멍하니 앉아 있었다. 그러다가 신음저림 중얼거렸다.

"씨팔년, 예수를 믿는 년이 아니라 예수를 팔아먹는 년이었구나. 십자가를 믿는 년이 아니라 십자가를 팔아먹는 년이었구

나. 개 같은 년……."

중국 돼지는 동그란 금테안경을 쓰고 자신처럼 포동포동하게 살이 오른 이곳 수용소 최고위층인 원장님한테 무척 서운한 감정을 품은 모양이었다. 말투나 얼굴 표정으로 보았을 때 당장 원장님을 찢어 죽여도 분이 안 풀릴 것 같은 기세였다. 중국 돼지는 낙담이 퍽 깊었는지 고개를 떨구면서 또다시 힘없이 중얼거렸다.

"아아, 그러고 보니 이곳은 살아 있는 시체 저장소 같은 곳이구나, 살아 있는 시체 저장소……. 인간으로서의 모든 권리와 꿈을 빼앗긴 살아 있는 시체, 살아 있는 시체……. 맙소사, 대한민국에 이런 곳도 있었다니. 오오, '하느님' 맙소사……."

중국 돼지의 입에서 '하느님'이라는 단어가 튀어나오자 우리는 그 순간 참으로 묘한 기분에 빠져들었다. 방금 전에 교회 권사인 이곳 수용소 원장님의 입에서도 하느님이라는 단어가 튀어나왔던 것이다. 그렇다면 '하느님'은 과연 누구의 편을 들고 있는 것일까. 이곳 수용소 최고위층들처럼 초헌법적인 권력을 가진 막강한 사람들의 편일까, 아니면 그 권력에 의해 부당하게 억압받고 학대당하는 우리 같은 불쌍한 사람들의 편일까. 우리는 그런 묘한 기분 때문인지 조금 우울해질 수밖에 없었다. 그런데 그 우울한 정적을 깨고 대빵이 혼잣말처럼 중얼거렸다.

"우리가 인간으로서의 모든 권리와 꿈을 빼앗긴 살아 있는 시체다? 살아 있는 시체? 살아 있는 시체……?"

대빵은 중국 돼지가 내뱉은 말을 곰곰 되씹으며 우두커니 천장을 올려다보았다. 아마도 중국 돼지의 말이 대빵의 마음을 이상하게 뒤흔든 모양이었다. 대빵은 한동안 천장을 멍하니 올려다보다 이윽고 중국 돼지를 손짓으로 불렀다.

"어이, 당신 말이야. 그곳 제일 말석, 그 변소 앞에 있지 말고 이쪽으로 와서 앉아. 저기, 저곳, 저기에 앉으라고……."

중국 돼지는 제일 말석인 재래식 변소 앞에 웅크리고 있다가 단박에 제3인자 자리로 껑충 뛰어올랐다. 우리는 그 순간 무척 어이가 없었다. 사실 이 비좁은 방 안에는 무려 3년이나 4년 동안 강제로 갇혀 있는 인물들이 여럿 있었다. 그런데 대빵이 이제 겨우 그제 저녁에 들어온 새파란 신참한테 무려 제3인자 자리를 내주면서 이 비좁은 방 안의 서열을 파괴하고 있으니 우리가 불만을 갖지 않을 수 없었다.

하지만 대빵은 그런 파격적인 인사행정을 깜짝쇼처럼 이따금 잘 써먹었기 때문에 우리로서는 뭐라고 불만을 털어놓을 수도 없었다. 더욱이 이 비좁은 방 안의 권력은 대빵이 온통 틀어쥐고 있었고 또한 그 권력은 수용소 최고위층의 전폭적인 후원을 받고 있었기 때문에 우리로서는 감히 반항을 할 수도 없었다. 어쨌든 대빵은 중국 돼지에게서 어떤 깊은 인상을 받은 모양이었다. 그렇지 않고서야 중국 돼지한테 결코 제3인자 자리를 내줄 리가 없었다.

4

'살아 있는 시체.'

우리는 작년 여름에 중국 돼지가 절망에 질린 나머지 내뱉었던 그 소름 끼치는 단어처럼 오늘도 꼭두새벽부터 서로의 몸뚱어리를 짐짝처럼 바짝 밀어붙인 채 무척 겸손하고 복종적인 자세로 잔뜩 웅크리고 앉아 있었다. 마치 매장할 날짜만 기다리는 살아 있는 시체 더미 같기도 했다. 그래도 대빵만은 이 비좁은 방 안에서 전화번호부를 가지고 자유롭게 독서에 몰두했는데 물론 마음에 드는 여자 이름을 고르고 있는 중이었다. 대빵은 이 비좁은 방 안에서 절대적인 권력을 가지고 있었기 때문에 그런 권리쯤은 당연한 것인지도 몰랐다. 권력이 있는 자와 권력이 없는 자의 차별은 어느 곳에서든 항상 존재한다.

"이런 씨팔, 정말 갈수록 좆같네. 오늘은 눈에 확 띄는 년들이 왜 얼른 나타나지 않는 거지? 짧은 단발머리에다 청바지를 입고 빵빵한 엉덩이를 섹시하게 흔들면서 걸어가는…… 그런 좆같은 년들이 왜 도무지 눈에 띄지 않는 거냐고……."

대빵이 혼자 씨부렁대는 것처럼 오늘은 대빵의 마음에 드는 여자가 좀처럼 눈에 띄지 않는 모양이었다. 사실 요즘 들어서 대빵은 무척 눈이 높아진 것 같았다. 여자를 고르는 시간이 터무니없이 길어지고 있었던 것이다. 하긴 하루에도 전화번호부에서 수십, 수백 명의 여자 이름을 대하다 보니 이제는 그 이름이 그 이름 같고 해서 눈에 확 띄는 여자 이름이 별로 없을 법도 했다. 그런데 대빵은 이제 싫증이 날 만도 한 전화번호부를 남에게 넘기지 않고 마치 황제의 옥새처럼 줄곧 자신의 손아귀에만 쥐고 있었다. 그 때문인지 전화번호부는 어느새 이 비좁은 방 안에서 어떤 권력의 상징처럼 되어 있었다.

"아아, 오늘은 정말 좆같은 날이군. 정말 좆같은 날이야. 왜 이렇게 눈에 확 띄는 진짜 물건이 나타나지를 않는 거야? 씨팔. 돈 많고 몸매 잘 빠지고 얼굴 예쁘고…… 아아, 그런 좆같은 년들이 왜 나타나지를 않고 있는 거냐고?"

대빵은 여전히 문제가 잘 풀리지 않는지 연신 짜증을 냈다. 물론 짜증의 강도가 좀더 높아지면 언제 또다시 '사시미 칼'이나 '등산용 도끼' 같은 흉측한 단어가 튀어나올지 몰랐다. 하지만 우리는 알고 있었다. 대빵은 자신의 마음에 드는 여자 이름을 조만간 발견해낼 것이 거의 확실했다. 대빵은 그런 면에서는 단 한 번의 실패도 경험해본 적이 없는 빛나는 승리자였고 대단한 행운아였다.

우리는 정말 피곤한 인간들이었다.

대빵이 전화번호부를 가지고 독서에 빠져 있는 동안, 우리는 무척 겸손하고 복종적인 자세로 잔뜩 웅크리고 앉은 채, 이따금 창문을 힐끔거리며 '어서 먼동이 트는 새벽이 왔으면' 하고 목이 빠지게 기다리고 있을 수밖에 없었다. 물론 먼동이 트는 새벽이 와봤자 우리의 삶이나 생존조건에 어떤 획기적인 변화가 찾아오는 것은 아니었다. 어제나 그제 혹은 몇 달, 몇 년 전의 새벽에도 그랬듯이 이 비좁은 방 안의 창문 너머로 또다시 먼동이 트는 새벽이 찾아오는 것, 그것뿐이었다.

하지만 먼동이 트는 새벽이 오면 그래도 무언가 변화가 있기는 했다. 물론 그 변화라는 것은 이 비좁은 방 안에 감금되어 있는 우리들의 일상에서 늘 반복되고 있는 것들이어서 사실 변화랄 것도 없었다. 먼동이 트는 새벽이 오면 늘 그래왔듯이 우선 밖에서 자물쇠를 걸어둔 방문이 열릴 것이고, 그러면 우리는 몽둥이를 든 실장의 감시 아래 차례대로 밖에 나가서 세수를 할 것이고, 세수를 하는 그 짧은 시간 동안 신선한 바깥 공기를 마음껏 들이켜기도 할 것이고, 아침 녘의 신비한 구름과 멀리 떨어진 야산과 도로, 논밭, 주택들의 정겨운 모습을 어떤 회한에 잠겨 바라볼 수도 있었다. 그리고 다시 방 안에 감금된 채 꽁보리밥과 단무지와 멀건 된장국이 전부인 아침 식사가 오기를 목이 빠지게 기다릴 수도 있었다. 먼동이 트는 새벽이 오면 그런 변화가 있기는 있었던 것이다.

물론 우리는 이 비좁은 방 안에서 창문을 통해서만 먼동이 트는 새벽이 오는 것을 알 수 있었다. 방문은 늘 밖에서 자물쇠를 걸어두기 때문에 창문을 통해 시간의 흐름을 감지할 수밖에 없었다. 창문은 총총히 박힌 쇠창살과 깨진 유리창, 그리고 창문을 뒤덮은 비닐로 늘 우중충했다. 그리고 어둠이 깔려 있을 때는 칙칙한 보안등 불빛이 마치 끈덕진 감시자처럼 끊임없이 이 비좁은 방 안을 엿보는 통에 질색하게 될 때도 있었다. 그래도 창문은 먼동이 트는 새벽을 알려주는 유일한 곳이었다.

새벽.

새벽.

아아, 새벽.

우리는 새벽이 무엇을 의미하고 무엇을 상징하는지 무척 잘 알고 있었다. 새벽은 어둠과 억압을 무너뜨리는 어떤 빛과 희망 같은 것이었다. 그런데도 우리들의 새벽은 그저 다람쥐 쳇바퀴 돌듯 늘 무척 겸손하고 복종적일 수밖에 없었다. 그리고 쓸쓸하고 침울하다 못해 고통스럽고 절망적일 뿐이었다.

하지만 다람쥐 쳇바퀴 돌듯 하는 그런 절망적인 새벽이 아니라 진짜 새벽을 기다리던 인물이 이 비좁은 방 안에 존재하기는 했었다. 물론 진짜 새벽을 기다리기 위해서는 이곳에서 반란을 일으키거나 탈출을 하는 수밖에 없는데 우리는 그 뒤의 결과가 얼마나 잔인하고 끔찍한 것인지 잘 알고 있기 때문에 감히 진짜 새벽을 기다릴 엄두를 내지 못했다. 하지만 작년에 진짜 새벽을 위해 반란을 일으켰던 한 인물이 있었다.

그는 아프리카 메기였다.

아프리카 흑인처럼 얼굴이 시커멓고 입이 메기처럼 옆으로 쭉 찢어진 아프리카 메기는 술에 취해 길거리에서 곯아떨어져 있었다. 그런데 주민에게 신고를 받고 출동한 경찰이 파출소로 데려가지 않고 수용소 측에다 연락을 해주자 수용소에서는 이게 웬 떡이냐는 듯이 대뜸 봉고차를 출동시켜서 아프리카 메기를 실어 왔던 것이다. 다음날 수용소 최고위층인 원장님과 총무님이 아프리카 메기를 시찰하러 왔을 때 총무님이 의례적으로 물어보았다.

"얀마, 너 어디 연락할 전화번호나 있어?"

아프리카 메기는 대답 대신 피식피식 웃기만 했다. 술 깬 뒤, 멍한 허탈감에 잠겨 있을 때는 그 어떤 질문이나 대화도 귀찮아하는 사람이 있게 마련인데 아프리카 메기가 그런 것 같았다.

"이 새꺄. 있어, 없어? 피식피식 웃지 말고 빨리 대답이나 해."

"그런 것 없어."

"어디 연락할 전화번호가 없어?"

"그런 셈이지."

"그러니까 네놈을 여기에서 우리가 보호하고 있다는 것을 연락해줄, 그런 연락처가 어디에도 없다는 거지?"

"그런 셈이지."

"저 자식이, 대답이 뭐 저렇게 싱거워. 좆만한 자식이……."

아프리카 메기에 대한 수용소 최고위층의 면담은 그걸로 끝났다. 아프리카 메기는 항변다운 항변 혹은 애원다운 애원 한번 못해보고, 이 비좁은 방 안에 갇혀서 적어도 5년 정도를 썩어야 한다는 무척 불리한 판결을 받았다. 어쨌든 아프리카 메기는 사회에서 전혀 쓸모가 없는, 그래서 '선진적인 거리질서 정화'를 위해 사회에서 격리시켜 이곳 부랑인 수용소에서 강제로 수용해야 할 인간 버러지, 인간 기생충으로 판결을 받은 것이다. 그런데도 아프리카 메기는 그런 내막을 까맣게 모르고 있는지 고개를 떨군 채 피식피식 웃기만 했다. 마치 방아깨비처럼 무언가를 비웃고 조롱하고 있는 듯한 그 웃음에 대해서 궁금증을 참지 못했는지 마침내 대빵이 입을 열었다.

"어이, 얀마, 너 어디에다 연락할 전화번호가 정말 하나도 없냐?"

"그런 셈이지."

"진짜 전화번호가 하나도 없어?"

"그런 셈이지."

"진짜 하나도 없냐고?"

"그런 셈이지."

"그런데 저 자식, 저 새끼 말투가…….."

대빵은 아프리카 메기의 너무 단순하면서도 불손해 보이는 대답에 기분이 나빠졌는지 눈살을 찌푸렸다. 그래서인지 아프리카 메기를 그냥 냅다 두들겨 패버릴까 아니면 어디 전화 한 통 걸어댈 곳도 없는 저 불쌍한 놈을 그저 한번 보아줄까 고뇌와 갈등을 하는 모양이었다. 대빵은 이윽고 일단 참아두기로 작정을 한 모양이었다.

"그런데 뭐 하러 술은 그렇게 처먹고 길거리에서 쓰러져 잤냐?"

"자살하러 가기 위해서……."

우리는 아프리카 메기의 천연덕스런 대답에 잠시 긴장했다. 대빵도 긴장했는지 고개를 갸우뚱하며 좀 애매하게 웃었다. 어쨌든 이 비좁은 방 안에 무언가 이상하고 기묘한 인물이 들어온 것만은 분명했다. 대빵은 여전히 애매하게 웃으면서 또다시 물었다.

"도대체 왜 자살을 하려고 한 거야?"

"인생 살기 귀찮아서."

"왜, 어떤 사연이라도 있는 거야? 여자한테 실연이라도 당했어?"

"실연을 당했다고도 할 수 있지."

"뭐 하는 여자였는데?"

"유부녀."

"유, 유부녀?"

대빵은 좀 충격을 받은 모양이었다. 어쨌든 실연을 당했다고 하면 대개 미혼 남녀들의 그렇고 그런 흔해빠진 이별을 연상하는데 아프리카 메기는 우리들의 그런 일상적인 상상을 박살내버리고 유부녀를 들먹였던 것이다. 더욱이 유부녀라면 필연적으로 어떤 불륜이 개입될 수밖에 없었다. 대빵은 충격을 가라앉혔는지 어떤 야릇한 호기심마저 보이며 다시 한 번 물었다.

"그 유부녀하고 몇 번이나 잤어?"

"뭐 남들만큼."

"그러니까 그 유부녀하고 몇 번이나 잤냐고?"

"남들만큼."

"저 자식이 말투가…… 그런데 실연을 왜 당한 거야?"

"여자가 헤어지자고 해서……."

"여자가 왜 헤어지자고 했는데?"

"가정을 지켜야 한다고……."

"가정? 웃기는군. 가정을 지켜야겠다는 년이 바람은 지랄 났다고 피웠어? 그럼 그 유부녀 남편은 뭐 하는 놈이야? 재벌급 회장이나 대학 교수 정도는 돼?"

"포장마차."

"포장마차? 그러니까 그 유부녀 남편이 포장마차를 한다고?"

"그런 셈이지."

대빵은 아프리카 메기의 대답에 좀 실망하는 눈치였다. 대빵과 아프리카 메기의 대화에 촉각을 곤두세우고 있던 우리도 무척 실망했다. 대개 불륜을 저지르는 여자라고 하면 텔레비전 연속극에서 얻은 지식대로 교수님 여편네나 재벌급 사모님 혹은 상류층이나 중산층 남자들의 여편네들을 떠올리게 마련이었다. 아니면 학력이 높고 전문직에 종사하는 결혼한 여자들을 주목할 수밖에 없었다. 어쨌든 무언가가 있는 여자들이 불륜을 저지르고 개판으로 산다고 우리는 믿고 있었다. 그런데 아프리카 메기는 우리들의 텔레비전 연속극적인 지식을 박살내버리고, 가난하고 힘없고 빽 없는 포장마차 여편네를 들고 나왔던 것이다.

대빵은 대단히 실망했는지 눈살을 찌푸리며 묘한 웃음을 짓기까지 했다. 물론 우리도 아프리카 메기의 대답에 무척 실망을 했기 때문에 묘한 웃음을 짓지 않을 수 없었다. 우리는 심지어 우리가 교수님 여편네나 재벌급 회장 사모님 혹은 전문직에 종사하는 지적인 여자하고 불륜을 저지를 수 있었던 그 멋진 기회를 놓쳐버리기나 한 것처럼 무척 분하고 아쉬운 마음에 사로잡히기까지 했다. 사실 우리는 텔레비전 연속극의 불륜에 무척 익숙해 있었다. 그 때문인지 가난하고 힘없고 빽 없는 사람들의 불륜은 불륜처럼 생각되지도 않았다. 대빵은 이윽고 아프리카 메기를 아예 노골적으로 멸시하기 시작했다.

"얀마, 그럼 너는 사회에서 뭐 하던 놈이었냐?"

"용접공."

"꼬락서니를 보아하니 그런 것 같군. 그럼 그 꼬락서니로 군대나 갔다 왔냐?"

"공수부대."

"뭐 공, 공수부대……?"

대빵은 좀 충격을 받은 모양이었다. 대빵은 고개까지 갸우뚱해가며 새삼스레 아프리카 메기를 이리저리 뜯어보았다. 그러면서 도저히 믿지 못하겠다는 듯이 버럭 언성을 높였다.

"얀마, 네놈이 공수부대 출신이라고? 이거 웃기는 놈이네.

좋아, 그러면 너 도대체 어디에서 근무했냐? 나도 인마, 공수부대에 대해서는 훤히 꿰뚫고 있으니까 나한테 사기 칠 생각은 아예 하지도 말아, 알았어? 너 도대체 어디에서 근무했어?"

"광주사태에도 투입됐었지."

"광, 광주사태?"

대빵은 또 한번 충격을 받았는지 입을 벌린 채 다물 줄을 몰랐다. 사실 대빵은 자신이 어마어마한 특수부대 출신이라고 이따금 떠벌려대곤 했는데 모처럼 임자를 만난 건지도 몰랐다. 그래서 우리는 잔뜩 호기심을 가지고 대빵과 아프리카 메기를 지켜보았다. 두 특수부대 출신이 만났으니 무언가가 있기는 있어야 했던 것이다. 그런데 중국 돼지가 이 비좁은 방 안의 그런 이상하고도 미묘한 분위기를 무참하게 깨트려버렸다. 중국 돼지가 눈치도 없이 갑자기 흥분해서 외쳐댔던 것이다.

"야, 이 개만도 못한 새끼야. 네놈이 공수부대를 나왔다고? 이 개새끼야. 광주에서 멀쩡한 민간인들을 빨갱이나 폭도로 몰아서 수천 명을 잔인하게 학살한 것도 모자라서 남의 여편네까지 눈독을 들여서 가정파탄까지 저질렀냐? 실연? 지랄하고 있네. 그런 것도 실연이냐? 얌마, 이 개새끼야. 그런 것은 불륜이야, 불륜. 이 더럽고 추접스러운 놈아. 그런 것도 자랑이라고 떠벌리고 있냐? 이 개만도 못한 놈아. 광주에서 민간인을 학살하고도 모자라서 이제는 멀쩡한 유부녀까지 농락을 했어? 이 인간 버러지야. 이 인간 기생충아."

우리는 중국 돼지의 느닷없는 흥분에 좀 의아해질 수밖에 없었다. 하지만 우리는 곧 무언가 좀 눈치를 채기는 했다. 중국 돼지는 아프리카 메기에게 갑자기 어떤 맹렬한 라이벌 의식이라도 느낀 모양이었다. 중국 돼지는 돼지라는 별명이 어울릴 만큼, 그리고 쉰여섯이라는 나이에 걸맞지 않게 질투심이 무척 많은 위인이었다. 질투심에 관한 한 집중력이 무척 대단한 위인이었다.

어쨌든 중국 돼지는 특수부대 출신인 아프리카 메기가 등장함으로써 자신의 제2인자 자리의 입지가 흔들릴지도 모른다는 어떤 심각한 위기의식이라도 느낀 모양이었다. 사실 이 비좁은 방 안의 제2인자 자리는 바윗돌처럼 단단한 게 아니라 대빵의 기분에 따라서 하루아침에 파리 목숨이 될 수도 있는 자리였다. 더구나 대빵은 정확히 어떤 부대라고 통 말은 안 했지만 틈만 나면 자신이 특수부대 출신이라고 떠벌려댔는데 그만큼 특수부대에 매료되어 있었다. 그래서 중국 돼지는 아주 위험한 라이벌이 될지도 모르는 특수부대 출신인 아프리카 메기를 아예 이참에 매장시켜버리려는 속셈으로, 광주사태에서 민간인을 학살한 일이라든가, 포장마차 유부녀하고의 불륜 등을 강조함으로써 은연중에 대빵을 격동시키려고 했던 모양이었다. 우리는 마치 어떤 중대한 판결을 기다리듯이 잔뜩 긴장한 채 대빵의 눈치를 살폈다. 그런데 중국 돼지가 또다시 입에 게거품을 물면서 부르짖었다.

"저, 저 개새끼는 사람도 아냐. 광주에서 몇천 명, 몇만 명을 죽이고 그것도 모자라서 남의 여편네를 꼬셔서 가정파탄까지 일으키고…… 저건 인간 버러지야, 인간 기생충이고…… 저, 저 개새끼가 광주에서 그 얼마나……."

그때 마침내 대빵이 버럭 고함을 질렀다.

"아가리 안 닥쳐! 그만 주둥아리 안 닥쳐!"

중국 돼지는 대빵의 고함 소리를 듣고 대번에 주둥아리를 닫았다. 그 대신 이번에는 대빵이 흥분해서 외치기 시작했다.

"좆같이 떠들지 말고 내 말을 잘 들어. 우리는 어쨌든…… 저 사람을 이해해야 한다. 저 사람이 광주에서 민간인을 학살한 것은…… 어쩔 수 없이 명령에 따라서 그랬던 것뿐이니까. 사실 군인은 명령에 따라서 살고 명령에 따라서 죽어야 하잖아? 그러니까 저 사람은 어쩔 수 없었던 거야. 군인이란 위에서 까라면 까야 하니까……. 그나저나 어이 여보쇼, 중국 돼지. 당신은 도대체 군대나 갔다 왔어? 군대나 갔다 왔냐고?"

대빵의 고함 소리 그리고 느닷없는 질문에 중국 돼지는 대번에 얼굴이 시뻘겋게 달아올랐다. 물론 중국 돼지는 대한민국에서 한때 열풍처럼 휘몰아쳤던 녹재타도라는지 노농운동 같은 일에 한몫 끼었던 모양이었다. 그래서 아프리카 메기에게 다짜고짜 아주 의기양양하게 욕질을 해댔는지도 몰랐다. 하지만 우리는 중국 돼지가 아프리카 메기에게 아주 맹렬히 욕질을 해댔던 것이 권력싸움으로밖에 보이지 않았다. 우리도 나름대로 고차원적인 눈치, 코치는 있었던 것이다. 대빵의 질문에 중국 돼지가 좀 떨떠름하게 침묵을 지키고 있자 대빵이 다시 한 번 버럭 고함을 질렀다.

"이 씹새끼야, 군대나 갔다 왔냐고?"

"그냥…… 그냥 그랬습니다."

"그냥 그랬다니?"

"그냥 그렇게 됐습니다."

"그러니까 뭘 그냥 그렇게 됐냐고?"

"그냥 면제 됐습니다. 삼대독자라서……."

"이제 보니 대단하시군. 산삼보다 더 귀한 삼대독자였다? 그러니까 저 사람을 이해 못 했지. 군인이란 명령에 살고 명령에 죽어야 한다는 것을. 그리고 포장마차 유부녀를 농락했다고 떠들어대는데…… 사실 사랑이란 것도 까놓고 말한다면…… 염치도 없고, 체면도 없고, 울타리도 없고, 니기미 좆도 없는 그런 야바위 같은 것 아냐? 자기들이 좋아서 서로 사랑하고 뒹굴었다는데 어느 누가 씹어댈 거야? 안 그래? 막말로 시집 안 간 처녀가 남자 두 명하고 교대로 여관을 들락거리면 불륜이 아니고 결혼한 여자가 남편 아닌 다른 남자하고 여관을 들락거리면 불륜인가? 그리고 남녀 중학생끼리 여관을 들락거리면 사랑으로 취급받고 오십대 남자가 여자 중학생하고 여관을 들락거리면 미성년자 성폭행인가? 세상에는 그렇게 애매한 것들이 많단 말이야, 이 답답한 인간아."

"그래도 저 새끼는 불륜을 저질렀는데……."

"이 답답한 양반아. 당신이 사랑을 알아? 당신이 사랑을 알기나 하느냐고? 막말로 여자가 헤어지자고 할 때 저 사람은 남편한테 찔러버린다고 협박을 하든가 아니면 여자를 그냥 냅다두들겨 패버리면서 계속 관계를 이어갈 수도 있었는데…… 말을 들어보면 그런 것도 아닌 것 같잖아? 그 대신에 혼자 자살을 하려고 했으니 얼마나 순수한 인간이냐고? 까놓고 말해서 얼마나 병신 같은 인간이냐고? 그런 상황 판단을 해보면 오히려 저 사람이 포장마차 여편네한테 농락을 당한 것 아냐? 이제 알겠어? 이제 이해가 가? 그런데 무슨 불륜 운운하면서 저 사람한테 욕질을 하고 지랄이야, 지랄은. 욕을 하려면 포장마차 여편네한테 해야지. 이 무식하고 무자비한 인간아……."

대빵이 버럭 고함을 지르자 중국 돼지는 고개를 떨구면서 입을 다물었다. 중국 돼지는 졸지에 무식하고 무자비한 놈으로 전락해버린 셈이었다. 물론 중국 돼지는 나름대로 억울하고 분통이 터질지도 몰랐다. 어쨌든 교과서적인 도덕과 윤리의 칼날을 휘둘러대서 이참에 아프리카 메기를 매장시켜버리려고 했는데 대빵의 엉뚱한 판결에 그만 뒤통수를 맞은 격이었다.

대빵은 한술 더 떠서 아프리카 메기를 이 비좁은 방 안의 제4인자 자리로 옮겨주기까지 했다. 제일 만석인 재래식 변소 앞에서 볼품없이 웅크리고 앉아 있던 아프리카 메기가 대뜸 제4인자 자리로 옮겨가는 모습을 보고 우리는 내심 분통이 터지지 않을 수 없었다. 사실 이 비좁은 방 안에는 무려 3년 혹은 4년이 넘게 강제로 갇혀 있는 고참들이 여러 명 있었다. 그런데도 대빵은 그런 빛나는 서열을 무시하고 툭하면 자기 꼴리는 대로 마구잡이로 인사정책을 펴고 있었다. 물론 우리로서는 분통이 터지지만 할 수 없는 일이었다. 이 비좁은 방 안의 최고 권력자는 대빵이었던 것이다.

대빵은 어쩌면 아프리카 메기의 처지를 동정했는지도 몰랐다. 전씨 패거리들이 광주학살을 주도하고 권력을 잡은 뒤 '땡전 뉴스'라는 말이 나올 만큼 엄청난 권세와 부를 누렸지만, 정작 광주에 투입되었던 아프리카 메기 같은 위인에게는 아무런 떡고물도 없었던 것이다. 더욱이 군대에서 전역한 뒤 겨우 용접공 등으로 전전하며 세월을 보내다 어쩌다가 포장마차 여편네를 만나서 사랑을 했지만 그마저 실연을 당한 뒤 자살하려고 했을 정도로 아프리카 메기는 무척 한심한 인생을 살아왔던 것이다. 대빵은 아프리카 메기의 그런 인생 역정을 동정했는지도 몰랐다.

하지만 아프리카 메기는 며칠 지나면서부터 완전히 달라지기 시작했다. 이곳 수용소 실정을 필리핀 염소한테 귓속말로 전해들은 뒤부터 의외로 삶에 대해 강한 애착을 보이기 시작했다. 불과 며칠 전만 해도 포장마차 여편네한테 실연당한 뒤 자살하려던 놈이었다는 것을 도무지 믿을 수 없을 정도로 완전히 변해 있었다.

아프리카 메기는 아예 노골적으로 반란을 선동하기 시작했다. 그렇지만 우리는 이곳에서 반란이나 폭동을 일으켜봤자 그 결과가 얼마나 허망하고 비참한지를 잘 알고 있었기 때문에 그저 고개를 푹 숙인 채 침묵을 지킬 수밖에 없었다. 막말로 수용소 측에서 전화 한 통만 때리면 곧바로 경찰이 출동할 것이고 우리는 그 즉시로 무서운 병원균 취급을 받고 반란은 무자비하게 진압될 것이 뻔했다.

반란이 진압되고 나면 주동자 몇 명은 그야말로 복날 개 잡듯이 두들겨 맞은 뒤 독방에 갇힐 게 뻔했다. 무엇보다도 반란은 결코 성공할 수 없었다. 그런 내막을 훤히 알고 있기 때문에 대빵은 아프리카 메기의 반란계획을 굳이 실장에게 보고하지 않고 아프리카 메기가 도대체 어떤 방법으로 반란을 일으키려고 하는지 그 과정을 은밀히 관찰하면서 즐기고 있었는지도 몰랐다.

"왜 우리가 이런 곳에서…… 이렇게 강제로 수용되어 있어야 하는 거요? 우리가 살인을 저질렀어? 아니면 우리가 강도짓을 했어? 도둑질을 했어? 나라를 팔아먹었어? 기업체 회장들한테 정치자금을 받아 처먹었어? 왜, 왜? 왜 우리가 이런 좆같은 곳에서…… 사실, 사회에서 볼 때는 아무것도 아닌 이런 좆같은 곳에서 부당하게 이런 고통을 당해야 하는 거요? 왜, 왜, 왜?"

아프리카 메기는 우리를 분노시키고, 우리를 격동시키고, 우리를 단결시키고, 우리를 행동하게 만들기 위해서 무척 애를 썼지만 우리는 간덩이가 그리 크지 않았기 때문에 그저 침묵을 지키고 있을 수밖에 없었다. 대빵은 그런 방 안 분위기를 아주 느긋하게 즐기고 있는 눈치였다. 아프리카 메기는 결국 우리를 설득하는 것을 포기했는지 마침내 혼자서 반란을 일으키고 말았다.

아프리카 메기는 우선 재래식 변소에 들어가서 평소 눈여겨 봐두었던 변소 환기통을 뜯어버렸다. 그리고 무식하게 녹이 슨 그 고철덩어리 환기통을 가지고 다시 비좁은 방 안으로 들어오더니 냅다 창문의 유리를 박살내버렸다. 창문에 총총히 박힌 쇠창살마저 박살을 내려고 했지만 뜻대로 되지 않자 이번에는 밖에서 자물쇠를 잠가놓은 방문을 부숴버리기 위해서 발로 쾅쾅 차대고 환기통으로 짓찧기 시작했다.

우리는 아프리카 메기의 그런 격렬한 행동에 겁을 집어먹고 한쪽으로 피해 있었는데 심지어 이 비좁은 방 안의 최고 권력자인 대빵마저도 우리를 따라서 허둥지둥 몸을 피했다. 물론 대빵은 미친 듯이 날뛰는 아프리카 메기의 팔을 붙잡고 가까스로 설득을 해보기는 했다.

"너, 너 죽으려고 환장했냐, 이 씹새끼야! 이곳에서 난리를 치고 폭동을 일으켜봤자 결국 너만 병신이 되거나 귀신도 모르게 죽는다는 것을 몰라? 정말 귀신도 모르게 뒈진다니까. 알았어, 알았어?"

"씨팔, 놓아두쇼. 나 혼자서라도 여기서 반란을 일으키고 말 테니까. 내가 광주사태 때 광주에도 투입되었던 놈이오. 학생, 민간인들을 곤봉과 대검으로 사정없이 후려치고 찔러대고 때려눕혔던 놈이야. 조준사격까지 했던 놈이야. 씨팔…… 그 후유증 때문에 내 인생이 아주 좆같이 된 것 같은데…… 그런데 이런 곳에서까지…… 사회에서 보면 아무것도 아닌 이런 좆같은 수용소에서까지 내 인생을 간섭하고 통제하고 파멸시키려고 하다니……. 이 좆같은 놈들. 나는 이 반란을 기어이 성공시켜서 이곳을 나가고 말거요. 그러니 나를 그냥 내버려둬, 내버려두란 말이야. 나는 자유로워지고 싶어, 자유로워지고 싶단 말이야. 자유, 자유, 자유, 자유, 자유!"

아프리카 메기는 미친 듯이 외치면서 대빵을 거칠게 뿌리쳤는데 대빵은 그러는 통에 꼴사납게 방바닥으로 나동그라지고 말았다. 그리고 허겁지겁 우리들 곁으로 도망쳐 와서는 아프리카 메기를 불안한 눈길로 지켜보았다. 사실 대빵은 대가리 쪽 수를 믿고 우리에게 반란을 진압시킬 수도 있었지만 아마 혼이 빠져서 그런 데까지 미처 생각이 미치지 못한 모양이었다. 아니면 똑같이 수용자 처지인 아프리카 메기의 반란을 차마 진압할 마음이 없었는지도 몰랐다.

한편 그런 소란 중에도 방아깨비만은 쉴 새 없이 고개를 끄덕이면서 이 비좁은 방 안을 향해, 수용소를 향해, 그리고 수용소 너머 자유가 난무하는 일반 사회를 향해, 히죽히죽 웃으면서 끊임없이 어떤 경멸과 비웃음을 퍼붓고 있었다. 정말 무척 강직한 위인이 아닐 수 없었다.

아프리카 메기의 반란은 곧 수용소 측에 의해 진압되었다. 수용소 측에서는 총무님과 실장의 지휘 아래 자유사동에서 차출된 용병들을 투입했다. 이곳 수용소에 끌려오면 문 밖에 자물쇠가 채워지는 이 비좁은 방 안에서 일단 5년여를 지내야 교도소의 모범수처럼 자유사동으로 옮겨주는데 물론 탈출을 하다 붙잡히면 별수 없이 징벌로 몇 년을 더 이 비좁은 방 안에서 썩어야만 했다. 아프리카 메기는 쇠파이프와 몽둥이 등으로 무장한 자유사동 용병들의 무자비한 공격에 밀려서 결국 재래식 변소로 몰리기 시작했다. 아프리카 메기는 막다른 골목이나 다름없는 재래식 변소에 완전히 고립되어 있으면서도 악착같이 환기통을 휘둘러대며 부르짖었다.

"야, 이 개자식들아. 너희들은 도대체 어느 나라 놈들이냐? 너희들이 중국 뙤놈들이냐? 일본 쪽발이 새끼들이냐? 미국 양키들이냐? 도대체 네놈들이 어느 나라 놈들이기에 같은 민족, 같은 동포를 이렇게 무자비하게 잡아 가두고 학대하는 것이냐? 여기엔 법도 없고 정의도 없냐? 이 개새끼들……. 이곳 부랑인 수용소가 도대체 무엇을 하는 곳이냐? 술 한잔 마시고 길거리에서 쓰러져 잠든 것이 그렇게도 죄가 크냐? 이 씨팔놈들아, 나를 법대로 처리해달라는데 왜 법대로 처리해주지 않고 이렇게 불법적으로 잡아 가두고 있는 거냐고? 이 좆같은 놈들

아. 술 먹고 길거리에서 쓰러져 잔 것이 그렇게도 큰 죄가 된다면 법정에서 재판을 받게 해달라는데 왜 이런 개 같은 곳에 억지로 잡아 가두고 있는 거냐고……? 내가 개나 돼지 같은 짐승 새끼냐? 만세! 만세! 자유 만세! 자유 만세! 자유 만세!"

아프리카 메기는 결사적으로 부르짖으며 저항했지만 결국 자유사동의 용병들이 휘둘러대는 몽둥이며 쇠파이프에 두들겨 맞아 머리에서 피가 흐르더니, 드디어 팔이 부러졌는지 비명을 내지르며 환기통을 떨어뜨렸다. 그러자 총무님이며 실장, 자유사동의 용병들이 아프리카 메기에게 벌 떼처럼 달려들어서 주먹이며 발길질, 몽둥이 등으로 마구 짓이겨대기 시작했다. 그럼에도 불구하고 아프리카 메기는 악착같이 부르짖었다.

"만세! 만세! 자유 만세! 자유 만세! 자유 만세! 자유 만세……."

아프리카 메기는 결국 초주검이 된 채 독방에 감금되었다. 그리고 얼굴이 어긋나고 골통이 깨진 것은 제쳐두고라도 부러진 팔이며 갈비뼈, 그리고 이빨 몇 개가 와장창 나간 것들마저 아예 치료받을 희망을 버려야 했다. 수용소 측에서 병원에 보내줄 리가 만무했다. 물론 수용소 측에서는 나름대로 인간적인 성의를 보이느라고 안티푸라민이라든가 물파스, 그리고 머큐로크롬 같은 의약품을 반입해주기는 했다.

아프리카 메기는 이제 이곳 수용소를 빠져나갈 희망을 버려야 했다. 이곳 수용소의 빛나는 전통에 따라 저 혼자 기적처럼 나은 뒤 다시 이 비좁은 방 안에 복귀하거나 아니면 독방에서 저 혼자 서서히 죽어가는 일만 남아 있었다. 물론 아프리카 메기가 뒈져봤자 이곳 수용소 측에서는 눈썹 하나 까딱할 필요도 없었다. 이곳 수용소의 빛나는 전통에 따라 해부용 시체로 병원에 넘겨버리든지 아니면 무연고자 처리해서 야밤에 수용소 뒷산에다 묻어버리면 그만이었다. 인간은 때로는 그렇게 쓸쓸하고 잔인하게, 그리고 허망하게 이 세상에서 사라져버릴 수도 있었다.

자유 만세!

우리는 아프리카 메기가 재래식 변소 구석에 몰린 채 수용소 자유사동의 용병들에게 짓이겨지면서도 목이 터져라 부르짖었던 그 가슴 아픈 단어를 결코 잊지 못하고 있었다. 물론 군사독재 정권 시절에도 그런 종류의 외침은 거리에서 혹은 대학가에서 얼마든지 있었다. 하지만 이제는 과거의 유물이 되어버린 것 같은 그런 외침이 한 부랑인 수용소의 재래식 변소에서 또다시 결사적으로 외쳐지고 있었다는 것을 과연 누가 알기나 할 것인가. 사실 군사독재 정권이 물러나고 민주화가 되었다고 하지만 돈 없고 힘없고 빽 없는 하층민들은 보이지 않는 어두운 곳에서 대한민국의 헌법보다 더 막강한 어떤 초월적인 법과 권력에 의해 여전히 철저하게 짓밟히고 구겨지고 망가지고 억압당하고 있었다.

자유 만세!

우리는 아프리카 메기가 부르짖었던 그 가슴 아픈 단어를 떠올릴 때마다 묘한 심정이 되었다. 우리는 사실 기가 막히게 자유를 빼앗긴 처지였다. 다만 술에 취해서 역 대합실이나 골목길 혹은 남의 집 대문 앞에서 곯아떨어졌을 뿐인데도 이런 수용소에 끌려와서 생징역을 살고 있었다. 역대 대통령들의 '선진적인 거리질서 정화'라는 지시가 무섭기는 정말 무서웠다. 그 지시 때문인지 부랑인 수용소는 단박에 헌법을 초월하는 초헌법적인 어떤 이상한 권력을 쥐게 되었던 것이다. 그리고 우리는 그 권력에 의해 고통당하고 학대받고 있었다.

하지만 우리는 수용소 측의 권력에 맞설 만한 어떤 실력이나 조직이나 빽이 없었기 때문에 그저 속수무책으로 당하고 있을 수밖에 없었다. 평소에 신사복이나 넥타이를 매지 않은 것이, 그리고 그런 복장을 갖추고 살 만한 형편이 되지 못했던 것이 그저 한스러울 뿐이었다. 만일 신사복이라도 입고 있었다면 비록 술에 취해 역전 대합실이나 골목길, 혹은 남의 집 대문 앞에서 곯아떨어져 있었을지라도 결코 이런 수용소로 넘겨지지는 않았을 것이다.

5

창밖에는 여전히 새벽이 보이지 않았다.

먼동이 트는 새벽이 오려면 아직 좀더 기다려야 하는지 칙칙한 보안등 불빛만 감시의 눈길을 늦추지 않은 채 이 비좁은 방안을 지겹도록 비쳐대고 있었다. 새벽, 특히 겨울날의 새벽은 언제나 더디게 오는 모양이었다. 우리는 할 수 없이 대빵의 입에서 '편히쉬어'라는 은혜로운 말씀이 떨어질 때까지, 그저 무척 겸손하고 복종적인 자세로 웅크리고 앉은 채, 멍하니 창문을 바라보기도 하고, 눈치껏 꾸벅꾸벅 졸기도 하고, 맞은편에 웅크리고 앉은 놈을 멀뚱멀뚱 쳐다보기도 하고, 실없이 발가락을 꼼지락거리기도 하고, 뇌 세포를 몽롱하게 만들기도 하면서 참으로 무료하고 지겹게 시간을 때워갈 수밖에 없었다.

대빵은 여전히 전화번호부를 들여다보며 독서에 몰두하고 있었다. 정말 대단한 집념이 아닐 수 없었다. 하지만 대빵은 아직도 마음에 드는 여자를 고르지 못한 채 무척 고심하고 있는 눈치였다. 사실 대빵은 요즘 들어서 눈이 무척 높아진 것만은 분명했다. 예전에는 전화번호부를 가지고 독서를 시작하면 얼마 지나지 않아서 곧바로 마음에 드는 여자 이름을 골라내곤 했는데 요즘은 그 시간이 터무니없이 길어지고 있었다.

우리는 대빵이 전화번호부를 가지고 맨 처음 독서를 시작했을 때, 느닷없이 한 여자의 이름을 들먹이며 혼잣말을 해대던 그 이상한 광경을 아직도 뚜렷이 기억하고 있었다. 수용소 측에서 넣어준 구닥다리 전화번호부를 심드렁한 표정으로 이리저리 들추어대던 대빵이 어느 순간 이상한 감탄사를 터뜨렸던 것이다.

"아아, 김윤희라, 김윤희…… 정말 좋은 이름이군, 좋은 이름이야. 이름을 보니 정말 예쁘게 생겼어. 유방이며 엉덩이도 먹음직스럽게 생겼군. 정말 군침이 돌도록 먹음직스럽게 생겼어. 김윤희, 김윤희라……. 아아, 정말 좋은 이름이야, 좋은 이름. 대학도 나왔고 교양도 있게 생겼어. 정말 좋은 이름이야, 좋은 이름……."

대빵은 혼잣말을 중얼거리다가 마치 무언가에 취한 사람처럼 멍하니 천장을 올려다보았다. 아마 전화번호부를 뒤적이다가 김윤희라는 이름이 무척 마음에 들었는데 그 이름을 감미롭게 음미하는 모양이었다. 또한 처음 만나자마자 여관방으로 직행하는 요즘 남녀들처럼, 아마도 대빵은 전화번호부에서 김윤희라는 이름을 발견하자마자 먹음직스러운 유방이며 엉덩이 등을 상상하며 대뜸 김윤희의 옷이라도 벗기고 있는 모양이었다. 마치 김윤희가 바로 코앞에 있기라도 한 듯한 태도였다. 우리는 느닷없는 대빵의 그런 모습을 보고 좀 당황하지 않을 수 없었다. 이 비좁은 방 안에서 무려 6년여를 갇혀 있더니 드디어 대빵이 머리가 돌아버리기 시작한 것은 아닌가 하는 의혹마저 들었다.

하지만 우리는 곧 대빵을 이해했다. 대빵은 결코 머리가 돌아버린 것은 아니었다. 우리도 길거리에서 마주친 여자를 상상 속에서 제멋대로 옷을 벗겨놓고 감상을 하거나 아니면 야릇한 장면을 떠올리는 그런 짓을 해보았던 전력이 있던 것이다. 그렇듯이 대빵은 전화번호부에서 마음에 들었던 여자 이름을 가지고 제멋대로 상상의 날개를 펼쳐본 것뿐이었다.

물론 이곳에 갇혀 있으면 처음에는 상상력으로 버티지만, 그 상상력도 곧 말라비틀어져서 시들시들해지고 마침내 바닥이 드러나게 마련이었다. 중국 돼지의 말처럼 살아 있는 시체가 되어갈 수밖에 없었다. 그런데 전화번호부에 있는 여자들의 이름이 뜻밖에도 대빵의 말라비틀어졌던 상상력에 어떤 단비를 뿌려주었던 모양이었다. 어쨌든 대빵은 전화번호를 뒤적이다가 곧 마음에 드는 여자 이름을 골라내서 이상한 혼잣말을 지껄였던 것이다.

하지만 요즘 대빵은 독서에 대한 안목이 높아져서인지, 아니면 여자를 보는 눈이 높아져서인지, 아니면 무언가 굶주려 있던 것이 조금은 채워져서인지 여자를 고르는 시간이 무척 길어지고 있었다. 사실 우리는 대빵이 가급적 빨리 마음에 드는 여자 이름을 찍어내기를 학수고대할 수밖에 없었다. 대빵이 여자를 고르고 나면 대개 얼마쯤 후에는 우리들한테 '편히쉬어'라는 그 은혜로운 말씀을 내려줄 확률이 높았던 것이다. 그러면 우리는 우선 발이라도 좀 편히 뻗고 옆 사람과 가만가만 대화라도 나눌 수 있었다. 어쨌든 이 비좁은 방 안에서 그나마 쥐꼬리만한 자유가 주어졌던 것이다.

우리는 정말 피곤한 인간들이었다.

사실 우리가 이곳 수용소에 끌려오지만 않았다면 지금쯤 자기 집에서 단잠에 푹 빠져 있거나, 아니면 술에 취해 어딘가에서 곯아떨어져 있거나, 아니면 여관비나 여인숙비를 아끼기 위해 역 대합실에서 곯아떨어져 있거나, 아니면 공장에서 야간작업을 하느라고 피곤에 절어 있거나, 아니면 노동판을 전전하기 위해서 야간열차를 타고 어디론가 쓸쓸히 떠나고 있거나, 아니면 어떤 계집년하고 애매한 오입질을 하고 있거나, 어쨌든 제각기 자신들의 인생을 살아가고 있을 것이 분명했다. 미친놈들이 아닌 이상 지금 이 시간에, 이 비좁은 방 안에서처럼 무척 겸손하고 복종적인 자세로 잔뜩 웅크리고 앉아 있을 리가 만무했다. 하지만 이곳 부랑인 수용소는 '선진적인 거리질서 정화'를 위해서 인간 버러지, 인간 기생충들을 잡아 가두는 곳이었기 때문에, 그리고 어떤 초헌법적인 권력이 지배하는 곳이었기 때문에, 우리는 그저 속수무책으로 복종을 하고 있을 수밖에 없었다.

　대빵의 독서 시간이 터무니없이 길어지자 우리는 차츰 지쳐 가고 있었다. 우리는 이윽고 이 비좁은 방 안에 가득 고여 있는 무료함과 권태로움, 그리고 막막함 능에 지진 나머지 제각기 서로의 얼굴을 힐끔힐끔 훔쳐보기 시작했다. 물론 상대방의 얼굴을 훔쳐본다고 해봤자 매일같이 지겹도록 마주 대하는 얼굴이다 보니 사실 새로울 것도 없는 상통들이었다. 하지만 마땅히 할 일도 없는 무척 적막한 꼭두새벽에, 무료함과 권태로움,

그리고 막막함 등에 지친 나머지 상대방의 얼굴이라도 힐끔거리다 보면 상대방의 고달프고 쓸쓸한 모습을 통해서 자신의 고달픔과 쓸쓸함의 정체를 은연중에 확인해볼 수도 있었다. 그리고 자기만의 어떤 회한에 젖을 수도 있었다. 사실 상상력이 말라비틀어진 머릿속에 어떤 회한이라도 찾아든다면 그래도 살아 있다는 것을 아주 조금은 실감할 수 있었던 것이다.

우리는 어느새 필리핀 염소를 주목하기 시작했다.

필리핀 염소는 아까부터 한 손으로는 코딱지를 후벼 파고 또 한 손으로는 귀를 후비거나 머리를 긁적거리고 그러면서 쉴 새 없이 양다리를 달달달 떨어대고 있었다. 우리는 인간이 여러 가지 동작을 한꺼번에 동시에 할 수도 있다는 것을 마치 난생 처음 발견이라도 한 것처럼 일제히 필리핀 염소를 주목했다. 필리핀 염소는 우리가 주목하고 있는 것도 모르는지 눈을 적당히 내리깐 채 자신의 행동에 완전히 몰입해 있었다. 늙은 나이 치고는 대단한 집중력이 아닐 수 없었다.

필리핀 사람처럼 불그죽죽한 얼굴에다 코끝이 늘 빨갛게 물들어 있는 필리핀 염소는 젊어서 꽤 대단한 술꾼이었다. 물론 나이 들어서도 대단한 술꾼이었고 못 말리는 오입쟁이였다. 필리핀 염소의 고백에 따르면 조상한테 물려받은 문전옥답 수백 마지기를 술과 계집의 치마폭에다 거의 다 날려버린 모양이었다. 그래서인지 찢어지게 가난한 집 출신이었던 대빵이 필리핀 염소에게 어떤 적개심이나 경멸감을 품게 되는 것은 어쩔 수 없는 모양이었다.

　필리핀 염소는 무척 운이 좋게도 수용소 측에서 집에다 전화 연락을 해보았을 때 금방 통화가 되었던 축에 들었다. 그런데 집에서 인도해 가기를 거부한 무척 불운한 경력도 가지고 있었다. 수용소 총무님이 고개를 갸웃거리며 그런 통보를 해주었을 때 필리핀 염소는 자기 아내에게 저주를 퍼붓기 시작했다. 아니 저주가 아니라 복수의 다짐을 퍼부었다.

　"내가 이곳에서 빠져나가기만 하면 그 개쌍년을 당장 목을 졸라 죽여버리든가 해야지. 아니 하늘 같은 서방님이 이런 좆 같은 곳에 잡혀 있는데 직접 와서 데려갈 것을 거부를 해? 오냐, 이제는 복수다, 복수. 오로지 복수다, 복수……. 가만, 이 개쌍년을 목을 졸라 죽이는 것보다 아예 토막을 내서 죽여버리든가 해야지……."

　필리핀 염소는 입에다 게거품을 물며 아주 살벌하게 복수를 다짐했다. 대빵도 그 순간만은 필리핀 염소의 처지를 동정했는지 필리핀 염소가 이 비좁은 방 안에서 마치 자기 집 안방에서처럼 떠들어대도 그냥 눈감아주었다. 필리핀 염소는 내친김에 젊은 날, 자신의 화려했던 족보를 떠벌리기 시작했는데 대개는 여자들을 데리고 술 먹고 오입질했던 이야기였다. 그리고 그 많은 집안 재산을 어떻게 날려버렸는가 하는 내용이기도 했다. 그러면서 또다시 복수를 다짐했다.

　"내가 이곳에서 빠져나가기만 하면…… 네년은 이제 죽었다.

내 손에 죽기 싫으면 스스로 알아서 자살을 해야 할 것이다. 자살, 자살……. 아아, 박순자, 이 늙은 암탉. 기다려라, 내가 네 년한테 곧 무시무시한 황천 구경을 시켜줄 테니까……."

우리는 필리핀 염소가 떠벌리는 복수의 다짐을 들으면서 필리핀 염소의 집에서 왜 필리핀 염소를 인도해 가기를 거부했는지 대충 짐작을 했다. 필리핀 염소는 자신의 아내한테 아마 저승사자처럼 군림했던 모양이었다. 또한 문전옥답 수백 마지기를 술과 계집들의 치마폭에다 날려버린 전력도 있었던 것이다. 대빵은 필리핀 염소가 너무 기고만장해졌다고 판단을 내렸는지 마침내 침묵을 깨고 한마디 경고를 했다.

"좀 조용히 못 하겠어?"

"내가, 내가 지금 머리가 돌아버릴 지경인데……."

"어이, 여보쇼. 당신이 아까부터 자꾸 복수, 복수를 떠벌리고 있는데…… 그럼 당신은 한 집안의 가장으로서 떳떳하게 행동을 해왔어? 한 집안의 가장으로서 올바르게 처신을 해왔냐고. 오죽하면 집구석에서 당신을 인도해 가기를 거부했겠어? 안 그래? 왜, 내 말이 떫어? 떫으면 웃통 벗고 한판 붙어볼까?"

대빵이 핏대를 올리며 이렇게 다그치자 필리핀 염소는 순간 이 비좁은 방 안의 엄격한 권력관계며 위계질서, 그리고 어지간한 감옥 뺨치는 살벌한 분위기를 깨닫고 입을 다물었다. 그리고 우리들처럼 무척 겸손하고 복종적인 자세로 바짝 웅크리고 앉은 채 고개를 푹 떨구었다. 필리핀 염소에게는 이제 그 화려했던 젊은 날은 지나갔고 고달픈 늙은 날들만이 남아 있었던 것이다.

그런데 필리핀 염소는 어느 순간 우리들이 집단으로 자신을 열심히 관찰하고 있다는 것을 알아차린 모양이었다. 필리핀 염소는 모든 동작을 일시에 중단하고 무척 황당한 표정으로 우리를 되짚어 바라보기 시작했다. 어쨌든 이 비좁은 방 안에서는 누군가한테 주목을 받는 것이 결코 기분 좋은 일은 아니었다. 왠지 불안하고 초조해질 수밖에 없었다. 필리핀 염소는 너무나 당황했는지 두 눈을 부라리며 우리를 사납게 노려보기까지 했다. 우리는 좀 어이가 없었다. 우리는 결코 필리핀 염소에게 어떤 악감정이 있어서 집단으로 주목한 것은 아니었다. 필리핀 염소가 한꺼번에 여러 동작을 하고 있었기 때문에 그 모습이 하도 신기해서 무의식중에 시선이 집중되었을 뿐이었다. 그런데도 필리핀 염소는 우리를 사납게 노려보았다.

우리는 할 수 없이 다른 데로 시선을 돌릴 수밖에 없었다. 물론 필리핀 염소가 이 비좁은 방 안의 최고 권력자인 대빵은 아니었지만, 그래서 우리가 굳이 눈길을 피할 이유는 없었지만, 그래도 동료의 자존심까지 건드리고 싶지는 않았기 때문에 우리는 애써 눈길을 피해주었다. 우리는 민망함을 달래기라도 하듯이 슬그머니 방아깨비를 주목하기 시작했다. 사실 방아깨비가 쉴 새 없이 고개를 끄덕이며 누군가를 향해 혹은 무언가를 향해 히죽히죽 퍼붓고 있는 그 조롱이나 비웃음은 언제 구경해도 묘한 여운이 있었다.

방아깨비는 우리의 기대에 어긋나지 않게 오늘도 쉴 새 없이 고개를 끄덕이며 누군가를 향해 혹은 무언가를 향해 히죽히죽 비웃음과 조롱을 퍼붓고 있었다. 사실 방아깨비는 이곳 수용소에서 평생을 보내야 할지도 몰랐다. 누군가를 혹은 무언가를 끊임없이 비웃고 조롱해대는 저런 강직하고 안하무인 격인 위인을 일반 사회에서는 결코 용납해줄 리가 없었다. 그런데도 방아깨비는 그런 것쯤에는 전혀 개의치 않는 모양이었다. 항상 그렇듯이 오늘도 아주 자신만만하게 누군가를 혹은 무언가를 향해 히죽히죽 조롱과 비웃음을 퍼붓고 있었다.

우리는 이번에는 베트남 방랑자에게 눈길을 돌렸다. 베트남 방랑자는 오늘도 양손을 가랑이에 쑤셔넣고 바보처럼 멍하니 앉아 있었다. 사실 베트남 방랑자는 어느 한곳 기댈 곳도 없고 전화를 걸 곳도 없는 진짜 부랑자였다. 더욱이 월남전에 참전한 이후로 직업 한번 가져본 적 없이 전국을 부랑자로 떠돌아다녔던 전력이 말해주듯이 이제는 거의 폐인이나 다름없었다. 1960년대 후반에 월남전에 참전했던 베트남 방랑자의 머릿속에는 아직도 수류탄이 날아다니고 어떤 죽음의 흔적이 떠다니고 있었다. 그래서인지 이따금 공포에 질린 눈길로, 그리고 공허한 목소리로 혼잣말을 중얼거리곤 했다.

"너는, 너는 내가 죽인 게 아냐. 내가 죽인 게 아냐……. 결코 내가 죽인 게 아냐. 너는, 너는 내가 죽이지 않았어. 정말 내가 죽이지 않았어…….”

베트남 방랑자가 공허한 목소리로 혼잣말을 중얼거리고 있을 때면 또다시 어떤 이상한 악령이 베트남 방랑자의 머릿속을 짓누르고 있다는 것을 우리는 어렴풋이 짐작할 수 있었다. 하지만 베트남 방랑자가 월남전에서 누구를 죽였고, 어떻게 죽였고, 또 그때 상황이 어떠했는가를 통 말한 적이 없었기 때문에 우리는 다만 베트남 방랑자가 월남전에서 누군가를 죽였고, 그리고 그 사건 때문에 무척 오랜 세월 동안 고통받고 있다는 것만을 짐작하고 있을 뿐이었다. 우리는 사실 누군가를 죽여보지도 않았고 또 전쟁터에서 수류탄이나 총을 쏘아보지도 않았기 때문에 베트남 방랑자를 어렴풋이 이해할 뿐 전적으로 공감할 수는 없었다.

“방금 수류탄 터지는 소리 못 들었어? 수류탄…….”

베트남 방랑자는 이따금 그런 혼잣말을 중얼거릴 때도 있었다. 그러면 우리는 베트남 방랑자를 물끄러미 바라보며 수류탄이 터지는 광경을 막연히 떠올려볼 수밖에 없었다. 어느 날은 마침내 대빵이 참다못해 질문을 했다.

“어이, 여보쇼. 도대체 수류탄이 어디서 터졌다는 거야? 어디서 터졌어? 당신이 수류탄을 던진 거야, 아니면 베트콩 쪽에서 던진 거야? 말을 해보라고, 말을…….”

그러면 베트남 방랑자는 공허한 눈길로 무언가를 멍하니 바라보다 절레절레 고개를 내젓곤 했다. 어찌 보면 머리가 돌아버린 것 같기도 했다. 그런데도 완전히 돌아버린 것은 아니었다. 대빵은 그런 베트남 방랑자에게 넌덜머리가 났는지 마침내 씹어뱉듯이 중얼거렸다.

"쯧쯧, 당신 같은 사람은 차라리 이런 수용소에 있는 게 낫겠어. 비록 꽁보리밥에다 멀건 된장국 그리고 단무지 몇 개밖에 없지만 그래도 하루 세끼 밥은 주고, 그리고 비좁기는 하지만 그래도 잠은 재워주니까. 쯧쯧, 지랄 났다고 월남전에 참전은 해가지고 저 지경이 됐는지……."

하지만 대빵은 무언가 착각을 하고 있는 것 같았다. 비록 베트남 방랑자가 부랑자일망정 부랑자에게도 엄연히 자유가 있는 법이었다. 이곳저곳 자유롭게 떠돌아다닐 수 있는 자유가 있었던 것이다. 그런데도 대빵은 그런 기본적인 자유를, 그리고 헌법에 보장된 주거 이동의 자유를 베트남 방랑자에게서는 완전히 묵살해버리려는 눈치였다. 물론 무언가 좀 우월한 지위나 직책에 있는 인간은 자기보다 좀 못한 위치에 있는 인간에 대해서 아주 오만하고 교만한 생각을 품게 마련이다. 사실 따지고 보면 수용소 측에서도 대빵이나 우리를 이곳에 처박아놓아야 마땅할 인간 버러지나 인간 기생충으로 판결을 내려버렸던 것이다.

창밖에는 여전히 새벽이 보이지 않았다.

6

"최혜정이라······ 최혜정, 최혜정."

독서에 열중해 있던 대빵이 마침내 어떤 심오한 진리라도 깨친 듯이 여자 이름 하나를 씨부렁대기 시작했다. 무언가 나른한 권태와 무료함에 지쳐 있던 우리는 마치 최면에라도 걸린 듯이 일제히 대빵을 힐끔거렸다.

"음, 최혜정이라, 최혜정······. 그래, 오늘은 최혜정이가 어떨까? 씨팔, 제법 괜찮을 것 같은데······. 어때, 최혜정이란 이름이 제법 그럴듯해 보이지 않아, 안 그래?"

대빵이 누군가에게 동의를 구하듯이 의미심장하게 혼잣말을 중얼거리자 그때까지 대빵의 입에서 여자 이름이 튀어나오기만을 목이 빠지게 기다리고 있던 중국 돼지가 얼른 되받아 물었다.

"누구, 나, 나 말입니까?"

중국 돼지는 대빵의 질문에 대답하는 것은 이 비좁은 방 안의 제2인자인 자기의 몫이라고 철석같이 믿고 있는 위인이었다. 또한 그것은 중국 돼지가 결코 다른 사람한테 빼앗길 수 없는 제2인자의 특권이자 커다란 자부심이었다.

"그래, 아무나 대답해 봐."

"예, 그 문제에 대해서는 내가 대답을 하지요. 최혜정, 최혜정이라······ 음, 글쎄······."

중국 돼지는 말꼬리를 흐리며 일단 뜸을 들였다. 물론 그것은 중국 돼지가 자신의 대답에 어떤 무게와 신뢰감을 실어보려는 극히 상투적인 수작질이라는 것을 우리는 너무도 잘 알고 있었다. 중국 돼지는 잠시 뜸을 들이다가 이윽고 입을 열었다.

"음, 최혜정이라…… 뭐 솔직히 말하면 그저 그런 것 같은데요. 혜정이란 이름이 사실 흔하잖아요? 그리고 내가 경기도 안양에서 주물공장에 다니고 있을 때 우리 옆집에서 쌀가게를 하던 김씨가 있었는데, 그 김씨의 외동딸 이름이 혜정이였지요. 그런데 그 콩알만한 계집애가 더럽게 까져가지고는 지 애비 속을 무척 썩였지요. 중학교 3학년 때부터 여드름투성이 고등학교 남학생 자취방에서 거의 동거를 하다시피 했거든요. 그 혜정이가 동거하는 남학생을 먹여살리기 위해 자기 집에서 쌀도 훔쳐가고 냉장고에서 고기며 생선이며 하여튼 안 훔쳐가는 것이 없었는데…… 아무리 콩알만한 것들이라도 사랑에 미치면 애인을 위해 자기 집에서 무엇이든 다 훔쳐 내오는 모양이지요. 그런데 그 혜정이가 덜컥 임신까지 하자 김씨가 복장이 터지다 못해 결국 혈압으로 쓰러졌거든요. 그러니 혜정이라는 이름이 뭐 그리 좋은 이름이라고 할 수는 없지요. 안 그래요? 안 그렇습니까?"

"씨팔, 듣고 보니 정말 좆같은 년이네. 콩알만한 것이 너무 일찍 까져가지고 그런 짓을 하다 애까지 배다니……. 씨팔, 정말 큰일날 뻔했네. 그래 알았어. 그럼…… 최희숙, 최희숙은 어떨까?"

"최희숙이라…… 음, 최희숙, 최희숙……. 뭐 그 이름도 그저 그런데요. 내가 대구에서 아이스크림공장에 다니고 있을 땐데, 우리 옆집의 옆집, 그러니까 대구 침산동에 있는 침산여인숙에서 왼쪽 골목으로 조금 올라가다 보면 파란 대문 집에서 아주 무시무시한 도사견을 키웠는데…… 그러니까 도사견 키우는 집에서 다시 오른쪽으로 골목을 돌다보면 바로 우리 옆집의 옆집, 그러니까 양철 대문이 있는 박씨네 집에서 자취를 하면서 직물공장에 다니던 최희숙이란 애가 있었는데…… 그 최희숙이가 대학생하고 연애하다 자살을 해버렸거든요. 고향에서 가난에 시달리다 못해 결국 고등학교 1학년을 중퇴하고 객지에 나와 공장에 다니면서 동생들 학비며 고향집 가난땜질이며 그런 역할을 떠맡으며 참 고달프게 살아가고 있었는데…… 최희숙이란 애가 인물이 좀 반반하다 보니 공장 작업반장이며 박씨네 큰아들이며 동네 건달들이며 참 온갖 수캐들이 입맛을 다시며 집적거렸지요. 그런데 최희숙이가 보통 야무지고 도도한 계집애가 아니었거든요. 침을 질질 흘리며 따라붙는 온갖 수캐들을 따돌리고 어떡하든 얌전하고 착실하게 생활하고 있었는데, 어떤 운명의 장난이었는지 시내버스에서 어떻게 인연이 되어 대학생하고 연애를 하게 되었거든요. 물론 최희숙이야 공순이 처지에 대학생하고 연애를 하게 됐으니 이게 웬 떡이냐 하고 가슴이 뛰었겠지요. 지금 세상이야 지나가는 강아지도 대학 졸업장을 물고 다닐 정도로 대학 졸업장이 흔해빠졌으니까 대학생이 뭐 별것도 아니지만, 그 당시만 해도 대학생이라면 좀 알아줬잖아요? 하여간에 그 도도한 계집애가…… 고향집에다 부쳐주어야 할 돈을 그 대학생한테 몽땅 투자를 하기 시작했는데…… 물론 고향집에서는 갑자기 끊긴 돈줄 때문에 머리가 돌아버렸겠지요. 그런데 얼마 지나지 않아서 그 대학생한테 새 애인이 생기면서 비극이 시작되었지요. 말하자면 그 대학생은 제비족 같은 놈이었거든요. 대학생 신분을 이용해서 반반한 공순이들을 등쳐먹으면서 몸 뺏고 돈 뺏으며 적당히 즐기는 아주 악당 같은 놈이었으니까. 최희숙…… 그 도도하고 자존심 강했던 계집애가 결국 충격을 이기지 못하고 자살을 하고 말았지요. 미래의 희망이었던 그 대학생한테 몸 버리고 돈 날리고 거기에다 배신까지 당하고 보니 세상 살아갈 의욕을 잃어버린 거지요. 결국 사랑에 속고 돈에 울고 자살을 하고…… 뭐 그런 슬픈 사연이지요. 최희숙이가 그 대학생한테 마지막 하소연이라도 하느라고 그랬는지 밤늦은 시간에 공중전화박스에서 전화기를 붙들고 전화질을 해대던 풍경이 지금도 눈에 선하군요. 그 추운 겨울날에……. 그러니 최희숙이란 이름이 뭐 별로 좋은 이름이라고 할 수는 없지요. 슬프고 팔자가 사납잖아요. 안 그래요?"

"씨팔, 듣고 보니 정말 슬프고 팔자가 사나운 년이었군. 공순이 생활을 하다 대학생한테 돈까지 바쳐가면서 연애질을 했는데…… 결국 그 대학생 놈한테 농락당한 뒤 자살을 하고…… 에이 기분 나빠. 그럼…… 그럼, 최희정이란 이름은 어떨까? 최희정…….”

“아아, 최희정. 최희정이라, 최희정…….”

중국 돼지는 최희정이란 이름을 듣자마자 마치 옛날 애인 이름이라도 회상하는 것처럼 어떤 감회에 젖는 표정을 지었다. 대빵은 중국 돼지의 그런 표정을 보고 이번에는 잔뜩 기대를 거는 눈치였다. 중국 돼지가 어쨌든 이름 풀이는 제법 그럴싸하게 하고 있었던 것이다. 대빵이 자신을 신뢰의 눈길로 바라보고 있자 중국 돼지는 새삼스레 어떤 감격과 자부심을 느낀 모양이었다. 그래서인지 중국 돼지의 눈에는 대번에 어떤 오만과 교만의 빛이 스치기까지 했다. 사실 최고 권력자가 자신을 잔뜩 신뢰해주는데 오만하고 교만해지지 않을 사람이 어디 있겠는가.

“그러고 보니 오늘은 최씨네 족보를 연구하고 있군요. 어제는 박씨네 족보를 연구하더니. 예, 좋지요. 최씨들…… 최영 장군이라든가 최치원이라든가 그리고 최…… 무엇이더라? 어쨌든 최씨네 집안에서 인물들이 많이 났지요. 또 대대로 뼈대 있는 양반 가문 아닙니까? 뭐 내가 최씨라서 그런 소리를 하는 게 아니라……. 그런데 최희정이란 이름은 사실 좀 골 때리는 이름 아닙니까?”

“왜, 뭐가 골 때린다는 거야? 이름이 부드럽고 좋잖아?”

"뭐 쉽게 말해서 정이 헤픈 냄새가 풍기지 않아요? 좀더 구체적으로 말하자면 똥치들, 그러니까 창녀들이 그런 이름을 많이 가지고 있거든요. 물론 이것은 어느 정도 정확한 통계에 의한 숫자지만…… 대한민국의 창녀들이 6백7십8만 9천 명이라는 통계가 나왔을 때, 희정이란 이름이 그 중의 45퍼센트를 차지한다는 놀라운 분석도 있거든요. 물론 이건 내 사생활의 비밀이기는 하지만, 내가 단골로 알고 지내던 창녀들만 해도 희정이란 이름을 쓰는 애들이 무려 열 손가락을 넘을 정도였거든요. 물론 본명은 아니었을 테지요. 희정이란 이름이 워낙 예쁘고 곱상하니까 이 창녀 저 창녀들이 마구잡이로 갖다 썼을 테지요. 어쨌든 그런 점을 고려해볼 때 희정이란 이름이 결코 좋을 리는 없지요. 창녀 냄새가 잔뜩 풍기니까. 안 그래요? 안 그래?"

중국 돼지는 마치 노련한 감정가처럼 무척 자신만만한 미소를 지으며 대빵의 반응을 기다렸다. 사실 대빵은 중국 돼지가 어떤 감정평가를 내리면 대개 그 감정평가를 긍정하고 신뢰해왔던 편이었다. 그런데 이번에는 대빵의 입에서 신뢰의 맞장구 대신 뜻밖에도 욕설이 튀어나왔다.

"그런데 저 씹새끼는, 저 씹새끼는…… 도대체 인간성이 이상하단 말이야."

대빵은 중국 돼지를 아예 노골적으로 쏘아보기 시작했다. 대빵이 험악한 몰골로 노려보자 중국 돼지는 대빵의 질문에 대답을 하는 동안 아주 자연스럽게 뻗고 있었던 두 다리를 후다닥 거둬들이고 무척 겸손하고 복종적인 자세로 되돌아갔다.

"야, 이 씹새끼야. 너는 주둥아리가 도대체 그 수준밖에 안 되냐? 네놈의 주둥아리에서는 걸핏하면 그 여자 그게 아닌데요, 그 여자 그저 그런데요, 아니면 그 여자 똥치인데요, 그 여자 재수가 없을 텐데요, 그 여자 팔자가 사나운데요, 그 여자 이름은 자살 대기 영순위인데요, 그 여자 더러운 년인데요……. 씨팔, 그런 말밖에 튀어나올 줄 몰라? 이 씹새끼야, 그 여자 그게 아닌데요는 도대체 뭐가 아닌데요,라는 거야? 너는 왜 그렇게 세상을 비웃고 조롱하고 씹어대기만 하는 거냐? 너는 세상을 그렇게밖에는 바라볼 줄 몰라? 그런 부정적인 말밖에 할 줄 몰라? 그러니까 네놈이 그 나이 처먹도록 성공 한번 못해보고 늙다리가 되도록 이 공장 저 공장 떠돌아다니다 말년에 이런 수용소까지 끌려와서 좆같이 고생하고 있는 것 아냐? 알아들어? 내 말을 알아들었냐고. 이 씹새끼야, 알아들었어?"

대빵의 호통에 중국 돼지는 좀 억울하다는 표정이었다. 대빵이 여태껏 자신의 이름 풀이에 마치 고향집 진돗개처럼 잘 길들여져왔는데 아닌 밤중에 홍두깨처럼 갑자기 불같이 화를 내며 반항을 하고 있으니 좀 어이가 없는 모양이었다. 그리고 여태껏 부정적인 이름 풀이만 해온 것도 아니고 불과 얼마 전까지만 해도 대빵이 전화번호부에서 여자 이름을 찍어내면 재벌 회장 딸이라든가, 유학까지 갔다 온 여자 교수라든가 하는 식으로 무척 화려하고 엄청난 이름 풀이도 해왔던 것이다. 중국 돼지는 무척 억울하다는 듯이 변명을 늘어놓기 시작했다.

"그러니까 내 말은 어쨌든…… 그러니까 어쨌든 해석상으로는…… 물론 뭐라고 말을 해야 좋을지 모르겠지만…… 그러니까 실례의 그것이 될지 모르겠지만……."

"아가리 안 닥쳐! 주둥아리 안 닥쳐! 씹새끼가 뭘 또 어영부영 중얼거리고 있어. 콱 밟아 죽여버릴라. 이 새꺄, 막말로 네놈 주둥아리에서 내뱉어진 말이 모두 사실이라는 근거가 어디 있어? 최희정이가 어째서 똥치냔 말이야? 어째서 똥갈보냔 말이야? 이 개자식아, 최희정이가 똥갈보라는 근거가 있어? 근거가 있냐고. 네놈이 근거가 있다고 자신만만하면…… 우리 서로 이 자리에서 당장 생이빨 뽑아버리기 내기를 한번 해볼까? 생이빨 뽑아버리기?"

대빵은 지금 당장이라도 생이빨 뽑아버리기 내기를 할 수 있다는 결의를 나타내주기라도 하듯이 전화번호부를 방바닥에다 내동댕이치면서 자리에서 벌떡 일어섰다. 대빵의 그런 결연한 행동을 보고 중국 돼지는 대번에 사색이 되어버렸다. 더군다나 대빵의 입에서 '생이빨 뽑아버리기 내기'라는 소름 끼치는 말이 튀어나오자 중국 돼지는 허겁지겁 대빵 앞에 무릎을 꿇고 고개를 숙였다.

"미안합니다, 미안합니다. 정말 죄송하게 되었습니다. 사실 나는 결단코 전화번호부에 있는 최희정이란 이름을 가지고 혐

담을 한 건 아니었습니다. 내가 똥갈보라고 한 최희정이
는…… 언젠가 나한테 매독을 옮겨준 그 똥갈보 최희정이라는
년이었지 결코 전화번호부에 있는 최희정이가 아니었습니다.
나한테 매독을 옮겨준 그 개 같은 똥갈보 년이 갑자기 생각이
나다 보니 나도 모르게 그만……. 어쨌든 정말 미안합니다. 죄
송합니다. 그러고 보니 전화번호부에 있는 그 최희정이라는 이
름은 정말 좋은 이름입니다. 사실 얼마나 좋은 이름입니까? 기
쁠 희에다 우물 정 자를 쓰는 모양인데…… 기쁨이 있는 우물
이라. 기쁨이 있는 우물…… 정말 좋은 이름입니다. 좋은 이름,
대길입니다. 대길, 대길……."

"이 좆같은 놈이 뭘 또 어영부영하고 있어. 이 씹새끼야. 그
나저나 나는 네놈이 미워서 화를 낸 건 아냐. 나는 네놈이 사람
새끼가 되라고 다만 훈계를 해주었을 뿐이야. 훈계, 훈계……
알아들었어? 네놈이 늙었다고 자포자기하지 말고 사람이 되라
고 약을 먹여준 거야. 알아들었어? 그러니 앞으로는 생각을 바
꿔서 세상을 좀더 긍정적으로 바라보란 말이야. 그러면 당신
운명이 바뀔 테니까. 당신 운명이……."

서른여섯 살의 대빵은 쉰여섯 살의 중국 돼지에게 사람새끼
가 되라고, 그리고 늙었다고 자포자기하지 말고 세상을 좀더
긍정적으로 바라보아 운명을 바꾸어보라는 무척 감동직인 훈
계를 하고 자리에 털썩 주저앉았다. 사람은 누군가에게 감동적
인 훈계를 하고 나면 어쨌든 자신도 감동에 젖어버리는 모양이

었다. 그래서인지 대빵은 어떤 독한 감동에 취해버리기라도 한 것처럼 입술을 꽉 다물고 방바닥을 묵묵히 쏘아보았다. 그러면서 무언가 좀 복잡한 생각에 빠져드는 것 같았다.

우리는 대빵의 복잡한 표정을 보고 불안해지기 시작했다. 사실 이런 냉랭한 분위기가 계속된다면 대빵이 어느 순간, 갑자기 발작을 해서 누군가를 씹창나게 두들겨 패댈지 알 수 없었다. 사실 권력을 쥔 자는 자신의 스트레스나 불만을 폭력으로 해결해보려는 아주 좆같은 철학을 가지고 있게 마련이었다.

하지만 우리는 대빵의 독서에 대한 집념, 그 치열한 독서열에 희망을 걸어볼 수밖에 없었다. 사실 대빵은 폭력으로 자신의 스트레스나 불만을 해소하는 대신 또다시 전화번호부를 붙들고 독서에 열중함으로써 이 비좁은 방 안에 독가스처럼 잔뜩 퍼져 있는 불안과 공포를 일거에 해소시켜 줄 수도 있었다. 또한 대빵은 그 치열한 독서열이 증명해주듯이 중국 돼지 같은 제법 박학다식한 위인에게 세상을 좀더 긍정적으로 바라보아 당신의 운명을 바꾸어보라고 교훈을 해줄 만한 나름대로의 어떤 개똥철학도 가지고 있었다.

사람은 겉모습만 보고 알 수 없다는 말이 있듯이, 대빵 역시 겉모습만 봐서는 영락없이 병신 같은 놈이었다. 장작개비처럼 비쩍 마른 체구에다 군데군데 작살이 난 이빨이라든가 구부러진 콧잔등, 그리고 얼굴의 흉터 등을 볼 때면 저런 것이 과연 사람 대열에 설 수 있을까 하는 의구심이 들기도 하지만 실제로 말하는 것을 보면 그렇지도 않았다.

"우리는 역사 속에서 과연 어떤 존재들일까?"

아프리카 메기가 혼자 반란을 일으키다 진압당하고 독방으로 끌려간 얼마 뒤, 대빵이 그런 혼잣말을 중얼거렸을 때 사실 우리는 놀라움을 금치 못했다. 심지어 어떤 신선한 충격을 받기까지 했다. 가난한 집안 형편 때문에 중학교 졸업 후 일찌감치 고향을 떠나서 프레스공장이며 가구공장 등을 전전하다 건축목수로 전향한 뒤 전국의 공사판을 떠돌아다닌 인생 역정치고는 무척 철학적이고 고차원적인 말을 꺼냈던 것이다.

하지만 대빵이 한때 고졸 학력을 따내기 위해서 나름대로 검정고시 준비를 했었고 심지어 대학교 건축학과에 진학해서 자신의 운명을 바꾸어보려고 했던 전력을 고려한다면 결코 고차원적인 말은 아니었다. 우리는 대빵이 노동판에서 건축목수로 떠돌면서도 피곤한 몸을 달래가며 밤늦게까지 영어 단어라든가 수학 공식 등을 혼자서 공부했던 전력을 알고 있었다. 또한 서점에서 사서 읽었던 몇 권의 시집이나 에세이집의 내용도 알고 있었다. 물론 그 책들은 중졸 학력의 대빵에게 두고두고 마음의 양식이 되었을지도 몰랐다.

그런데 한창때인 서른 살 때, 술에 취해 역전 대합실에서 곯아떨어졌다가 이곳 수용소로 끌려온 뒤 대빵은 벌써 서른여섯 살이 되어 있었다. 이제 넬모레면 불혹이라고 일컫는 마흔 살이 가까운 나이였다. 어쩌면 대빵의 운명은 이곳 수용소가 결정해주었는지도 몰랐다. 사실 이곳 수용소에 끌려오지만 않았다면 대빵은 지금쯤 만학도로 대학교 건축학과에 다니고 있을지도 몰랐다. 그리고 전화번호부 대신 좀더 다양한 독서를 해서 아주 해박한 지식인이 되어 있을지도 몰랐다.

물론 그런 식으로 따지고 본다면 우리의 운명도 이곳 수용소가 결정해놓은 것이나 다름없었다. 만일 우리가 이곳 수용소에 끌려오지만 않았다면 우리들 중의 누군가가 복권을 사서 그 복권이 일등으로 당첨돼 억만장자가 되었을 수도 있었다. 그러니까 우리들 중의 누군가가 그 엄청난 기회를 놓쳐버렸는지도 알수 없었다. 또한 필리핀 염소가 입버릇처럼 하는 말과 같이 복덕방을 하고 있거나, 중국 돼지가 딸내미를 찾아내서 딸의 운명을 바꾸어놓았거나, 개백정이 식당 아줌마하고 살림을 차려서 아옹다옹하며 살아가고 있거나, 아프리카 메기가 다른 여자를 만나서 전혀 새로운 인생을 살아가고 있을지도 몰랐다. 그런데 우리는 이곳에 수용되면서 운명이 바뀔 수도 있는 그런 절호의 기회를 놓치고 인간 기생충, 인간 버러지로 하루하루 연명하고 있었다. 정말 지긋지긋하고 소름 끼치는 일이었다.

"우리는 역사 속에서 과연 어떤 존재들인가?"

대빵이 또다시 혼잣말을 중얼거릴 때쯤 해서 우리는 대빵의 심정을 어느 정도 이해하기 시작했다. 수용소 측에서는 우리를 인간 버러지나 인간 기생충으로 판결을 내렸지만 우리도 일반 사회에서는 엄연히 한 인간으로 살아가고 있었다. 비록 돈 없고 힘없고 빽 없고, 그럴듯한 직업마저 없는 그저 그런 따라지 같은 인생들이었지만 그래도 엄연히 한 인간으로서 존재하고 있었다. 대빵은 바로 그런 미묘한 차이 때문에 우리는 역사 속에서 과연 어떤 존재들인가,라는 혼잣말을 중얼거리는 것 같았다.

"씨팔, 우리는 도대체 역사 속에서 어떤 존재들이냐고, 어떤 존재?"

대빵은 또다시 혼잣말을 중얼거렸는데 사실 대빵의 그 질문은 이 비좁은 방 안에서 누군가가 선뜻 대답을 해줄 만한 그런 내용은 아니었다. 우리는 역사 속에서 과연 어떤 존재들인가, 라는 그런 고차원적인 질문에 아주 명쾌하게 해설을 해줄 수 있는 인물이 이 비좁은 방 안에 설사 있다고 해도 대빵의 혼잣말에 괜히 잘난 척하며 선뜻 나설 수는 없었다. 재수 없으면 대빵하고 토론을 벌이다 그야말로 씹창나게 얻어터질 수도 있었던 것이다.

"아아, 우리는 도대체 역사 속에서 어떤 존재들일까? 어떤 존재들이냐고…….."

대빵은 마침내 자기 머리칼을 쥐어뜯으면서 혼자 몸부림을 치기도 했는데 우리는 대빵의 그런 모습을 바라보며 그저 늘어시세 하품을 해대거나, 무언가를 알겠다는 듯이 맞은편에 앉은 놈하고 히죽히죽 눈웃음을 맞추거나, 그런 고뇌쯤은 아무런 관심도 없다는 듯이 혹은 이미 진작에 끝냈다는 듯이 그저 눈치껏 졸고 있거나, 아니면 대빵이 혹시 미치기 시작한 것은 아닌가 하고 떨떠름한 눈길로 대빵을 지켜보는 수밖에 달리 할 일이 없었다. 대빵은 혼자 고뇌하다 지쳤는지 마침내 이 비좁은 방 안의 제3인자인 개백정에게 질문을 했다.

"어이, 개백정. 대답을 해봐. 우리는 역사 속에서 과연 어떤 존재들인지……."

개백정은 느닷없는 대빵의 질문에 좀 당황한 눈치를 보였다. 물론 개백정은 개를 때려잡는 법이라든지 염소를 때려잡는 법, 혹은 개장국을 끓일 때 고춧가루나 마늘, 파, 머윗대, 소금, 조미료 등을 얼마를 집어넣고 또 어떤 순서로 집어넣어야 하는가라는 문제에는 거의 박사급 수준에 도달해 있었지만 개똥철학 쪽으로는 아예 질색을 하는 편이었다.

물론 개백정이 인생에 대해서 혹은 개똥철학에 대해서 전혀 무지한 인물은 아니었다. 여자를 꼬실 때는 두 눈 딱 감고 여자에게 선물을 퍼부어주어야 여자가 남자에게 호감을 갖게 된다든가, 청바지 같은 것을 살 때는 백화점 같은 데서 비싼 돈 주고 사는 것보다 재래식 시장에서 사는 것이 훨씬 이익이라든가, 남녀가 이혼을 할 때 성격 차이 타령을 하지만 내막을 파보면 그것이 결국은 돈 문제라든가, 국회의원이 되려면 돈을 퍼부어야 하지만 국회의원이 되면 결국 그 돈을 다시 몇 곱빼기로 빼먹을 수 있기 때문에 국회의원이 되는 것은 무척 수지가 맞는 장사라든가, 여자가 남자보다 오래 사는 이유는 섹스를 할 때 여자가 남자보다 에너지를 덜 소모하기 때문이라든가, 하여간에 나름대로 인생에 대해서 그리고 개똥철학에 대해서 무언가를 다방면으로 알고는 있었다. 그런데 자신의 취향에 맞지 않는 개똥철학, 예를 들면 역사라든가 종교, 과학, 윤리 혹은 학교, 군대 같은 문제에 대해서는 아주 질색을 했다. 대빵은 개백정이 떨떠름한 얼굴로 침묵을 지키고 있자 다시 한 번 질문을 했다.

"대답을 해보라니까. 우리는 역사 속에서 과연 어떤 존재들인지……."

"글쎄…… 역사가 뭐요? 역사란 게 뭐냐고. 고구려, 백제, 신라, 그런 것 아니오? 젠장, 그런 옛날 나라에서 우리가 존재할 이유가 뭐가 있소? 우리가 타임머신 타고 그런 나라에 갈 수도 없고……. 그러니 우리가 구태여 역사에서 존재해봤자 말짱 도루묵으로나 존재할 테지. 그런 뻔한 것을 뭐 하러 물어보는 거요? 젠장, 중학교 중퇴 학력이라고 나를 너무 우습게 보지 마쇼. 나도 알 것은 다 알고 있는 놈이니까……."

"이런 씨팔. 그러니까 고구려, 백제, 신라, 그런 옛날 나라 말고 대한민국이라는 나라에서 우리가 과연 어떤 존재로 존재하느냐고?"

"젠장, 그걸 말이라고 히쇼? 우리야…… 우리야 뭐 대한민국에서 개를 때려잡는 개백정이거나 망치질도 제대로 할 줄 모르면서 아파트 건축 현장을 떠도는 개목수…… 아니면 이 공장

저 공장 떠돌아다니는 공돌이 공순이…… 아니면 집도 절도 없이 떠돌아다니는 부랑자들…… 뭐 그저 그런 놈들 아니오? 지금은 이 수용소에서 인간 버러지, 인간 기생충으로 모두 똑같은 처지로 있지만…… 똑같은 처지. 그런데 씨팔, 그런 뻔한 것을 뭐 하러 물어보는 거요?"

"저런 씹새끼는……."

대빵은 말꼬리를 흐리며 개백정을 잠시 사납게 쏘아보았다. 개백정의 대답이 너무 불손하고 성의가 없으며 건방지다고 느낀 것 같았다. 아마도 대빵은 개백정의 불손하고 건방진 말투가 권력서열의 이동 때문이라고 판단을 내린 모양이었다. 사실 대빵은 이 비좁은 방 안의 제2인자였던 개백정을 제3인자로 밀어내고, 대신 중국 돼지를 제2인자 자리에 앉혔던 것이다. 물론 개백정은 대빵이 중국 돼지에게 자신의 제2인자 자리를 내준 일에 대해서 당연히 불만을 품고 있을 게 뻔했다. 사실 그 누구라도 제2인자라는 자리를 박탈당하면 바보가 아닌 이상 불만을 품을 수밖에 없었다.

대빵은 개백정을 잠시 사납게 노려보며 이 개자식을 그냥 냅다 두들겨 팰까 어쩔까 하고 갈등을 하는 눈치였다. 대빵은 이윽고 분을 참지 못했는지 돌돌 말아 쥔 전화번호부를 개백정의 얼굴에다 힘껏 내던졌다. 그러니까 권력을 쥔 사람 앞에서는 어떤 불만이 있더라도 우선은 말조심을 할 필요가 있었다. 개백정이 전화번호부에 맞은 얼굴을 감싸 쥐고 고개를 떨구고 있자 대빵은 잠시 씩씩거리다가 중국 돼지에게 질문을 했다.

"개백정, 저 씨팔놈은 너무 무식해서 탈이란 말이야. 그러니 사회에 있을 때 호스로 잔뜩 물 먹인 개나 때려잡았겠지만…….어이 중국 돼지, 당신은 무어라고 생각해? 우리는 역사 속에서 과연 어떤 존재들이라고 생각해?"

중국 돼지는 드디어 자신에게 질문이 돌아오자 무척 겸손하고 복종적인 자세로 우선 고개부터 몇 번 끄덕였다. 제2인자의 자세가 어떠해야 하는가를 아주 모범적으로 보여주려고 아예 작정을 한 듯한 모습이었다. 물론 개백정이라면 어림도 없는 무척 세련된 동작이었다. 그리고 헛기침을 몇 번 뱉고 난 뒤 입을 열었다.

"예, 그것은 사실 매우 어려운…… 그러니까 예를 들면 아주 난해한…… 무척 철학적인 질문이라고 할 수 있는데…… 그러니까 어쨌든…… 말하자면 어렵기는 하지만…… 하기야 뭐 어쨌든……."

"그러니까 대체 뭐냐고?"

"그러니까 매우 철학적이기는 하지만…… 그러니까 어쨌든 무척 난해하다고도 할 수 있는 문제이겠지만…… 말하자면 어렵고도 난해한 질문이기는 하지만…… 그러니까…….."

"이 씹새끼야, 그러니까 대체 뭐냐고?"

"아, 예예, 말하지요. 그러니까 말하자면…… 우리는 역사 속에서 살아 있는 시체로 존재한다고 볼 수 있지요. 그러니까 말하자면…… 살아 있는 시체지요. 역사 속의 살아 있는 시체. 아아, 역사 속의 살아 있는 시체…… 안 그래요? 안 그렇습니까?"

우리는 중국 돼지가 살아 있는 시체라는 말을 또 써먹는 꼴을 보고 내심 코웃음을 치지 않을 수 없었다. 사실 중국 돼지는 살아 있는 시체라는 한마디로 이 비좁은 방 안의 제일 말단 자리에서 단박에 제3인자 자리를 꿰찬 억세게 운이 좋았던 인물이다. 그리고는 내친김에 제2인자 자리까지 차지한 정말 입지전적인 인물이었다. 그런데 또다시 살아 있는 시체를 써먹는 꼴을 보고 우리는 내심 입맛이 쓰지 않을 수 없었다. 우리도 나름대로 판단력이 있고 질투심도 있었던 것이다.

"우리는 역사 속에서 살아 있는 시체로 존재한다? 살아 있는 시체, 살아 있는 시체로?"

대빵은 고개를 갸우뚱거리며 중국 돼지의 말을 곰곰 곱씹어 보는 눈치였다. 대빵의 그런 모습을 보고 개백정은 대번에 얼굴이 일그러졌다. 어쨌든 자신이 대답했을 때하고는 반응이 영 달랐던 것이다. 그래서인지 개백정은 분노의 눈길로 중국 돼지를 맹렬히 쏘아보았는데, 아마도 자신이 차지하고 있던 제2인자 자리를 중국 돼지가 말솜씨 몇 마디로 빼앗아갔다는 어떤 피해의식 같은 것이 또다시 불길처럼 치솟고 있는 모양이었다. 우리는 그 광경을 보며 그저 쓴웃음만 지을 수밖에 없었다.

"그래, 맞아. 맞는 말이야. 우리는 역사 속에서 살아 있는 시체로 존재하는지도 모르지. 살아 있는 시체. 역사 속의 살아 있는 시체. 씨팔."

대빵은 마침내 고개를 끄덕이면서 중국 돼지의 새로운 학설을 승인해주는 눈치였다. 우리는 대빵의 그런 태도에 입맛이 쓰지 않을 수 없었다. 우리도 질투심은 있었던 것이다. 대빵은 중국 돼지를 너무 총애한 나머지 이제는 중국 돼지가 무슨 말을 해도 그저 고개만 끄덕이는 바보, 멍청이가 되어버린 것은 아닌가 하는 의혹마저 들고 있었다. 어쨌든 대빵은 중국 돼지를 너무 총애하고 있었던 것이다.

7

하지만 권력이란 돌고 돌게 마련인 모양이었다.

오늘은 뜻밖에도 대빵이 중국 돼지에게 불같이 화를 냈던 것이다. 생이빨 뽑아버리기 내기 운운하는 말을 꺼낼 정도면 대빵이 보통 화가 난 것이 아니었다. 더욱이 중국 돼지에게 세상을 긍정적으로 바라보아 운명을 바꾸어보라는 식의 감동적인 훈계까지 할 정도면 이제는 중국 돼지를 갈잖은 인간으로까지 판단을 내려버렸는지도 몰랐다. 그리고 이참에 이 비좁은 방 안의 제2인자 자리를 갈아치워버릴까 어쩔까 하고 망설이고 있는지도 몰랐다. 물론 현재의 서열 관계상 이 비좁은 방 안에서 중국 돼지를 밀어내고 제2인자 자리에 오를 수 있는 인물로는, 제3인자인 개백정과 제4인자인 로마의 쥐새끼를 꼽을 수 있었다.

하지만 가장 강력한 후보는 단연 개백정이었다. 로마의 쥐새끼는 너무 비겁하고 비굴한 놈이라고 우리에게 이미 낙인이 찍혀 있는 처지였다. 해병대 출신도 얼마나 비겁하고 비굴해질 수 있는가를 우리는 로마의 쥐새끼를 통해 생생하게 알게 되었던 것이다. 대빵이 워낙 특수부대를 좋아해서 로마의 쥐새끼한테 덜컥 제4인자 자리를 내주기는 했지만 사실 로마의 쥐새끼는 이 비좁은 방 안에서 제일 말단인 재래식 변소 앞에나 웅크리고 앉아 있어야 할 놈이었다. 그러니 대빵이 중국 돼지를 제2인자 자리에서 밀어낸다면 개백정이 제2인자 자리로 복귀하는 것은 이제 시간문제였다.

더욱이 개백정은 한때 이 비좁은 방 안의 제2인자였던 인물이다. 비록 중국 돼지에게 밀려서 제3인자로 전락해 있지만 엄연히 이 비좁은 방 안의 실력자로 통했다. 어쨌든 전관예우가 있었던 것이다. 물론 개백정은 자신을 밀어낸 중국 돼지에게 당연히 악감정을 품을 수밖에 없었다. 그래서인지 개백정은 제2인자 자리에서 밀려나자 틈만 나면 중국 돼지의 심기를 툭툭 건드리며 시비를 걸어대기 시작했다.

"어떤 좆같은 양반은 우리가 살아 있는 시체라고 씨부렁거리던데…… 씨팔, 그런 것도 말이라고 씨부렁거리는 건가? 까놓고 얘기해서 우리는 개 농장에서 사육되고 있는 개새끼들이나 마찬가진데……. 아니, 이곳 수용소에서 사육되고 있는 개새끼들이나 마찬가진데……. 그래서 주인 꼴리는 대로 이 우리 저 우리로 맘대로 옮기거나 때려잡아버릴 수도 있는 개새끼들이나 마찬가진데……. 그런데 어떤 좆같은 양반은 그런 우리들을 살아 있는 시체라고? 네미 염병하고 있네. 씨팔, 넋 빠져도 한참 넋 빠진 소리지…….”

　제2인자 자리를 빼앗기고 제3인자 자리로 옮긴 지 며칠 후 개백정은 그런 식으로 중국 돼지한테 아예 노골적으로 시비를 걸었다. 물론 중국 돼지가 자신을 밀어내고 제2인자 자리를 차지하자, 우리는 살아 있는 시체다,라는 중국 돼지의 개똥철학을 뒤집어엎어버리기 위해서 그런 말을 꺼낸 것인지, 아니면 평소에 우리들의 처지를 개 농장에서 사육되고 있는 개새끼들처럼 생각하고 있다가 마침내 작심을 하고 그런 말을 꺼낸 것인지 우리로서는 그 내막까지 알 수는 없었다.

　하지만 개백정의 말을 곰곰 곱씹어보면 맞는 말 같기도 했다. 좀 기분이 나쁘기는 하지만 우리는 개 사육장에서 사육되고 있는 개 같은 존재 같기도 했다. 어떤 이윤이나 이득이 남지 않으면 대량으로 개를 키우지 않듯이 이곳 수용소 측에서도 어떤 이윤이나 이득이 남지 않는다면 결코 우리를 대량으로 수용하고 있지는 않을 것 같았다. 또한 신고를 받고 출동한 경찰이 술에 취한 채 길거리에 꿇아떨어져 있는 우리를 파출소로 데려

가지 않고 이곳 수용소 측에다 넘겨준 것도 무언가 흑막이 있는 것 같았다. 어쩌면 우리는 개백정의 말처럼 사육되고 있는 존재일지도 몰랐다. 어떤 이윤이나 이득 때문에 인간이 인간을 개처럼 사육할 수도 있었던 것이다.

물론 우리한테는 한 가지 공통점이 있기는 했다. 이 비좁은 방 안에 끌려온 사람들은 대개 옷차림이 허름하고 남루해서 누가 보아도 꾀죄죄한 몰골들이었다. 아마도 경찰이나 수용소 측에서는, 아니 대한민국 정부에서는 '선진적인 거리질서 정화'를 위해서 허름하고 남루한 행색의 인간들은 이런 곳에 데려다 놓고 사육을 하기로 어떤 정책이라도 정해놓은 모양이었다. 그렇지 않고서야 멀쩡한 사람들을 이런 비좁은 방 안에다 강제로 수용하고 있을 이유가 없었다.

그런 측면에서 본다면 한때 이 비좁은 방 안의 제2인자였던 개백정도 우리처럼 더럽게 재수가 없는 놈이었다. 술에 취한 채 길거리에서 곯아떨어져 자더라도 막말로 신사복을 걸치고 있거나 넥타이라도 메고 있었다면 결코 이 비좁은 방 안에 끌려오지 않았을지도 몰랐다. 그런데 개백정은 이곳에 끌려오던 날 불운하게도 평소처럼 때에 절은 작업복에다 낡은 청바지를 입고 있었다.

개백정이 그날 엉망으로 취해버린 것은 돈 때문이었다. 나이 마흔셋이 되도록 결혼도 못한 채, 대량으로 개를 키우는 개 농장에서 일꾼으로 일하던 개백정은 운이 좋았는지 아니면 불행의 씨앗이었는지 식당에서 종업원으로 일하는 삼십대 후반의 한 이혼녀를 사귀게 되었다. 구닥다리 일 톤 트럭으로 식당에서 나오는 잔반을 수거하러 다니다 변두리에 있는 한 식당에서 제법 예쁘장한 이혼녀를 알게 되었던 것이다. 첫눈에 반해버린 개백정은 자신의 개똥철학을 실천하듯이 그 이혼녀에게 선물 공세를 퍼붓기 시작했는데, 화장품이며 머플러 혹은 옷가지, 구두 같은 것들을 수시로 선물하여 마침내 이혼녀의 마음을 움직였던 것이다. 그래서 바닷가에 회를 먹으러 간다든가 하는 식으로 데이트까지 하게 되었는데, 사실 그 모든 과정이 돈으로 해결된 셈이었다. 물론 개백정은 개 농장이 자신의 소유라고 뻥을 치기도 했는데, 마음에 드는 여자를 잡기 위해서는 거짓말이든 뭐든 우선 모조리 동원해보는 게 사람의 심리일 수밖에 없었다.

하지만 개백정은 재벌 2세가 아니었고, 그렇다고 개 농장 사장도 아니었고, 다만 개 농장에서 개를 돌보고 개를 때려잡는 종업원이었기 때문에 월급이라고 해봐야 쥐꼬리보다 조금 긴 편이었다. 그래서 개백정이 애써 저축해두었던 돈은 이혼녀 때문에 곧 바닥이 드러나고 말았다. 말하자면 개백정은 이혼녀 한 명을 꼬시기 위해서 그동안 저축해두었던 월급을 모조리 날려버린 셈이었다. 하지만 할 수 없는 일이었다. 개백정은 그런 식으로라도 여자를 잡아야 할 어떤 절박한 처지에 있었다. 나이는 이미 마흔이 넘었고, 학력도 없고, 돈도 없고, 빽도 없고,

그럴싸한 직장마저 없는 개백정으로서는 그런 식으로라도 일단 여자를 잡고 싶었던 것이다.

개백정은 저축해두었던 돈을 다 날려버렸기 때문에 또다시 돈이 필요했다. 개백정에게 돈이 떨어진 눈치가 보이자 식당에서 일하는 이혼녀의 태도가 변하고 있었던 것이다. 물론 개백정은 다급해질 수밖에 없었다. 그래서 돈을 좀 꿔달라고 개 농장 사장하고 실랑이를 하다, 제발 정신 좀 차리라는 사장의 말에 그만 홧술을 마시고 엉망으로 취한 채 길거리에서 쓰러져 자다가 '선진적인 거리질서 정화'를 위해서 이 비좁은 방 안에 끌려왔던 것이다. 유흥비로 하룻밤에 뭉칫돈을 펑펑 날리는 오렌지족들에 비하면 개백정은 정말 밑천이 너무도 짧은 인물이었다. 아마 그래서 이런 수용소에까지 끌려왔는지도 몰랐다. 밑천이 길고 많은 사람들은 결코 이런 수용소에 끌려오지도 않았던 것이다.

개백정은 끌려온 뒤 이곳을 빠져나가려고 무척 노력했다. 식당에서 일하는 이혼녀를 단 하루라도 보지 못하면 안절부절못하게 되는 사랑의 열정을 떠나서, 한 인간으로서 뚜렷한 죄목도 없이 이 비좁은 방 안에 강제로 수용되어야 하는 일은 도저히 견딜 수 없었던 것이다. 개백정이 연락할 수 있는 곳은 사장 집과 누나네 집, 그리고 식당 종업원으로 있는 이혼녀의 전화번호가 전부였다.

하지만 그 전화번호는 모두 통화 불능이었다. 사장 집이나

98

누나네 집, 혹은 식당 종업원으로 있는 이혼녀 등 모두에게 버림을 받은 것인지 아니면 수용소 측에서 일부러 연락을 해주지 않았던 것인지, 아무튼 전화 연락이 안 된다는 통보밖에 없었다. 그래서 개백정은 할 수 없이 이곳 수용소에서 벌써 2년 8개월이 넘도록 생징역을 살고 있는 중이었다. 개백정은 특히 이혼녀에게 희망을 걸어보았지만 그 이혼녀도 전혀 전화 연락이 닿지 않는다는 수용소 측의 통보만을 받았다. 개백정은 갈수록 침울해지고 있었다. 사랑이란 것은, 혹은 인간의 만남이란 것은 때로는 그런 식으로 너무 허망하게 끝나버릴 수도 있었던 것이다.

어쨌든 개백정은 제2인자 자리를 중국 돼지에게 빼앗긴 뒤그 자리를 되찾을 기회를 호시탐탐 노려온 게 사실이었다. 실권이 있든 없든 간에 어쨌든 권력의 자리는 항상 투쟁의 자리인 것만은 분명했다. 중국 돼지에게 제2인자 자리를 날벼락을 맞듯이 빼앗긴 개백정으로서는 우선 자존심부터 산산이 짓밟혔을 것이 틀림없었다. 여자들은 질투를 먹고 산다고 하지만 남자들은 자존심을 먹고 살 때가 많았던 것이다. 그래서인지 개백정은 얼마 전에도 아예 작심을 하고 중국 돼지에게 또 시비를 걸었던 적이 있었다.

"어이, 중국 돼지. 당신 말이야. 당신이 우리는 살아 있는 시체라고 했었지? 살아 있는 시체…… 안 그래?"

"그래서……?"

"웃기는 소리하고 자빠졌네. 여보쇼. 어째서 우리가 시체냔 말이야, 시체는. 씨팔, 시체가 밥 먹고 똥 싸는 것 봤어? 가령 예를 들어서, 예를 들어서 말이야, 그러니까 시체가 주둥아리를 나불거리는 것을 봤냐고. 그러니까 어떤 뚱뚱한 돼지새끼를 겨냥해서 씨팔, 씨팔새끼…… 삼겹살 감도 못 되는 씨팔새끼, 이런 식으로 욕하는 시체도 봤냐고. 봤어, 봤어?"

개백정의 입에서 노골적으로 뚱뚱한 돼지새끼라느니 삼겹살 감도 못 되는 씨팔새끼라느니 하는 모욕적인 단어가 튀어나오자 중국 돼지의 얼굴은 대번에 벌겋게 부풀어올랐다. 중국 돼지는 씩씩거리며 대뜸 개백정에게 쏘아붙였다.

"그럼…… 그럼 자네는 왜 우리가 사육되고 있는 개새끼들이라는, 그런 싸가지 없는 말을 지껄였는가? 다른 말도 아닌 그런 좆같은 말을 왜 지껄였어? 우리가 개새끼들이라니?"

"그거야 당연한 얘기니까 그렇지. 우리는 어차피 수용소에서 키우는 개새끼들이 아니냐고. 그리고 개새끼는 숨이라도 붙어 있지. 그런데 당신은 우리들을 숨통도 붙어 있지 않은 그야말로 좆같은 시체 취급을 했잖아? 나이 먹고 부끄럽지도 않으쇼? 그런 좆같은 횡설수설을 까대는 것이?"

"어어, 지랄하고 있네. 좆도 아무것도 모르는 주제에. 그러니까 그 주제에 개백정질이나 하고 있었겠지."

"뭐라고, 개백정질? 이런 씨팔. 그럼 공장에서 공돌이 생활을 한 것이 그렇게도 자랑스러웠어?"

"그래도 개백정보다는 낫지. 엄연한 노동자니까. 그리고 옛날부터 개백정을 누가 사람 취급이나 해주었나? 사람 취급도 못 받았지. 사람 취급도……."

"사람 취급도 못 받았다고? 아아, 이건 도저히 못 참겠어. 좋아. 그럼 누구 끗발이 센가, 공돌이 끗발이 센가 개백정 끗발이 센가 한번 붙어볼까? 사나이답게 서로 웃통 벗고 한번 붙어봐?"

개백정은 금방이라도 웃통을 벗어부칠 듯이 아주 험악한 기세로 씩씩거리며 대빵을 바라보았다. 물론 결투를 허락해달라는 간절한 청원의 몸짓이었다. 우리는 웅크리고 앉은 채 멍하니 졸고 있거나, 쇠창살이 총총히 박힌 창문 너머로 햇빛이 떠도는 것을 멍하니 지켜보고 있거나, 앞자리에 앉은 놈을 하릴없이 멍하니 바라보고 있거나, 아니면 고개를 떨구고 발가락을 꼼지락거리면서 그 움직임을 실없이 멍하니 내려다보며, 정말 지긋지긋할 정도로 무료한 오후 한나절을 멍하니 보내고 있다가 중국 돼지와 개백정의 갑작스런 소동에 눈빛을 빛내며 흥분하기 시작했다.

세상에서 제일 신나는 구경은 역시 싸움 구경이었다.

바야흐로 이 비좁은 방 안의 제2인자와 제3인자 사이에 피가 튀는 혈투가 벌어질지도 모른다는 기대감에 우리는 좀 긴장이 되기도 했다. 우리는 거액을 건 노련한 도박꾼처럼 나름대로 승부를 점쳐보기도 했는데 뚱뚱한 체격의 중국 돼지와 키는 컸지만 마른 체격에 속하는 개백정은 정말 승부를 점치기 어려울 정도로 막상막하일 것 같았다. 어쩌면 개백정의 번개 같은 일격에 중국 돼지가 순식간에 뻗어버릴 수도 있겠지만, 중국 돼지가 개백정의 멱살을 틀어쥐고 버티면 의외로 엎치락뒤치락하면서 승부가 길어질 것도 같았다. 우리는 마치 무언가에 애타게 목말라 하는 것처럼, 그리고 이 비좁은 방 안의 제2인자와 제3인자의 결투를 제발 허락해달라고 간절히 애원하는 것처럼 대빵을 눈치껏 힐끔힐끔 노려보기까지 했는데 우리의 염원과는 달리 대빵은 의외로 아주 단호하게 결투를 중지시키고 말았다. 대빵은 버럭 고함부터 질렀다.

"이 씹새끼들이 지금 뒈지려고 환장들을 했나. 감히 누구 앞에서……."

대빵은 당장이라도 웃통을 벗어부칠 흉내를 내고 있는 중국 돼지와 개백정을 향해서 계속 고함을 질렀다.

"똑바로 안 앉아? 똑바로 안 앉아? 이 씹새끼들이……. 내가 둘이서 다투는 소리를 아까부터 다 듣고 있었는데……. 개백정, 이 씹새끼야. 겨우 중학교 중퇴 학력이 전부인 네놈이 도대체 무얼 그렇게 많이 안다고 떠들고 있어? 뭐, 우리가 사육되고 있는 개새끼들이라고? 지랄하고 있네. 뭐 눈에는 뭐밖에 안 보인다고 개백정 놈이 정말 지랄하고 있어. 야, 이 씹새끼야. 그럼 나도 개새끼란 말이냐? 나도 개새끼야? 나도 개새끼냐고?"

"아니 뭐 내 말은 그냥, 그냥 뭐…… 그러니까 그냥……."

"아가리 안 닥쳐! 주둥아리 안 닥쳐! 네놈은 네놈이 좆같이 무식하다는 것을 망각한 채 요즘 들어서 무언가를 제법 많이 아는 것처럼 부쩍 떠벌리고 있는데……. 말하자면 뭔가가 꼽다 이거지?"

대빵은 개백정을 집어삼킬 듯이 노려보았다. 사실 제2인자 자리를 누구에게 주든지 간에 그것은 대빵의 고유 권한이었기 때문에 그 누구도 불만을 가질 수는 없었다. 그런데 개백정이 제2인자 자리를 빼앗기고 난 뒤 중국 돼지에게 부쩍 시비를 걸어대고 있었기 때문에 대빵으로서는 이 기회에 무언가 교통정리를 해야 할 필요를 느낀 모양이었다. 또한 이 비좁은 방 안의 엄격한 위계질서까지 흔들리고 있다는 어떤 판단을 내린 것 같았다. 대빵이 사납게 노려보았기 때문에 개백정은 슬그머니 시선을 밑으로 내리깔 수밖에 없었다. 어쨌든 대빵은 이 비좁은 방 안의 최고 권력자였고 그 권력에 도전하는 것은 수용소 측에 도전하는 것이나 마찬가지였기 때문에 개백정으로서는 그냥 꾹 눌러 참는 수밖에 없었다. 대빵은 잠시 씩씩거리다가 계속해서 입을 열었다.

"내가 이 자리에서 확실히 정의를 내려줄 테니까 앞으로는 둘이서 다투지 마. 알았어? 말하자면…… 우리는 사육되고 있는 개새끼가 아니라 살아 있는 시체다. 살아 있는 시체…… 알았어? 아무리 우리 신세가 좆같다고는 하지만 어떻게 해서 우리가 사육되고 있는 개새끼가 될 수 있단 말인가? 그러니까 우리는 살아 있는 시체란 말이다, 살아 있는 시체…… 곧 죽어도 인간이란 말이다, 인간. 알았어? 그러니까 앞으로는 그 문제 가지고 서로 다투지 마. 특히 개백정, 이 무식한 놈아. 겨우 중학교 중퇴밖에 안 되는 놈이 뭘 안다고 떠들고 있어. 같잖은 놈이. 개백정 주제에……."

　대빵은 중국 돼지와 개백정의 갈등에 대해서 아주 단호하게 종지부를 찍어주었는데, 말하자면 중국 돼지의 손을 들어준 셈이었다. 또한 우리는 수용소에서 사육되고 있는 개새끼들이다, 라는 개백정의 학설보다는 우리는 수용소의 살아 있는 시체다, 라는 중국 돼지의 학설을 인정해준 셈이었다. 개백정은 대번에 무식한 놈으로 전락하면서 제2인자의 자리에서 한층 더 밀려나는 것처럼 보였다. 물론 개백정으로서는 분통이 터질 만도 했다. 사실 자신의 중학교 중퇴 학력이, 중국 돼지의 고졸 학력이나 대빵의 중졸 학력에 비해서 그렇게까지 꿀리지는 않았던 것이다. 차이가 난다고 해봤자 기껏해야 한 끗발 정도밖에 안 될 텐데 그걸 가지고 대빵이나 중국 돼지가 대단히 유세를 떠는 것을 보고 개백정은 내심 어금니를 깨물었을지도 몰랐다. 사실 어디를 가나 학력은 문제였던 것이다.

　하지만 오늘은 중국 돼지한테 최악의 날인지도 몰랐다. 생이빨 뽑아버리기 내기 운운할 정도로 대빵이 중국 돼지에게 불같이 화를 냈던 것이다. 대빵은 마침내 중국 돼지한테서 어떤 인

간적인 결점이라든가 아니면 이 비좁은 방 안의 제2인자로서
의 어떤 결함 같은 것을 발견했는지도 몰랐다. 그렇다면 중국
돼지는 이제 제2인자 자리에서 밀려날 각오를 해야 할지도 몰
랐다. 물론 권력이란 것은 그런 식으로 돌고 돌게 마련인 모양
이었다.

8

대빵은 여전히 방바닥만 쏘아보았다.

중국 돼지에게 세상을 긍정적으로 바라보아 운명을 바꾸어
보라는 식의 무척 감동적인 훈계를 한 뒤로는 전화번호부에서
여자 고르던 일을 중단한 채 아예 방바닥만 골똘히 쏘아보고
있었다. 우리는 대빵의 그런 모습을 보고 무척 긴장하지 않을
수 없었다. 어쨌든 대빵이 지성인의 상징이라고 할 수 있는 독
서를 중단한 모습은 왠지 우리를 불안하게 만들었다. 책을 읽
는 권력자의 모습은 그래도 좀 안심이 되지만 표정이 잔뜩 굳
은 채 무언가를 골똘히 생각하는 권력자의 모습은 왠지 꺼림칙
하고 두려울 수밖에 없었다.

우리는 정말 피곤한 인간들이있다.

대빵이 매일같이 꼭두새벽부터 전화번호부를 가지고 독서를
하는 동안 무척 겸손하고 복종적인 자세로 웅크리고 앉아 있어

야 하는 일은 정말이지 너무도 힘들고 고된 작업이었다. 더욱이 대빵의 입에서 '편히쉬어'라는 그 은혜로운 말씀이 떨어지기 전까지 우리는 그저 발가락을 꼼지락거리면서 그것을 물끄러미 내려다보고 있거나, 눈치껏 끄덕끄덕 졸고 있거나, 맞은 편에 앉은 상대방을 갑자기 노려보아 상대방을 무척 당황하게 만들어놓고 그것을 은밀히 즐기거나, 옆자리에 앉은 놈의 옆구리나 엉덩이의 촉감에 실없이 온 신경을 곤두세우고 있거나, 대빵이 독서에 열중해 있는 모습을 힐끔힐끔 훔쳐보거나, 아니면 어서 새벽이 오기를 기다리면서 쇠창살이 총총히 박힌 창문을 멍하니 바라보는 것 외에는 마땅히 할 일도 없었다. 더욱이 우리는 이곳에 수용되어 있는 동안 상상력이 거의 말라비틀어졌기 때문에 마치 살아 있는 시체처럼 그저 멍하니 앉아 있을 수밖에 없었다.

우리는 방바닥만 뚫어지게 바라보고 있는 대빵의 눈치를 살피면서 한편으로는 중국 돼지에게 노골적으로 불만과 원망의 화살을 쏘아 보내지 않을 수 없었다. 중국 돼지, 저 진짜 돼지 같은 놈은 도대체 뭐 하러 새벽부터 창녀 이야기를 꺼내가지고 대빵의 심기를 뒤집어놓았는지 도무지 이해를 할 수 없었다. 설사 최희정이란 여자가 자기에게 매독이라는 성병을 옮겨주었다 할지라도 그것은 이미 다 지나간 일이고 그러니까 자신의 개인적인 일로 끝내버렸어야 했다. 그런데도 중국 돼지는 마치 복수를 하듯이 희정이란 여자 이름을 굴비 엮듯이 한 묶음으로

106

엮어 창녀 취급을 해버렸던 것이다. 정말 어쩔 수 없이 돼지 같은 놈이었다.

중국 돼지는 대빵에게 아주 신랄하고도 쪽팔린 훈계를 들은 탓인지 고개를 푹 떨군 채 무척 의기소침해했다. 어쩌면 자신의 제2인자 자리가 전격적으로 갈릴지도 모른다는 위기감마저 느꼈는지 곁눈질로 쉴 새 없이 대빵의 눈치를 살피고 있었다. 물론 중국 돼지는 자식뻘밖에 안 되는 대빵한테 세상을 긍정적으로 살아라,라는 식의 훈계를 들은 것에 대해서 내심 인간적인 굴욕감을 느꼈을지도 몰랐다. 남들은 자기만한 나이 때 사회적인 기반을 다져놓고 단란한 가정을 이룬 사람들도 많은데, 자신은 노동판이며 주물공장, 아이스크림공장, 직물공장, 염색공장 등을 전전하다가 아내와 딸은 가출해버리고, 급기야 부랑인 시설에까지 끌려와서 강제로 감금되는 그런 기막힌 처지에 빠져 있으니 무척 괴로울 만도 했다. 아무튼 중국 돼지의 눈빛은 어떤 회한에 잠겨 있었고 무척 복잡한 감정에 휩싸여 있는 듯 보였다.

대빵은 이윽고 방바닥을 골똘히 쏘아보던 일을 멈추고 콧구멍을 후벼 파기 시작했다. 이따금 가래침을 카악카악 뽑아내서 손바닥에 뱉어낸 뒤 추리닝에다 쓱쓱 문지르는 평소 습관까지 되찾고 있었다. 대빵은 이제 무언가 마음의 정리가 된 것 같았다. 우리는 비로소 안도의 한숨을 내쉬었다. 어쨌든 대빵의 신경이 무척 예민해져 있을 때 누군가가 씹창나게 두들겨 맞지는 않았던 것이다. 대빵은 콧구멍을 후비다 말고 무언가 기분 나쁜 것이라도 살피듯이 눈살을 찌푸리며 삐딱하게 천장을 올려다보았다. 우리는 대빵을 따라서 힐끔힐끔 천장을 살펴보았지만 그곳에는 대빵을 기분 나쁘게 할 만한 아무런 것도 없었다. 그런데도 대빵은 한동안 천장을 올려다보더니 이윽고 혼잣말을 중얼거리기 시작했다.

"내가…… 그러니까 가구 만드는 가구공장 일을 그만두고 충청도 천안 땅, 그러니까 독립기념관 건설 현장에서 건축목수로 일을 할 때였지. 독립기념관, 독립기념관, 아아, 독립기념관……."

대빵은 연신 한숨을 내쉬며 그동안 우리에게 한 번도 하지 않았던 이야기를 꺼냈다. 아마도 묵묵히 방바닥을 쏘아보고 있을 때 그 시절의 추억에라도 젖어 있었던 모양이었다. 그렇다면 우리는 괜히 불안에 떨고 있었는지도 몰랐다.

"그때만 해도 독립기념관은 토목공사가 끝나고 여기저기 커다란 건물들이 들어서고 있을 때였지. 그때가 십여 년 전이었으니까…… 아마 팔십년대 중반이었지? 어쨌든 건물들이 들어서니까 목수며 잡부들이 떼거리로 필요할 때였거든. 하여간에 전국 각지에서 인부들이 떼거리로 몰려오다 보니 독립기념관 주변 마을은 너 나 할 것 없이 함바집을 열었는데…… 멀쩡한 일반 가정집들도 함바집을 여는 통에 마을은 온통 함바집투성이였지. 물론 대림산업에서 독립기념관을 시공하니까 대림산

업에서 인부들 숙소를 지어놓기는 했지만 대부분의 인부들은 마을에 있는 함바집에서 숙식을 해결하곤 했지. 황량한 공사판에 있는 회사 숙소보다는 아무래도 와자지껄하니 사람 사는 맛이 풍기는 마을 함바집이 그래도 나았거든. 나도 마을에 있는 함바집에서 숙식을 했는데…… 그 함바집 딸내미가 참 예쁘고 귀여웠어. 이제 겨우 여고생이었지만 여간 미인이 아니었지. 하여간에 걔만 보면 나도 모르게 이상하게 숨이 멎어버릴 정도였으니까. 정말 숨이 멎어버릴 정도였어. 그래서인지 훗날 그 애만 생각하면 꼭 내 첫사랑 같은 느낌이 들기도 했으니까."

대빵은 그때를 회상하듯이 실눈을 뜨고 삐딱하게 천장을 올려다보았다. 마치 이 비좁은 방 안 천장 어딘가에 그 시절의 풍경이나 그 여학생의 모습이라도 박혀 있다는 듯한 태도였다. 우리도 대빵을 따라서 힐끔힐끔 천장을 바라보았지만 천장에는 파리똥이 묻은 흔적 외에는 아무런 것도 눈에 띄지 않았다. 대빵은 계속해서 입을 열었다.

"그런데 함바집 딸내미…… 그 여학생 이름이 희정이었지. 하여간에 그 희정이는 인근 함바집 인부들한테 단연 인기였지. 아예 드러내놓고 군침을 실실 흘리는 놈들이 한둘이 아니었거든. 물론 나도 그 희정이를 남몰래 좋아하고는 있었지. 희정이란 계집애는 사실 그만한 자격이 있었거든. 하여간에 내가 그 희정이를 얼마나 좋아했던지 함바집에서 방을 같이 쓰는 동료 목수가 희정이를 가지고 음담패설을 할 때면 그놈의 머리통을 그냥 망치로 박살을 내버리고 싶은 충동을 느낄 때가 한두 번이 아니었거든. 그런데…… 그런데 어느 날 갑자기 희정이가 행방불명이 되어버린 거야. 행방불명, 행방불명…… 정말 거짓말처럼 행방불명이 되어버렸지. 행방불명, 행방불명, 아아, 행방불명…….”

대빵은 갑자기 감정이 격해졌는지 두 주먹을 불끈 쥐고 뚫어지게 눈앞을 쏘아보았다. 그 통에 대빵의 맞은편에 앉아서 힐끔힐끔 대빵을 보고 있던 필리핀 염소는 날벼락을 맞은 듯이 허겁지겁 두 눈을 밑으로 내리깔고 무척 겸손하고 복종적인 자세를 더욱 확실하게 했다. 대빵은 자신의 이야기에 취했는지 필리핀 염소의 그런 미묘한 행동의 변화에 전혀 개의치 않는 눈치였다. 물론 평소 같았으면 대빵의 신통력이 무척 날카롭게 발동했을 것이 틀림없었다. 대빵은 필리핀 염소를 아주 더러운 오입쟁이 취급을 하고 있었던 것이다. 대빵은 계속해서 입을 열었다.

“정말 불가사의한 일이었지. 한 여자가, 그것도 아주 뛰어난 미인이, 그것도 이제 겨우 여고생밖에 안 된 여자애가 어느 날 갑자기 행방불명이 되어버린 것은 정말 불가사의한 일이었어. 물론 희정이네 부모며 오빠들, 그리고 친척들 그리고 희정이를 흠모하고 짝사랑했던 수많은 인부들이 희정이를 찾아내려고 눈에 불을 켰었지. 하지만 희정이는 끝내 찾을 수가 없었어. 물론 희정이가 행방불명되고 난 뒤에 별의별 소문이 떠돌기는 했었지. 희정이가 맘에 맞는 어떤 잘생긴 인부하고 줄행랑을 놓아 강원도 어느 탄광촌으로 흘러갔다든가 아니면 미국 CIA 애들이 공작원으로 훈련시키기 위해서 납치를 해서 미국으로 데려갔다든가, 아니면 우주인이 그 미모에 반해서 우주선으로 납치를 해갔다든가…… 하여간에 별의별 소문이 다 떠돌았지. 하지만 그중에서도 가장 신빙성이 있는 소문은…….”

대빵은 갑자기 얼굴을 잔뜩 일그러뜨리며 부드득 이를 갈았다. 그리고 또다시 방바닥을 뚫어지게 쏘아보았다. 대빵의 감정이 아주 격해졌다는 것을 짐작한 우리는 좀 느슨해졌던 자세를 가다듬으며 무척 겸손하고 복종적인 자세를 더욱 확실히 할 수밖에 없었다. 대빵은 이윽고 울먹이듯이 입을 열었다.

“가장 신빙성 있는 소문은…… 인신매매, 인신매매범들이 납치를 해갔을 거라는 소문이었지. 인신매매, 인신매매, 인신매매…….”

대빵은 주먹으로 방바닥을 내려치며 부드득 이를 갈았다.

“아아, 인신매매, 인신매매범들……. 물론 지금도 그럴 테지만 사실 그때만 해도 시대가 몹시 어수선했지. 인신매매 조직들이 벌건 대낮에, 그것도 멀쩡한 여자들을 봉고차로 납치해서 창녀촌에다 넘기는 일이 정말 흔해빠졌었거든. 심지어 군사독재 정권이 국민들을 극도의 공포심 속으로 몰아넣기 위해서 일부러 그런 인신매매범들을 후원하고 조장하고 방관하고 있는 것은 아닌가 하고 수많은 사람들이 의혹을 품을 정도였으니까.

하여간에 희정이네 집에서는 희정이를 찾다 찾다 못 찾고 나중에는 그저 어디에서 희정이한테 소식이 오기만을 눈이 빠지게 기다릴 수밖에 없었지. 하여간에 전화벨만 울리면…… 그 집 식구들이 눈이 뒤집혀서 전화기 앞으로 헐레벌떡 달려가곤 했을 정도였으니까. 물론 나도 그 희정이네 집에서 계속 숙식을 하면서 눈이 빠지게 희정이 소식을 기다리고 있었지. 어쩌면 희정이네 식구보다 더 애타게 희정이를 기다리고 있었는지도 몰라. 어쨌든 개만 보면 그냥 숨이 멎어버릴 정도로 개를 좋아하고 있었으니까. 그러다 겨울이 오고 첫눈이 내릴 무렵 나는 결국 독립기념관 건설 현장을 떠나게 되었지. 희정이를 가슴에 묻어두고 말이야. 그리고 세월따라 차츰 그 애를 잊어가고 있었는데…… 정말 어떤 기적처럼 오늘 새벽에 전화번호부에서 희정이란 이름을 발견한 거야. 다른 이름도 아니고 희정이란 이름을……. 물론 전에도 전화번호부에서 희정이란 이름을 보았을 테지만 그때는 그냥 무심코 지나쳤던 모양인데, 오늘 새벽에는 이상하게도 희정이란 이름을 보았을 때 독립기념관 시절의 그 희정이란 여학생이 떠올랐던 거야. 쌍꺼풀진 눈이 커다랗게 예뻤던 그 상큼했던 여학생이 말이야……."

대빵은 일단 말을 중단하고 돌돌 말아 쥐었던 전화번호부를 다시 허겁지겁 펼쳐 보았다. 그리고 어떤 회한에 젖은 표정으로 전화번호부 한 페이지를 골똘히 응시했다. 그러면서 대빵은 계속해서 입을 열었다.

"옛날에 행방불명되었던, 그래서 수많은 사람들의 마음을 애타게 만들었던 그 함바집 딸내미…… 그리고 내 첫사랑 같았던 그 여학생을 마침내 전화번호부에서 찾아냈다는 것을 깨닫는 순간 나는 정말 큰 충격을 받았지. 그 충격을 가까스로 눌러 참고 있는데…… 그런데 중국 돼지 저 씹새끼가 희정이를 똥치, 똥갈보, 창녀로 때려잡고 있잖아. 내가 정말 기가 막히고 어이가 없어서……. 그 어떤 놈이라도 한때 자기가 좋아했던 여자를 누군가가 창녀로 때려잡으면 당연히 분통이 터지고 머리가 돌아버리지 않겠어? 안 그래? 그런데 이 씹새끼야, 희정이가 창녀라고? 희정이가 똥갈보라고?"

대빵은 금방이라도 중국 돼지를 요절내버릴 듯이 으르렁거렸다. 중국 돼지는 대번에 얼굴이 새파랗게 질려서 다급하게 손사래까지 쳐가며 변명을 했다.

"아니, 아닙니다. 절대, 절대 아닙니다. 나는 옛날에 나한테 매독을 옮겨주었던 그 쌍년, 그 똥갈보가 갑자기 떠오르는 통에……."

"이 씹새끼야, 아가리 안 닥쳐! 주둥아리 안 닥쳐! 내가 다시 한 번 충고하는데, 네놈은 세상을 좀더 긍정적으로 바라볼 필요가 있어. 그래야 네놈 운명이 바뀔 거야. 알았어? 네놈의 주둥아리는 밥 처먹는 것 빼놓고는 항상 남을 씹어대고 헐뜯는 것밖에는 하는 일이 없거든. 이 씹새끼야. 그러니까 앞으로는 세상을 좀더 긍정적으로 바라보란 말이야. 그리고 네놈 운명을 바꿔보란 말이야. 운명을 바꿔보라고. 알았어? 알아들었어?"

"예예, 명심하고 있습니다. 정말 명심하고 있습니다. 그리고 정말 죄송합니다. 정말 죽을죄를 지었습니다. 희정이란 이름에 그렇게 가슴 아픈 사연이 있을 줄은 미처 몰랐습니다. 정말, 정말 죽을죄를 지었습니다. 나는 다만 옛날에 나한테 매독을 옮겨준 그 창녀, 그 똥갈보, 그 똥치, 그 희정이가 떠오르는 통에……."

"아가리 안 닥쳐! 주둥아리 안 닥쳐! 이 씹새끼야. 네놈 주둥아리에서는 걸핏하면 창녀나 똥갈보 이야기가 나오는데, 도대체 네놈 머릿속에는 창녀들이 몇백 명이나 저장되어 있는 거냐? 물론 그런 위인이다 보니 여편네가 가출을 했을 테고 심지어 딸까지 가출을 했을 테고……. 아아, 이젠 지겨워. 정말 지겨워. 솔직히 말해서 네놈은 필리핀 염소보다 더 더럽고 비열한 놈인 것 같아. 네놈에게서는 아주 더럽고 비열한 냄새가 풍기고 있는 것 같아. 네놈이 걸핏하면 한때 노동운동을 하고 민주화운동을 했다고 떠벌리지만 그래서 노동자들의 권익을 위해서 싸웠다고 하지만…… 이 씹새끼야, 네놈이 창녀들하고 뒹군 것도 노동자들의 권익을 위해서 뒹군 것이냐? 그 창녀들이 인신매매를 당해서 몸을 파는 여자들일지도 모르는데 그 여자들을 올라탄 것이 그렇게도 자랑스러웠냐? 이 개 같은 놈아, 그런 타락한 생활을 한 놈이 무슨 노동운동을 했다고 떠벌리고 있어? 그리고 아프리카 메기한테 무슨 낯짝으로 불륜 운운하며 비판을 했어? 지나가는 개도 웃을 일이지……."

대빵은 아예 노골적으로 중국 돼지를 몰아붙였다. 중국 돼지는 대빵의 말에 충격을 받았는지 당장에 얼굴이 시뻘겋게 붉어졌다. 심지어 온몸을 부들부들 떨기까지 했다. 사실 중국 돼지는 대빵한테 무참하게 쪽팔리고 체면이 깎여버린 것이다. 그리고 까딱하면 대빵의 신임을 완전히 잃어버릴 수도 있었다. 막말로 대빵은 당장이라도 중국 돼지를 제일 말석인 재래식 변소 앞으로 내쫓아버릴 수도 있었다. 사실 어느 누가, 아니 어느 권력자가 더럽고 비열한 냄새가 풍기는 놈을 굳이 제2인자 자리에 앉히고 싶겠는가. 중국 돼지는 고개를 떨군 채 바들바들 떨고 있다가 겨우 변명을 하기 시작했다.

"미안합니다. 정말 죄송합니다. 실은 내가 창녀들하고 잔 것은…… 그러니까 어쨌든 이런 문제는…… 그러니까 뭐라고 말하기가 좀 곤란하겠지만…… 그러니까 남자로서 욕구를 충족시키기 위한 일종의…… 그러니까 일종의 무언가 뭐 그런 것이겠지만…… 그러니까……."

"이 씹새끼야, 아가리 안 닥쳐! 주둥아리 안 닥쳐! 뭘 또 어영부영 주둥아리를 놀리고 있어. 이 더러운 새끼야, 이 씹새끼야……."

대빵은 버럭 고함을 지르면서 갑자기 주먹으로 중국 돼지의 머리통을 내갈겼다. 중국 돼지는 충격을 받았는지 어깨를 들썩이며 울음을 터뜨렸다. 대빵은 울고 있는 중국 돼지를 한동안 험악하게 노려보다 가래침을 카악카악 뽑아내서 손바닥에 뱉어낸 뒤 낡은 추리닝 바지에다 쓱쓱 문질렀다. 그리고 한동안 천장을 올려다보다 혼잣말을 중얼거렸다.

"내가 독립기념관을 떠나고 얼마쯤 세월이 흐른 뒤, 그러니까 사 오 년쯤 후에…… 그러니까 내가 이 수용소에 끌려오기 일 년쯤 전에 그 함바집을 다시 찾아가 보았던 적이 있었지. 희정이, 그 여학생의 소식이 왠지 궁금했거든……. 물론 그때는 독립기념관 건축이 벌써 다 끝나서 관람객들이 한창 들락거리고 있을 때였지. 그런데 희정이네 집에 가서 오랜만에 인사차 들렀다고 둘러대면서 희정이 소식을 물어보았는데 희정이는 여전히 행방불명이었지. 여전히 행방불명……. 그리고 희정이 엄마는 그사이에 화병으로 죽었고 희정이 아빠는 머리가 허옇게 변해 있었지. 그렇게 튼튼하고 정정하던 양반이 아주 노인네가 되어 있었어. 그리고 희정이는 여전히 행방불명이었고……. 행방불명, 행방불명, 행방불명……. 마치 우리들이 사회에서 어느 날 갑자기 행방불명이 되어버렸듯이 희정이는 여전히 행방불명이었어. 물론 우리야 이런 수용소에서 인간 버러지, 인간 기생충 취급을 받으면서 살고 있지만……. 그런데 그 희정이는 행방불명이 된 뒤에 도대체 어디에서 무엇을 하며 살아가고 있었을까? 그리고 왜 행방불명이 되었던 것일까? 도대체 왜 행방불명이 되었던 거냐고."

대빵은 혼잣말을 중얼거리다가 갑자기 자신의 머리카락을

쥐어뜯기 시작했다. 그 광경은 마치 어떤 거대한 수수께끼 앞에서 해답을 몰라 몸부림치는, 지극히 나약한 한 인간의 모습을 아주 모범적으로 보여주고 있는 것 같았다. 하지만 우리는 대빵의 혼잣말을 들으면서 나름대로 어떤 추리를 해보는 수밖에 없었다. 물론 대빵의 말을 종합해보면, 희정이라는 여학생은 무척 안됐지만 인신매매범들에게 납치된 것이 거의 확실해 보였다. 우리는 좀 측은한 눈길로 대빵을 지켜보았다. 어쨌든 대빵이 한때 좋아하고 사랑했던 여학생이 인신매매범들에게 끌려갔다면 일단은 동정을 해줄 수밖에 없었다. 우리도 그런 정도의 의리는 있었다.

"그런데 어떤 기적이 일어난 거야. 기적, 기적……. 다름 아니라 행방불명되었던 그 희정이를 드디어 내가 전화번호부에서 찾아낸 거야. 수많은 사람들을 그토록 애타게 만들었던, 그리고 나의 첫사랑이었던 그 희정이를 드디어 내가 전화번호부에서 찾아내고 만 거야. 정말 어떤 기적처럼……."

대빵은 감격에 취해서인지 조금 울먹이기까지 했다. 우리는 대빵의 혼잣말을 들으면서 차츰 이마를 찌푸리지 않을 수 없었다. 물론 대빵이 이상한 신통력을 가지고 있어서 누가 자기를 노골적으로 노려보았다든가, 자기를 무시했다든가, 좆같이 씹어댔다든가, 혹은 전화번호부에 있는 자신의 여자들 팬티를 훔쳐보았다든가, 아니면 간음을 했다든가 하는 것들을 귀신처럼 집어내기는 했지만, 전화번호부에 있는 희정이가 옛날에 행방불명되었던 그 희정이라는 여학생인 것까지 이상한 신통력으로 알아냈다고는 도무지 믿을 수 없었다. 우리는 좀 애매한 표정으로 대빵을 힐끔거릴 수밖에 없었다. 대빵이 전화번호부를 가지고 독서에 열중하더니 드디어 머리가 좀 이상해진 것은 아닌가 하는 의심마저 들 수밖에 없었다. 사실 독서를 열심히 하다 보면 더러 미치는 사람도 있었던 것이다. 그때 무척 침울해 있던 중국 돼지가 조심스럽게 말을 꺼냈다.

"사실…… 이참에 고백할 게 하나 있습니다. 정말 아주 슬프고 가슴 아픈 고백입니다."

"고백? 무슨 고백인데?"

"실은 나도 첫사랑의 여자가 희정이란 이름을 가진 여자였습니다. 희정이……."

중국 돼지는 고백의 첫머리를 꺼내놓고 무척 조심스럽게 대빵의 눈치를 살폈다. 대빵은 혼자만의 감동과 감격에 취해 있다가 의외의 소리를 듣는다는 듯이 눈살을 찌푸리며 중국 돼지를 멍하니 바라보았다. 중국 돼지의 말은 전혀 뜻밖이었던 것이다. 중국 돼지는 대빵의 눈치를 살피며 계속해서 말을 이어갔다.

"물론 그 첫사랑의 여자도 여고생이었지요. 무척 예쁜 여학생이었습니다. 그런데 그 희정이가…… 어느 날 갑자기 행방불명이 되었습니다. 정말 불가사의한 일이었지요. 물론 인신매매범들한테 납치를 당했을 테지요. 그 악랄하고 잔인한 인신매매범들한테……. 사실 내가 창녀촌을 들락거리기 시작한 것은 행방불명되었던 그 여학생을 찾기 위해서였는지도 모릅니다. 희정이라는 그 첫사랑의 여학생을 찾기 위해서……."

대빵은 중국 돼지의 말을 반신반의하는 눈치였다. 물론 우리도 중국 돼지의 말을 반신반의할 수밖에 없었다. 중국 돼지는 너무도 말이 능수능란했고 그리고 그 말이 별로 신뢰감이 들지 않을 때가 많았다. 중국 돼지는 무척 슬프고 애처로운 표정을 지으며 대빵의 눈치를 살폈다. 제발 자신의 슬픔과 고통을 알아달라는 표정이었다. 그리고 제발 자신을 동정해달라는 주문 같았다. 대빵은 눈살을 찌푸리며 무언가를 생각하다 중국 돼지에게 질문을 했다.

"이봐, 중국 돼지. 당신의 첫사랑이 여학생이었다면…… 무척 오래전의 일일 텐데 그럼 그때도 인신매매범들이 있었는가? 참으로 못살고 가난했던 그 시절에도?"

중국 돼지의 눈빛은 순간적으로 좀 당황한 기색을 띠었다. 하지만 곧 평정을 되찾고 또다시 애처롭고 고통스런 표정으로 되돌아갔다. 그리고 천연덕스럽게 입을 열었다.

"사실 인신매매는 어느 시대에나 있잖아요? 조선시대에도 있었고 고려시대에도 있었고……. 그리고 우리가 이곳에 이렇게 갇혀 있는 것도 따지고 보면 인신매매를 당한 거나 마찬가지 아니겠어요? 막말로 술에 취해 있는 동안 인신매매를 당한 것 아니겠어요? 인간이 인간을 납치하는 것, 그리고 인간이 인간한테 납치를 당하는 것, 그것이 인신매매 아니겠어요?"

"음, 그래……. 맞아, 맞는 말이야. 우리는 납치를 당한 거야. 우리가 술에 취해 있는 동안 이 수용소 놈들한테 인신매매를 당한 거야. 씨팔, 인간이 인간한테 납치를 당한 거야. 인간이 인간한테 인신매매를 당한 거야. 인간이 인간한테…… 바로 그거야……."

대빵은 갑자기 흥분해서 주먹으로 방바닥을 쿵쿵 짓찧기 시작했다. 대빵이 자신의 말에 맞장구를 치며 흥분을 하자 중국돼지의 잔뜩 죽을상이었던 얼굴에 제법 화사한 기운이 돌았다. 이쯤 되면 대빵한테 당장 제2인자 자리를 박탈당할 염려는 없다고 나름대로 판단을 내린 모양이었다. 그래서인지 목소리마저 조금은 활달한 기운을 되찾고 있었다.

"그런데 아까 내가 미처 말을 못했지만…… 사실 전화번호부에 있는 그 희정이란 이름은 아주 대길에 속합니다. 대길, 대길……."

"대길……? 뭐가 대길이라는 거야?"

"말하자면…… 그러니까 이름을 풀어보면 우물 정 자에다 기쁠 희 자를 쓰는 모양인데, 이름 자체가 기쁨이 있는 우물을 뜻하고 있잖아요? 기쁨이 있는 우물이라, 기쁨이 있는 우물…… 아아, 정말 죽여주는군요, 죽여줘."

"뭐가 죽여준다는 거야?"

"뭐 있잖아요. 여자들에게 있는 그것……. 특히 남자들이 밤낮을 가리지 않고 군침을 질질 흘리며 미치도록 좋아하는 우물…… 뭐 여자들 허벅지 사이에 있잖아요?”

“젠장, 난 또 뭐라고……. 여자들에게는 누구에게나 다 그런 우물이 있잖아. 허벅지 사이에 말이야. 그런데 뭐가 대길이고 뭐가 죽여준다는 거야?”

“에이, 여자들 우물이라고 해서 다 똑같은 우물인가요? 기쁠 희에다 우물 정을 써서 기쁨이 있는 우물인데…… 그게 뭐겠어요? 긴자꾸, 긴자꾸. 이제 이해가 갑니까?”

“뭐, 긴자꾸? 꽉꽉 조여주는 그 긴자꾸 말이지?”

“예, 맞습니다. 긴자꾸, 긴자꾸…….”

“그래? 죽여주는군, 죽여줘. 그러고 보니 오늘은 운이 좋은 날이군. 그래, 정말 운이 좋은 날이야. 옛날의 그 여학생 희정이를 내가 드디어 전화번호부에서 찾아냈고, 그리고 그 희정이가 긴자꾸였다니. 아아, 오늘은 정말 운이 좋은 날이야. 그래, 세상을 살다 보면 오늘같이 운이 트이는 날도 있어야 하는 거야. 안 그래? 생각지도 않게 희정이가 긴자꾸였다니……. 그런데, 그런데 말이야. 내가 이곳을 빠져나가서 그 긴자꾸를, 그러니까 그 희정이를 찾아가면 그 쌍놈의 계집년이 나를 반갑게 맞아줄까?”

“아 그거야 두말하면 잔소리고 세말하면 칼침 맞을 소리지요. 이건 정말 까놓고 말해서 운명적인 것 아니겠어요? 말하자면 운명적인 사랑이지요. 그 옛날 독립기념관 함바집에서 첫사랑처럼 맺어졌던 여학생을 세월이 흐른 뒤에 전화번호부에서 다시 만나고야 마는 그런 운명적인 사랑……. 아아, 얼마나 감동적인 얘기입니까?"

중국 돼지는 마치 감동에 취해버린 듯이 천연덕스럽게 입까지 쩍 벌렸다. 대빵은 중국 돼지의 그런 표정에 어떤 자신감이라도 얻었는지 마침내 비밀스런 이야기를 꺼내기 시작했다.

"음, 그래…… 사실 나도 전화번호부를 뒤적일 때마다 그런 운명적인 것, 그러니까 어떤 운명적인 사랑을 느끼곤 했었지. 내가 전화번호부에서 마음에 드는 여자 이름을 골랐을 때, '아, 이 여자가 나에게 어떤 운명적인 여자는 아닐까' 하는, 어떤 이상한 운명적인 느낌이 들 때가 있었어. 그런 운명적인 것을 느끼면 갑자기 가슴이 뭉클해지고 눈시울이 시큰해지고 어떤 희망이 생기기도 하고……. 그래, 어떤 희망이 생기기 시작했지. 어쨌든 나는 운명적으로 어떤 여자의 전화번호를 찍었고, 그리고 그 여자는 나하고 운명적으로 맺어지는 거야. 운명적으로, 운명적으로 말이야. 어때 내 말이 틀렸어? 내 말이 틀렸냐고?"

"정말 감동적이군요, 감동. 전화번호부를 가지고 독서를 하면서 그런 심오한 운명론을 깨달으시다니. 정말 천재적인 두뇌입니다, 천재적인 두뇌. 사실 까놓고 얘기해서 운명적인 사랑, 그러니까 전화번호부를 통해서 만난 그 운명적인 사랑의 이야기를 듣는다면 누구라도 감동의 눈물을 흘리지 않을 수 없을 겁니다. 만일 눈물을 흘리지 않는 놈이 있다면 광화문 네거리에서 모조리 총살을 시켜버려야겠지요. 그런 것들은 인간도 아닐 테니까. 안 그래요, 안 그래? 아아, 정말 감동적입니다, 감동……."

중국 돼지는 마치 광신도가 교주를 한없이 우러러보며 광적인 충성심을 바치듯이 대빵에게 최상급의 찬사를 늘어놓느라고 정신이 없었다. 우리는 중국 돼지의 그런 수작질을 지켜보며 좀 떨떠름한 기분에 사로잡히지 않을 수 없었다. 하여간에 권력의 최상층 주변에 있는 놈들은 어쩌면 저렇게도 황당하고 비열하고 뻔뻔스러운지 절로 쓴웃음이 나오지 않을 수 없었다. 물론 중국 돼지는 이제 몇 달 후 대빵이 자유사동으로 이동하면 이 비좁은 방 안의 대빵 자리를 물려받을 수 있는 제2인자 자리에 있었다. 그래서 대빵 자리를 물려받을 때까지는 제2인자 자리에서 쫓겨나지 않도록 수단 방법을 가리지 않고 대빵의 신임을 얻어야 한다는 어떤 절박감이 있기는 했다. 하지만 아무리 권력에 미쳤다고 해도 대빵에게 저런 식으로 아부하는 모습은 정말이지 너무 역겨울 수밖에 없었다. 대빵은 중국 돼지의 아부에 취했는지 자신의 족보 자랑까지 늘어놓기 시작했다.

"내가 뭐 내 자랑은 아니지만…… 사실 나도 머리 나쁜 놈은 아니었지. 중학교 다닐 때는 반에서 20등 안에도 든 적이 있었으니까. 그래, 결코 나쁜 머리는 아니었어. 내가 건축목수로 전국을 떠돌아다닐 때, 하루 종일 망치질을 하느라고 피곤에 지친 몸으로 숙소에 돌아가도 어김없이 영어 단어를 외우고 수학 문제를 풀기까지 했었거든. 어떡하든 고졸 검정고시를 딴 뒤 대학교 건축학과에 들어가려고 말이야. 물론 머리가 나쁜 놈들은 절대 혼자서 공부할 수가 없지. 그런데 나는 혼자서 공부를 했거든. 독학, 독학으로 말이야. 물론 건축 현장을 따라서 이곳저곳으로 떠돌다 보니 학원에 다닐 수도 없었지만……."

사실 대빵의 족보 자랑은 이미 여러 번 들은 적이 있어서 이제는 좀 신물이 나는 이야기였다. 하지만 이 비좁은 방 안의 최고 권력자가 자신의 족보에 대해서 또다시 자랑을 늘어놓고 있으니 우리로서는 무척 겸손하고 복종적인 자세로 그저 다소곳이 들을 수밖에 없었다. 사실 인생에 실패한 사람들이 자신의 족보 자랑을 할 때 그 내용이란 것은 대개 뻔한 거였다. 자신은 머리가 무척 영특했다거나, 자신은 남들하고 달리 무언가 특별한 구석이 있었다거나, 혹은 자신은 뼈대 있는 가문이었는데, 그런데 그 인생이 이상하게 어긋나서 무언가를 이루지 못해서 너무 원통하고 애석하고 분하고 좆같다, 하는 식의 그렇고 그런 뻔한 내용들이었다. 우리는 대빵의 족보 자랑을 들으면서 기분이 좀 묘해지지 않을 수 없었다. 남들이 나를 칭찬해주면 기분이 좋지만 누군가가 자기 자신을 칭찬하면 왠지 기분이 떨떠름할 수밖에 없는 것이 인지상정이었다. 대빵은 그런 눈치도 모르고 계속해서 떠들어댔다.

"그런데 검정고시에 다른 과목은 다 합격했는데 수학하고 생물만 합격을 못 했거든. 아아, 수학……. 하여간에 그 씨팔놈의 수학이 정말 문제였어. 그리고 생물은 왜 그렇게도 헷갈려. 나팔꽃 색깔을 놓고 유전자 법칙이니 뭐니 하는 문제를 풀다 보면 골치가 아프다 못해 냅다 책을 내던져버리곤 했거든. 사실 나는 색깔에 관해서는 도무지 자신이 없었거든. 그래서 노동판을 떠돌면서도 그 흔하게 벌어지는 화투판에도 못 끼는 성격이었으니까. 화투도 다 색깔이 있잖아? 그런데 나는 남들이 죽자 사자 화투를 치고 있을 때 책을 붙들고 악착같이 공부를 했거든. 어떡하든 검정고시에 합격한 뒤 대학교 건축학과에 들어가서 내 운명을 바꾸어보려고 말이야.”

대빵은 갑자기 한숨을 푹 내쉬었다. 그리고는 힘없이 중얼거렸다.

“그런데 결국 이런 수용소에 끌려와서 내 인생이 아주 좆같이 되고 말았으니……. 더구나 이곳에서 인간 버러지, 인간 기생충 취급을 받으면서 무려 6년씩이나 강제 수용을 당하고 있으니, 이게 말인가 막걸리인가. 씨팔, 내 인생도 이제는…… 이제는 정말 좆같이 되어버렸어, 좆같이……. 젊은 날의 그 꿈이 이곳에서 보낸 6년 세월 속에서 모두 물거품이 되어버렸으니…….”

대빵은 고개를 숙이고 침울한 표정으로 한숨을 푹 내쉬었다. 우리는 대빵의 그런 모습을 보고 동성을 해야 할시 냉소를 해야 할지 좀 애매한 심정이 되었다. 대빵이 자신의 족보 자랑을 늘어놓고는 있지만 어쨌든 대빵은 이곳에 강제 수용되면서 인생의 황금기라고도 할 수 있는 삼십대 초반, 그 아까운 젊은 날의 꿈을 부도내버렸던 것이다.

9

대빵은 전화번호부를 가지고 다시 독서를 하기 시작했다. 여전히 표정은 침울해 있었지만 독서를 하고 있는 탓인지 어느정도 마음의 평정을 되찾은 듯했다. 대빵은 전화번호부 한 페이지를 골똘히 바라보기도 하고 손가락에다 침을 퉤퉤 뱉어서 책장을 이리저리 넘기기도 하며 제법 독서에 몰두했다. 그러다 어느 순간 중국 돼지를 향해 느닷없이 질문을 던졌다.

"그런데…… 그런데 말이야, 내가 언젠가 전화번호부에서 찍었던 박미숙하고 최희정하고 누가 더 나을까? 값어치를 따져볼 때……."

대빵의 느닷없는 질문에 중국 돼지는 좀 당황한 표정을 지었다. 대빵의 질문 의도가 무엇인지 정확히 알지 못하는 상태에서 괜히 말을 잘못 꺼냈다가 또다시 실컷 욕을 얻어먹거나 씹창나게 두들겨 맞고 제일 말석인 재래식 변소 앞으로 쫓겨 갈지도 몰랐던 것이다. 사실 제2인자 자리는 그만큼 살얼음을 딛는 자리이기도 했다.

"내 말 못 들었어? 프랑스 유학을 갔다 왔다는 그 박미숙하

126

고 최희정하고 누가 더 나아 보이냐고?”

대빵의 재촉을 받고 중국 돼지는 우선 헛기침부터 몇 번 뱉어냈다. 그리고 대빵의 눈치를 살펴가며 조심스럽게 말을 꺼냈다.

“언젠가도 말했지만…… 박미숙은 아마 유학을 갔다 왔을 겁니다. 이름으로 봐서는 프랑스 쪽으로 유학을 갔다 왔을 것이 거의 확실하지요. 프랑스 파리…… 몽마르트 언덕…… 정말 좋은 곳으로 유학을 갔다 온 여자 아닙니까? 그러니까 박미숙이라는 여자는 어쨌든…….”

“가만, 가만……. 내가 어젯밤 밤잠을 못 이루고 박미숙에 대해서 이리저리 생각을 해봤는데. 사실 유학을 갔다 왔을 정도면 발랑 까진 것 아냐? 막말로 프랑스 남자들, 그러니까 그놈들 몇 놈하고 뒹굴다가 왔을지도 모르잖아? 사실 그걸 누가 알겠어? 안 그래? 유학은 다 그런 맛으로 가는 것 아냐? 까놓고 말하자면…….”

“에이, 천만의 말씀이지요. 발랑 까져도 다 나름이지요. 정신적으로 까졌느냐, 아니면 육체적으로 까졌느냐, 그것을 분간해야지요. 그런데 박미숙은…….”

“그래, 박미숙은 어떤 걸로 까진 것 같아?”

“그야 당연히 정신적으로 까졌지요. 박미숙이라는 고상한 이름이 그걸 증명해주지 않습니까? 이제 이해하시겠어요?”

“알았어, 알았어. 그럼 몸매도 정말 죽여주게 생긴 거야?”

"그때도 말했지만…… 몸매도 정말 죽여주게 생겼지요. 프
랑스 유학을 갔다 왔기 때문에 젖가슴은 좀 작은 편이지만 엉
덩이가 아주 죽여주게 생겼지요. 청바지를 입고 길거리를 걸을
때면…… 아아, 죽여주는군요, 죽여줘. 그 엉덩이, 그 엉덩이
가 정말 죽여줘……."

중국 돼지는 마치 현장에서 박미숙을 지켜보며 생중계라도
하고 있는 것처럼 두 눈을 게슴츠레하게 뜨고 아주 천연덕스럽
게 입맛까지 다셨다. 우리는 중국 돼지의 중계방송에 대해서
좀 의혹을 가지지 않을 수 없었다. 중국 돼지가 도대체 어떤 신
비한 초능력이나 신통력을 가지고 있기에 전화번호부에 나오
는 여자들에 대해서 그토록 자세히 알고 있는지 도무지 이해할
수 없었다. 까놓고 말한다면 중국 돼지는 대빵을 상대로 어떤
엄청난 사기를 치고 있는 게 분명했다. 그런데도 대빵은 그걸
눈치를 못 챈 것인지 아니면 알면서도 일부러 모르는 척하는
것인지 도무지 그 속셈을 알 수 없었다. 대빵은 중국 돼지가 박
미숙의 몸매에 대해 군침이 돌게 설명을 하자 흐뭇한 표정으로
고개를 끄덕였다.

"그래, 알았어. 알았어. 몸매가 죽여준다고……. 그럼 박미
숙의 아버지가 건설회사 회장이라는 게 진짜야? 정말 건설회
사 회장이냐고?"

"물론 그때도 이야기했다시피 박미숙의 아버지는 틀림없는
건설회사 회장이지요. 그것도 아주 규모가 큰 건설회사 회

128

장…… 거기에다 박미숙은 외동딸이고…… 그러니 정말 군침이 넘어가는 여자 아닙니까? 까놓고 말해서…….”

중국 돼지의 열변에 대빵은 잔뜩 군침이 도는 모양이었다. 마치 바로 눈앞에 박미숙이라도 있는 것처럼 방바닥 어느 한 곳을 뚫어지게 쏘아보았다. 물론 우리는 대빵이 왜 또다시 박미숙 이야기를 꺼냈는지 그 이유를 대충 짐작할 수 있었다. 중졸 학력이 전부인 대빵이 한때 대학교 건축학과에 들어가서 운명을 바꿔보려는 야망을 가지고 있었던 것은 분명한 모양이었다. 그러니 건설회사 회장과 그 회사 외동딸한테 잔뜩 눈독을 들일 것은 당연한 일이었다. 대빵은 한동안 방바닥을 뚫어지게 쏘아보다 중국 돼지에게 또다시 질문을 했다.

“그래, 그건 그렇고……. 그럼 최희정하고 박미숙하고 누가 더 나을까? 말하자면 누가 더 값어치가 있을까?”

중국 돼지는 잠시 침묵을 지켰다. 대빵의 어렵고도 난해한 질문 앞에서 무언가를 복잡하게 계산하고 있는 눈치였다. 그러자 대빵이 재촉했다.

“누가 더 낫다고 생각하느냐고?”

“그야…… 그야 최희정이가 더 낫지 않을까요?”

“왜, 왜 그렇지?”

“그야 첫사랑이니까. 첫사랑…….”

대빵은 중국 돼지의 말을 듣고 갑자기 우두커니 천장을 올려다보았다. 아마도 그 옛날 독립기념관 건설 현장에서 일을 할 때, 함바집에서 밤낮으로 마주쳤던 상큼하고 청순했던 그 여학생을 떠올려보는 모양이었다. 물론 희정이네 집이 함바집을 열 정도였으면 그리 부유한 형편은 아니었을 것 같았다. 그저 그렇게 밥술이나 먹고사는 평범한 집안이었는지도 몰랐다. 대빵도 아마 그런 것까지는 계산을 한 모양이었다. 그러니까 굳이 박미숙이라는 건설회사 회장의 외동딸을 꺼내서 희정이와 값어치를 비교해보는 것 같았다. 하지만 첫사랑이라는 단어에 걸리자 대빵도 그만 계산이 복잡해진 모양이었다. 대빵은 한동안 천장을 올려다보며 무언가를 곰곰 생각하다 이윽고 한숨을 내쉬며 고개를 끄덕였다.

"그래. 아무래도 첫사랑이 낫겠지. 첫사랑……. 돈도 중요하지만 첫사랑만큼 더 값어치가 있는 건 아닐 테니까. 첫사랑, 첫사랑, 씨팔, 첫사랑……."

대빵은 첫사랑이라는 단어를 좀 침울하게 중얼거렸다. 대빵의 그런 모습은 무척 슬퍼 보였는데 마치 돈을 포기하고 사랑을 선택한 어떤 순정적인 사내처럼 보이기도 했다. 하지만 우리는 좀 황당한 느낌에 빠져들지 않을 수 없었다. 대빵의 말을 종합해보면 희정이라는 여학생은 결코 대빵의 첫사랑이라고 할 수 없었다. 둘이 데이트를 했다든가, 키스를 했다든가, 손을 마주 잡아보았다든가, 여관방에 갔다든가, 미래를 약속했다든가 하는 식의 그 흔해빠진 연애 행위는 단 한 번도 없었고, 다만 대빵이 독립기념관에서 일을 할 때 저 혼자서 짝사랑했던 함바집 주인 딸내미일 뿐이었다. 그런데도 대빵은 그런 희정이를 자신의 첫사랑이라고 생각하고 있었다. 하지만 할 수 없는 일이었다. 어쨌든 짝사랑도 사랑은 사랑이었다. 대빵은 또다시 전화번호부를 뒤적이다 말고 중국 돼지에게 질문했다.

"어이, 중국 돼지. 그럼 희정이하고 김현주 말이야. 그 둘 중에서는 누가 더 나을까? 그 두 여자를 비교해보았을 때……."

중국 돼지는 우선 습관처럼 고개를 몇 번 끄덕였다. 물론 대빵의 질문에 대해서 이미 그 해답을 다 준비해놓았다는 듯한 아주 노련한 몸짓이었다. 중국 돼지의 말에 따르면 김현주는 이혼녀였다. 이혼녀도 길거리에 흔해빠진 그런 보통 이혼녀가 아니라 재벌 2세하고 이혼을 한 탓에 재산이 아주 많은데다 그 미모며 몸매가 또한 아주 죽여주는, 정말 황금덩어리 같은 이혼녀였다. 남자들이 군침을 흘릴 만한 여자인 것은 분명했다. 대빵은 그 이혼녀에 대해서 아직도 미련이 남아 있는 모양이었다. 그렇지 않고서야 자신의 첫사랑이라고 주장하는 희정이하고 김현주를 굳이 비교해볼 리가 없었다.

사실 중국 돼지는 그동안, 대빵이 전화번호부에서 마음에 드는 여자 이름을 찍으면 그 여자의 신상정보에 대해 아주 화려하게 치장하고, 현란하게 색깔을 칠하고, 머리가 돌아버릴 정도로 그럴듯하게 포장을 해왔었다. 그 여자가 엄청난 미인이라든가, 부잣집 외동딸이라든가, 외국 유학을 갔다 왔다든가, 돈 많은 과부나 이혼녀라든가, 대학 교수라든가, 회사 사장이라든가, 백화점 주인이라든가, 아무튼 그런 식으로 화려하게 포장을 해서 대빵을 무척 흐뭇하게 만들어왔다. 어쨌든 대빵은 자신의 신통력을 이용해서 전화번호부의 여자들을 찍었는데 그 여자들은 길거리의 보통 여자들하고는 달랐던 것이다.

그런데 요즘 들어서는 중국 돼지가 대빵의 신통력을 여지없이 짓뭉개고 있었다. 대빵이 전화번호부에서 찍어낸 여자들을 사정없이 평가절하해버리는 아주 무모하고도 엉뚱한 짓을 저지르고 있었다. 대빵이 찍어낸 여자들을 가지고, 자살을 한 어떤 가난뱅이 여자와 비슷하며, 창녀나 뚱치일 확률이 높으며, 식모살이를 했던 여자와 비슷하며, 삼겹살공장에서 일하는 공순이일 확률이 많으며, 어려서부터 발랑 까진 어떤 문제아 여학생과 비슷하며, 바람이 나서 남편을 죽인 염색공장 여직원과 비슷하다는 등, 하여튼 그런 식으로 평가절하해서 대빵의 신통력이라든가 야망, 꿈, 자존심에 잔뜩 똥칠을 하고 있었다. 아마도 중국 돼지는 대빵의 신임이 높아지자 스스로 교만하고 오만해졌거나 아니면 대빵의 권위에 도전해보려는 어떤 야망을 품어보았는지도 몰랐다. 그렇지 않고서야 대빵이 전화번호부에서 찍은 여자를 감히 그런 식으로 평가절하할 수는 없었다. 대빵이 꾹 참고 참았다가 마침내 오늘 새벽에 중국 돼지에게 불같이 화를 낸 것은 어쩌면 너무도 당연한 일이었는지도 몰랐다.

중국 돼지는 희정이와 김현주 두 여자 중에서 누가 더 낫느냐는 대빵의 질문을 받고 연신 고개만 끄덕이고 있었다. 대빵의 신임이 되살아났다는 것을 알아채고 또다시 교만하고 오만해진 것인지, 아니면 신중에 신중을 기하느라고 그러는 것인지 연신 고개만 끄덕이면서 침묵을 지켰다. 중국 돼지의 침묵이 길어지자 대빵이 마침내 참지 못하고 버럭 고함을 질렀다.

"이 씹새끼야, 그러니까 희정이하고 김현주 그 둘 중에 누가 더 낫냐고? 가치를 비교해볼 때……."

"그, 그야 물론 희정이가 더 낫지요. 희정이가 백 번 낫지요."

"왜? 왜 그렇지?"

"그야 첫사랑이니까. 첫사랑……."

"첫사랑? 그래그래, 아무래도 첫사랑이 더 낫겠지. 첫사랑, 첫사랑. 아아, 그 쌍놈의 계집애……."

대빵은 무언가 괴로운 것에라도 짓눌린 사람처럼 고개를 떨궜다. 아마도 대빵은 돈 많은 이혼녀인 김현주도 무척 마음에 두었던 모양이었다. 그런데 첫사랑이라는 덫에 걸리자 그만 계산이 좀 난감해진 모양이었다. 대빵의 얼굴은, 한때 자신의 마음을 온통 사로잡았던 첫사랑의 여자 때문에 아주 엄청난 조건을 가진 여자들을 포기해야 하는 어떤 서글픈 비애감 같은 것마저 내비치고 있었다. 대빵은 물끄러미 방바닥을 내려다보다 이윽고 중국 돼지에게 다시 질문을 했다.

"그럼 희정이하고 김은숙하고는 누가 더 나을까?"

중국 돼지의 말에 따르면 김은숙은 대학 교수였다. 비록 노처녀이기는 하지만 무척 아름답고 지적인 여자였다. 대빵의 질문에 이번에는 중국 돼지가 별 망설임 없이 대답했다. 아마 대빵의 심리를 읽은 탓인지 계속 일방통행을 해버리기로 작정을 한 모양이었다.

"그야 희정이가 더 낫지요. 희정이가……."

"왜?"

"그야 첫사랑이니까. 첫사랑……."

"첫사랑, 첫사랑? 그래, 아무래도 첫사랑이 더 낫겠지. 첫사랑, 첫사랑. 아아, 그 쌍놈의 계집애……. 하여간에 나는 개만 보면 숨이 턱 막힐 정도였으니까. 너무너무 청순하고 상큼한 계집애였거든……."

대빵은 천장을 올려다보며 무언가 곰곰 기억을 더듬는 눈치였다. 아마 첫사랑이라고 주장하는 그 여학생의 청순하고 상큼했던 모습이라도 회상해보는 모양이었다. 물론 대빵은 첫사랑이 낫다고 하면서도 돈 많은 이혼녀나, 유학을 갔다 온 건설회사 회장 딸, 혹은 대학 교수 등한테 군침을 흘렸던 것은 사실이었다. 그렇지 않고서야 굳이 희정이하고 그 여자들을 비교해볼 리가 없었다. 사실 열 계집 싫어할 사내놈 없다는 말처럼 대빵은 전화번호부에서 찍은 여자들까지 나름대로 몽땅 욕심을 냈던 모양이었다. 그런데 첫사랑이라는 덫에 걸려서 그만 방황을 하고 있는 것 같았다.

어쨌든 수많은 여자들의 이름이 나열된 전화번호부를 손에 쥐고 있는 대빵은 이 비좁은 방 안에서 최고로 부러운 존재였다. 그래서인지 우리는 언제부턴가 대빵의 전화번호부를 탐욕스럽게 훔쳐보기 시작했다. 물론 대빵의 신통력에 걸리지 않도록 무척 주의하면서 이따금 곁눈질로 전화번호부를 힐끔거리면서 군침만 삼킬 수밖에 없었다. 전화번호부 속에는 긴자꾸라는 최희정뿐만 아니라 돈 많은 이혼녀나 부잣집 딸내미 등등, 하여간에 군침이 도는 온갖 여자들이 다 들어 있었던 것이다.

하지만 대빵은 전화번호부를 늘 혼자 독차지하고 있었다. 마치 엄청난 권력을 쥔 황제가 궁궐의 모든 여자를 독차지하듯이 전화번호부에 있는 여자들을 혼자서 모조리 독차지했던 것이다. 물론 그것은 정말 불합리하고 불평등한 일이었다. 우리라고 해서 전화번호부에 있는 여자들한테 욕심을 품지 않을 리가 없었다. 우리도 엄연히 욕망과 꿈이 있는 인간이었다. 그리고 괜찮은 여자들에 대해서 군침을 흘릴 권리가 있는 사내놈들이었다. 전화번호부에서 마음에 드는 여자 이름을 찍었을 때, 그 여자가 자기하고 운명적으로 맺어질 거라는 그런 운명적인 사랑은 사실 얼마나 멋지고 신비하고, 감동적인 사랑이겠는가. 또한 얼마나 수지맞는 사랑이겠는가.

하지만 선화번호부는 대빵의 완전한 독무대였다. 그래시인지 우리는, 우리가 당연히 가져야 할 어떤 운명적인 사랑을 대빵에게 빼앗기고 약탈당하기라도 한 것처럼 무척 아쉽고 분하고 떨떠름할 수밖에 없었다. 사실 대빵이 사람다운 사람이라면 그리고 대빵다운 대빵이라면 당연히 전화번호부를 여러 사람에게 돌려서 마음에 드는 여자를 한 명씩 골라서 차지하라고 할 수도 있었다. 하지만 전화번호부는 마치 절대권력을 손에 쥔 황제의 옥새처럼 대빵의 손아귀에서만 맴돌고 있을 뿐이었다. 또한 황제의 옥새처럼 어떤 권력의 상징이 되고 있었다.

우리는 정말 피곤한 인간들이었다.

중국 돼지의 학설에 의하면 우리는 수용소의 살아 있는 시체였고, 개백정의 학설에 따르면 우리는 수용소에서 사육되고 있는 개새끼들이었다. 어쨌든 전화번호부에 있는 여자 이름 하나 제 마음대로 주물럭거리지도 못하고 꼭두새벽부터 무척 겸손하고 복종적인 자세로 바짝 웅크리고 앉아 있어야 하는 정말 불쌍한 놈들이었다. 대빵은 그래도 전화번호부에 있는 여자들을 거의 매일같이 갈아치우다시피 하면서 어떤 운명적인 사랑을 즐기고 있었다. 어쩌면 그것이 바로 권력을 가진 자와 권력을 가지지 못한 자의 차이점인지도 몰랐다. 대빵은 천장을 올려다보며 무언가를 곰곰 생각하고 있더니 이윽고 또다시 중국 돼지에게 질문을 했다.

"그런데…… 그런데 말이야. 내가 이곳을 빠져나가서 그 희정이를 찾아가면 혹시 그 쌍놈의 계집애가 나를 이상한 사람 취급하지는 않을까? 가령 정신병자나 미친놈 취급을 하지는 않을까?"

우리는 최대한 귀를 바짝 세우고 중국 돼지의 대답을 기다렸다. 대빵이 오래간만에 제정신이 든 소리를 했던 것이다. 하지만 중국 돼지는 광신도가 교주를 광적으로 찬양하고 섬기듯이 한결같은 대답만 내뱉고 있었다.

"에이, 그럴 리가 있습니까? 당연히 반겨주지요. 운명적인 사랑 아닙니까, 운명적인 사랑……. 그 운명적인 사랑 앞에서 감히 어떤 년이 배반을 할 수 있으며, 운명적인 사나이의 가슴에 비수를 꽂을 수가 있겠어요. 안 그래요?"

"그래, 맞아, 맞아……. 운명적인 사랑을 배반한다든가 운명적인 사나이의 가슴에 비수를 꽂을 년은 이 세상에 아무도 없을 테지. 그런 년은 미친년이나 다름없을 테니까. 좋아, 좋아. 어쨌든 기분이 좀 풀리는군. 하여튼 내가 이곳을 빠져나가기만 하면 그 희정이가 나를 반겨준다 이거지? 그런데, 그런데 말이야. 김현주나 박미숙 같은 여자들도 나를 반겨줄까? 내가 그년들을 찾아가면 혹시 나를 미친놈이나 정신병자 취급을 하지는 않을까?"

"에이, 그럴 리가 있겠어요? 당연히 반겨주지요. 어쨌든 그 여자들도 운명적으로 맺어진 운명적인 사랑 아닙니까? 운명적으로 맺어진 사랑, 운명적으로 맺어진 여자……."

"그래, 그 여자들도 나하고 운명적으로 맺어졌지, 운명적으로……. 씨팔, 그러고 보니 기분이 좀 풀리는군. 전화번호부에 있는 여자 중에서 내가 찍어두었던 아무 여자나 찾아가면 그 여자들이 나를 자기 서방님처럼 반겨주고 환영을 해준다 이거지? 좋아, 좋았어. 기분이 좀 풀리는군. 정말 희망이 생기고 있어, 희망이 생겨……."

대빵은 고개를 끄덕이며 매우 흡족한 표정을 지었다. 어쨌든 전화번호부에 있는 여자들이 모조리 자신의 여편네나 다름없다는 것을 중국 돼지한테서 확인을 받았던 것이다. 대빵과 중국 돼지는 정말 궁합이 잘 맞는, 이 비좁은 방 안의 최고위층들이었다. 그런데 대빵이 갑자기 눈살을 찌푸리며 중국 돼지에게 질문을 던졌다.

"그런데 희정이는 돈을 얼마나 가지고 있을까? 예를 든다면 3억이라든지 10억이라든지……. 내가 빈털터리이다 보니 아무래도 여자가 돈이 좀 있어야겠는데……."

우리는 대빵의 말을 듣고 내심으로 코웃음을 치지 않을 수 없었다. 대빵은 드디어 참고 참았던 본색을 드러내기 시작했던 것이다. 아무리 첫사랑 운운하며 순정파 흉내를 내도 결국 본색은 드러나게 마련이었다. 돈이라는 것은 때로는 사랑을 뛰어넘고 사랑을 짓뭉개버리는 어떤 엄청난 파괴력을 가지고 있던 것이다. 대빵의 질문을 받고 중국 돼지는 재빨리 주판알을 튕기는 것 같았다. 그러고는 아주 천연덕스럽게 대답했다.

"아마 3억 내지 5억 정도는 가지고 있지 않을까요? 뭐 당연히 그 정도는 가지고 있어야겠지요."

"희정이가 3억 내지 5억 정도를 가지고 있다 이거지. 음……

그래, 내 여편네가 되려면 적어도 그 정도는 가지고 있어야겠지. 그래야 나를 서방님으로 모실 자격이 있는 것 아니겠어? 내 첫사랑 희정이가 3억 내지 5억을 가지고 있다? 아아, 정말 희망이 생기는군. 희망이 생겨, 희망⋯⋯."

우리는 마침내 대빵을 측은한 눈길로 바라볼 수밖에 없었다. 대빵이 중증 과대망상이라는 이상한 병에 걸렸다는 것은 이제 더는 의심할 여지가 없었다. 비쩍 마른 장작개비 같은 몸집에다 어디에서 얻어터졌는지 코가 비뚤어졌고, 이빨이 군데군데 작살이 난 저런 몰골의 사내를, 그리고 불알 두 쪽밖에 없는 저런 위인을 자기 서방님으로 모시겠다고 나설 여자는 이 세상 어디에도 없을 것 같았다. 설사 남자에 굶주린 과부라고 하더라도 저런 몰골의 위인에게서는 아예 고개를 돌려버릴 것 같았다. 대빵은 전화번호부를 독점하면서 독서에 몰두하더니 마침내 중증 과대망상이라는 이상한 병을 앓기 시작한 모양이었다. 그러니까 무엇을 혼자 독점하는 것은 그만큼 위험한 일인지도 몰랐다. 대빵은 운명적인 사랑에 취해 무척 흡족한 표정을 짓고 있다가 갑자기 눈살을 찌푸리며 혼잣말을 중얼거렸다.

"그나저나 내가 이 좆같은 곳에 끌려온 지도 벌써 몇 년째야? 가만⋯⋯ 앞으로 두어 달만 있으면, 아니 석 달만 있으면 정확히 6년째 아냐? 기가 막히는군. 6년을 아무런 죄도 없이 이런 수용소에서 생징역을 살고 있다니⋯⋯."

대빵은 갑자기 감정이 격해졌는지 전화번호부를 돌돌 말아 쥐기 시작했다. 전화번호부를 사시미 칼이나 등산용 도끼로 착각하는 순간이 또다시 찾아온 모양이었다. 대빵은 돌돌 말아쥔 전화번호부로 마치 도끼질을 하듯이 방바닥을 탁탁 쳐대며 계속해서 불만을 털어놓았다.

"도대체…… 도대체 내가 무슨 역적질을 했기에 이런 곳에서 이렇게 생징역을 살고 있는 거지? 재판이나 받고 징역을 살고 있다면 덜 억울하기라도 하지. 그런데 도대체 내가 무슨 죄를 저지른 거야? 내가 강도짓을 했어? 도둑질을 했어? 살인을 저질렀어? 기껏해야 술 먹고 취해서 역전 대합실에서 쓰러져 잠든 것밖에 없는데……. 씨팔, 그날은 어쨌든 참 좆같은 날이었지. 아무래도 검정고시 때문에 학원에라도 좀 다니기 위해 아파트 공사판에서 유로폼을 때려 박는 건축목수 일을 그만두고 다시 가구공장에서 일하려고 가구공장을 찾아갔다가 일당이 맞지 않아 횟술을 마시고 역전 대합실에서 쓰러져 잠들었던 것뿐인데……. 그런데 냅다 봉고차로 이곳 수용소로 실어와버리다니…… 이곳이 정말 대한민국 땅인가? 법에 의해 심판을 받는다는 대한민국 영토야? 세상에 이런 기가 막히는 일이 또 있을까? 더구나 탈출을 하다 붙잡혀서 이 방 안에서 일 년을 더 생징역을 살고 있으니……. 아아, 좆같은 놈들. 때려죽여도 시원찮을 놈들. 씨팔놈들……."

대빵은 마침내 수용소 측에다 욕설을 퍼붓기 시작했다. 물론 억울하고 분한 것은 우리도 마찬가지였다. 우리도 다만 술에 취해서 길거리나 골목길 혹은 역전 대합실에 쓰러져 자고 있었을 뿐인데 어떤 초월적인 권력에 의해서 이곳 수용소로 끌려온 처지였다. 물론 중국 돼지의 학설에 의하면 이곳 수용소의 살아 있는 시체가 되어버렸고, 개백정의 학설에 따르면 이곳 수용소에서 개새끼들처럼 사육되고 있는 중이었다. 정말 기가 막힐 일이었다. 특히 대빵은 탈출을 하다 붙잡히는 통에 이 비좁은 방 안에서 5년을 채우고도 일 년을 더 생징역을 살고 있는 중이었다.

우리는 대빵이 탈출을 시도했던 그날을 생생히 기억하고 있었다. 그러니까 2년 전인 재작년 초봄 무렵, 대빵은 세면을 하러 이 비좁은 방 안을 나간 뒤 선뜻 얼굴을 씻지 않고 수용소 너머 들판이며 야산, 논밭, 그리고 일반 주택 등을 한동안 멍하니 바라보고 있었다. 그러다 갑자기 터벅터벅 수용소 정문 쪽으로 걸어가기 시작했다. 너무도 돌발적이고 태연한 행동이었다. 감시를 하고 있던 이곳 수용소 실장이 마침내 버럭 고함을 질렀다.

"얀마! 야, 이 개새끼야! 너 지금 어디를 가고 있는 거야? 어디를 가고 있어? 얀마! 야, 이 개새끼야! 죽기 전에 빨리 안 돌아와?"

하지민 대빵은 실장의 고함 소리를 듣자마자 오히려 뜀박질을 하기 시작했다. 명백한 탈출의 몸짓이었다. 실장은 곧바로 목에 건 호루라기를 불어대면서 대빵을 추격했다. 호루라기 소리를 듣고 아침 일찍 출근해 있던 총무님이 사무실에서 뛰쳐나와 실장하고 둘이서 대빵을 뒤쫓기 시작했다. 대빵은 늘 꽁보리밥에다 단무지 두세 조각, 그리고 멀건 된장국으로 하루 세 끼 식사를 해온 상태였기 때문에 영양 상태가 극히 부실했고 또한 운동량이 부족해서인지 총무님과 실장한테 곧 붙잡히고 말았다. 그리고 대빵은 아무런 저항 없이 마치 복날의 개처럼 끌려왔다. 정말 싱거운 탈출이었고 싱거운 체포작전이었다.

"도무지 이해할 수가 없군. 이건 정말 불가사의한 일이야. 너 같은 모범생이 왜 갑자기…… 왜 갑자기 이곳을 탈출하려고 했지? 더구나 이제 몇 달만 있으면 자유사동으로 이동할 텐데……."

총무님은 주먹으로 대빵의 머리를 쥐어박으면서도 연신 고개를 갸우뚱거렸다. 사실 대빵은 탈출을 하려는 어떤 이상한 징후나 낌새를 보인 적이 전혀 없었다. 또한 탈출을 하려는 어떤 사전계획 같은 것도 없었다. 마치 멀쩡한 여자가 어느 날 갑자기 가출을 하듯이 그저 느닷없이 뜀박질을 해서 수용소 정문을 향해 뛰쳐나갔던 것뿐이었다. 더욱이 이제 몇 달만 있으면 자유사동으로 이동해서 자유의 몸이 될 터라 굳이 탈출을 할 필요도 없었다. 총무님은 그것이 도무지 이해되지 않는 모양이었다.

"너 이 새끼, 도대체 왜 그런 거야? 왜 갑자기 미쳐버린 거지? 왜 갑자기 정신이상이 되었냐고? 도대체 왜 그런 미친 지랄을 했어? 상식적으로 도무지 이해할 수가 없잖아? 이건 세계 7대 불가사의보다 더 불가사의한 일이군. 정말 불가사의한 일이야. 몇 달만 있으면 자유사동으로 이동할 놈이 뭐가 부족해서 탈출을 하려고 했는지……."

대빵은 고개를 푹 떨구고 벌벌 떨고 있다가 이윽고 총무님이 불가사의해하는 내용에 대해서 해설을 해주었다.

"정말…… 정말 귀신한테 홀린 것 같습니다. 나는 탈출을 하려고 했다기보다는…… 그냥, 그냥 무작정 달려보고 싶었을 뿐입니다. 결코 탈출, 탈출할 생각은 하나도 없었고…… 그저, 그저 달려보고 싶었을 뿐입니다. 아침 햇빛이 자욱이 내리쬐고 있는 벌판을 달려보고 싶었을 뿐입니다. 단지 그것뿐이었습니다. 맹세코……."

"그러니까 어떤 지랄병이나 미친병이 발작을 했던 게로군. 안 그래?"

"지랄병이나 미친병이 아니라…… 그러니까 어떤 강렬한 충동이…… 그러니까 아침 햇빛 속을 마음껏 달려보고 싶은 어떤 강렬한 충동, 그 충동이 치밀었을 뿐입니다. 맹세코……."

"이 씨팔놈아, 그러니까 그게 미친병이나 지랄병이라는 거야. 네놈도 잘 알다시피 이곳은 네놈들 같은 인간 기생충이나 인간 버러지들을 잡아두는 곳이야. 그래야 일반 시민들이 안심하고 살아갈 수가 있으니까. 이 좆같은 새끼야, '선진적인 거리질서 정화'도 몰라? 선진국에는 네놈들 같은 부랑자들, 인간 기생충이나 인간 버러지들이 없기 때문에 일반 시민들이 마음 놓고 살아갈 수가 있단 말이야. 그러니까 우리 대한민국에서도 선진국을 따라가기 위해서 네놈들 같은 인간 기생충이나 인간 버러지들을 이런 수용소에다 수용해버릴 수밖에 없는 거야. 알았어? 알았냐고?"

"예, 알고 있습니다. 잘 알고 있습니다. 당연히 수용을 해야지요."

"그런데 그걸 아는 새끼가 감히 이곳을 탈출하려고 했어?"

"탈출이 아니라 그냥 아침 햇빛 속을 달려보고 싶었을 뿐입니다. 맹세코……."

"아무래도 이 자식이 미친놈이군. 말하는 투가 아예 돌아버린 놈 같아……."

총무님은 고개를 절레절레 저었다. 그리고 대빵의 처리 문제를 놓고 상당히 고민했다. 대빵을 우선 독방에 6개월 정도 가둬놓은 뒤 다시 이 비좁은 방 안에 복귀시킬까 어쩔까 고민하다 결국 이 비좁은 방 안의 대빵 자리를 유지시키는 것으로 최종 판결을 내렸다. 이곳 수용소에서는 정말 보기 드문 파격적인 판결이었다. 물론 총무님은 대빵이 평소에 무난하게 대빵 자리를 잘 유지하고 있었고, 탈출하는 과정이 좀 애매한 면도 있었고, 체포당했을 때 격렬하게 저항하지도 않았고, 또한 충분히 반성하고 있는데다, 특히 대빵이 이곳 수용소에서 무려 5년 가까이나 수용되어 있었다는 점을 충분히 고려한 모양이었다. 그 대신 일 년을 더 이 비좁은 방 안에 있어야 하는 징벌을 내렸던 것이다.

대빵은 수용소 측에다 점점 더 맹렬히 욕설을 퍼부었다.

"좆같은 놈들, 씹새끼들, 내가 무슨 죄를 지었다는 거야? 도 대체 내가 무슨 죄를 지었기에 멀쩡한 사람을 이렇게 생징역을 살리고 있는 거냐고? 소주 몇 잔 마시고 역전 대합실에서 뻗어 버린 것이 그렇게도 큰 죄냐? 뭐, 선진적인 거리질서 정화? 기 가 막히는군, 기가 막혀. 기가 막혀서 더는 말이 안 나와. 대한 민국에 이런 생지옥도 있다니, 씹새끼들……."

대빵이 수용소 측에 냅다 욕설을 퍼부으며 점점 더 흥분해가 자 우리는 무척 겸손하고 복종적인 자세를 더욱 확실히 했다. 그리고 바짝 긴장한 채 눈을 밑으로 푹 내리깔거나 아니면 아예 방바닥에다 고정을 시키고 있었다. 대빵이 흥분해 있는 모습을 구경하느라고 괜히 힐끔거리다 대빵하고 정통으로 눈길이라도 마주쳤다가는 그야말로 운수 사납게도, 씹창나게 얻어 터질 수도 있었다. 대빵이 흥분해 있을 때는 어쨌든 스스로 알아서 최대한 몸조심을 할 수밖에 없었다. 대빵은 수용소 측에 맹렬히 욕설을 퍼붓다가 어느 순간 갑자기 입을 다물었다. 그리고는 무언가를 생각하는 듯 멍하니 천장을 올려다보다가 다시 전화번호부를 펼쳐들었다. 대빵은 침울하게 중얼거렸다.

"내가 이곳을 빠져나가기만 하면 이 전화번호부에 나와 있는 수많은 여자 중에서 내가 운명적으로 찍은 그 여자들이 나를 운명적으로 반겨준다, 이거지? 나하고 운명적으로 사랑을 하게 된다, 이거지? 삼겹살을 구워놓고 소주도 두세 병 사다놓고, 마치 서방님처럼 나를 반겨줄 것이다 이거지? 씨팔, 희망이 생기는군. 희망이 생겨. 희망, 희망……."

대빵은 혼잣말을 중얼거리며 콧구멍을 후벼 파기 시작했다. 그리고 가래침을 카악카악 뽑아내서 손바닥에 뱉어낸 뒤 낡은 추리닝 바지에다 쓱쓱 문질렀다. 우리는 대빵의 그런 모습을 보고 대빵이 마음의 평정을 되찾았다는 것을 알아차렸다. 방금 전까지만 해도 수용소 측에다 냅다 욕설을 퍼부으며 흥분해 있었지만 운명적인 사랑을 떠올리면서 마음의 평정을 되찾은 모양이었다. 그리고 그 운명적인 사랑을 생각하니까 어떤 희망이 생기는 모양이었다. 물론 그 희망이라는 것이 우리가 판단할 때는 중증 과대망상일 뿐이었지만 대빵은 자신의 희망, 자신의 운명적인 사랑을 아주 철석같이 믿고 있는 눈치였다. 그 희망 때문인지 대빵은 이윽고 우리에게 은혜를 베풀어주었다.

"좋아, 기분이다. 지금부터 편히 쉬어, 편히 쉬라고……."

우리는 대빵의 은혜로운 말씀이 떨어지자 무척 겸손하고 복종적인 자세로 잔뜩 웅크리고 있었던 자세를 어기적어기적 풀면서 좀 편안한 자세를 취했다. 오랫동안 웅크리고 있었던 탓인지 누군가의 몸에서는 삐거덕 삐거덕 하는, 뼈마디 어긋나는 소리가 났고, 누군가의 입에서는 참고 참았던 고달픈 한숨 소리도 새어나왔다. 우리는 살아 있는 시체에서 비로소 살아 있는 인간으로 되돌아가는 느낌이었다.

10

편히 쉬는 시간은 일종의 자유시간이었다.

우리는 마치 고된 훈련을 마친 군인들처럼 좀 홀가분한 기분이었다. 물론 날마다 되풀이되는 편히 쉬는 시간이 별로 새로울 것도 없었지만 그래도 얼마간의 자유가 주어졌기 때문에 목이 빠지게 기다려지곤 했다.

자유시간을 이용하는 방법은 제각각 달랐다. 방아깨비는 여전히 쉴 새 없이 고개를 끄덕여대고 히죽히죽 웃어가며 누군가를 그리고 무언가를 향해 끊임없이 비웃음과 경멸을 퍼붓고 있었고, 베트남 방랑자는 여전히 사타구니에 양손을 찔러넣은 채 멍하니 방바닥만 내려다보고 있었고, 개백정과 로마의 쥐새끼는 둘이 찰싹 달라붙어서 또다시 탈출계획을 속삭이기 시작했고, 중국 돼지는 마치 일본군 밀정처럼 두 귀를 바짝 세우고 누가 무슨 이야기를 하고 있는가를 부지런히 염탐하고 있었다.

그런데 한쪽에서 엉뚱한 사건이 벌어졌다.

필리핀 염소와 강남 세비 사이에 싸움이 붙은 것이다. 싸움의 발단은 자리 때문이었다. '편히쉬어'라는 대빵의 은혜로운 말씀이 떨어지기 전까지 체구가 작은 필리핀 염소는 덩치가 큰

강남 제비한테 방문 벽 쪽으로 바짝 밀리고 있었던 모양이었
다. 벽 바깥에서는 겨울 찬바람이 거세게 파고들었기 때문에
아무래도 벽은 얼음장처럼 차가울 수밖에 없었다. 필리핀 염소
는 그 차가운 기운을 겨우겨우 참고 있다가 자유시간이 주어지
자 마침내 강남 제비에게 쌓였던 불만을 털어놓았다.

"이 자식아. 너는 애비 어미도 없냐? 늙은이를 벽 쪽으로 그
렇게 바짝 밀어붙여서 도대체 어떻게 하자는 거냐? 나를 얼어
죽일 작정을 했냐?"

"그럼 자리가 비좁은 걸 어떡하라는 거야? 나도 양쪽으로 중
간에 끼어서 숨통이 막혀 죽을 지경인데."

"그래도 이 자식아, 네놈이 안쪽으로 좀 밀어붙여야지 왜 내
쪽으로만 바짝 밀어붙이는 거야? 내가 그렇게 만만하게 보였
냐? 내가 호구 같은 놈으로 보였어?"

"이 양반아, 함부로 자식아, 자식아 하지 마. 내가 당신 자식
이야?"

"어쭈, 이 호로새끼가 말하는 것 좀 봐. 감히 애비뻘 되는 사
람한테……."

"새벽부터 진짜 좆같은 소리만 골라서 지껄이고 있네. 당신
이 무슨 애비뻘이 된다고 그래? 나는 당신 같은 애비를 둔 적
이 없어. 수백 마지기나 되는 전답을 여자들 치마폭에다 모조
리 말아먹은 그런 위인이 애비는 무슨 애비야? 그러니 당신이
이곳에 수용되어 있어도 당신 여편네나 자식들이 모두들 다 외

면하고 있는 것 아냐? 사람 같지도 않으니까 외면하고 있는 것 아니냐고? 왜 내 말이 틀렸어? 틀렸어?"

필리핀 염소는 강남 제비의 비아냥과 조롱을 듣고는 마침내 분통이 터져서 강남 제비의 뺨을 갈겨버렸다. 강남 제비가 남한테 맞고 가만히 있을 위인은 아니었다. 대뜸 필리핀 염소의 뺨을 사정없이 되받아 갈겨버린 것이다. 그러자 필리핀 염소가 강남 제비의 먹살을 움켜쥐고는 머리통으로 강남 제비의 얼굴을 들이받았다. 대빵이 그 장면을 목격하고 버럭 고함을 질렀다.

"이 씨팔놈들이 지금 감히 누구 앞에서 개지랄들을 떨고 있는 거야. 모두들 똑바로 안 앉아! 똑바로 안 앉아! 이 씹새끼들……."

우리는 대빵의 고함 소리에 깜짝 놀라서 후다닥 자세를 바로잡았다. 물론 무척 겸손하고 복종적인 자세로 되돌아간 것이다. 대빵은 몹시 화가 났는지 대뜸 전화번호부를 필리핀 염소에게 내던졌다. 전화번호부는 필리핀 염소의 얼굴에 명중되었다. 대빵은 일어서서 필리핀 염소를 냅다 발길로 걷어차고 강남 제비의 뺨을 사정없이 찰싹찰싹 내갈겼다. 대빵은 전화번호부를 집어들고 씩씩거리며 비좁은 방 안을 이리저리 왔다 갔다 했다. 그러면서 으르렁거리듯이 입을 열었다.

"이 씹새끼들, 나는 정말 큰맘 먹고 네놈들에게 자유를 주었다. 그런데도 네놈들은 그 자유를 아주 개판으로 만들었다, 개

판으로……. 네놈들은 자유가 무엇인지 알기나 하냐? 자유가
무엇인지 알기나 하느냐고?"

우리는 대빵의 호통에 그저 침묵만을 지켰다. 그리고 혹시
무슨 트집이라도 잡힐까 봐서 무척 겸손하고 복종적인 자세를
좀더 확실히 취했다. 어쨌든 불같이 화가 나 있는 대빵의 눈 밖
에 나서 괜스레 두들겨 맞을 필요는 없었던 것이다. 대빵이 자
유가 무엇인지 아느냐고 물었지만 사실 자유란 간단한 거였다.
아무런 죄도 없는 우리를 이곳 수용소에다 강제로 감금하지 않
고 수용소 울타리 밖으로 내보내는 것, 그것이 바로 자유였다.
그런데도 대빵은 여전히 흥분해서 떠들어댔다.

"이 씹새끼들아. 자유가 무엇인지 알기나 하느냐고?"

대빵은 우리를 완전히 어린애나 바보로 취급하는 모양이었
다. 물론 권력을 가진 사람들은 항상 자기 자신을 어떤 대단한
존재로 여기기 때문에 우리가 어린애나 바보 취급을 당한다고
해서 굳이 섭섭해할 필요도 없었다. 대빵은 여전히 비좁은 방
안을 왔다 갔다 하면서 혼자 씨부렁거렸다.

"자유란…… 자유란…… 아아, 자유란 눈물의 씨앗이다, 눈
물의 씨앗……. 이제 알겠냐? 자유가 무엇인지 이제 알겠어?
이 무식하고 불쌍한 인간들아……."

우리는 대빵의 입에서 터져 나온 말에 좀 어리둥절해했다.
어떤 유행가 가수가 불렀던, '사랑은 눈물의 씨앗이다'라는 노
랫말하고 마치 쌍둥이처럼 비슷했던 것이다. 물론 대빵이 우리

에게 느닷없이 자유란 무엇이냐고 질문을 해놓고 막상 할 말이 궁해지자 할 수 없이 자신이 평소 좋아했던 유행가 가사를 표절해서 그런 말을 꺼낸 것인지, 아니면 평소에 자유란 눈물의 씨앗이다라는 어떤 소신을 가지고 있었던 것인지, 아니면 전화번호부를 가지고 독서를 하면서 마침내 그런 이상한 철학을 깨달은 것인지 우리로서는 그 내막을 알 수 없었다. 대빵은 여전히 혼자 기고만장해서 떠들어댔다.

"자유를 얻기 위해서는 눈물을 흘려야 한다. 눈물, 눈물, 눈물……. 그 눈물은 자유의 눈물이면서 또한 사랑의 눈물이다. 사랑, 사랑, 사랑의 눈물. 아아, 최희정…… 오직 나만을 기다려주고 나만을 사랑하고 있는 그 긴자꾸……. 내가 이곳에서 빠져나오기를 애타게 기다리면서 날마다 삼겹살에다 소주 두세 병 정도를 준비해놓고 있는…… 아아, 최희정, 긴자꾸……. 아아, 운명적인 사랑, 운명적인 만남……."

대빵은 너무 흥분해서 그랬는지 말이 좀 두서가 없어지고 있었다. 우리는 대빵이 진정으로 하고자 하는 말이 무엇인지 차츰 헷갈릴 수밖에 없었다. 자유에 대해서 이야기하려는 것인지 아니면 긴자꾸에 대해서 이야기하려는 것인지 정말 헷갈리지 않을 수 없었다. 하지만 대빵은 그런 모순쯤은 아무것도 아니라는 듯이 비좁은 방 안을 왔다 갔다 하면서 무언가 자기만의 생각에 잠겨가고 있었다. 그러다가 이윽고 추리닝 주머니에서 담배를 꺼내들었다.

그 담배는 어제 꼭두새벽에 칠룡이가 시체 처리를 하고 이곳 수용소 실장에게서 얻어온 새 담배였다. 보일러도 들어오지 않는 독방에 혼자 수용되어 있던, 좀 성질이 사납고 괴팍한 늙은이가 죽었는데 칠룡이가 불려나가서 그 시체를 처리했던 것이다. 칠룡이는 힘은 장사지만 머리가 좀 모자라서 이곳에서 도망칠 염려가 전혀 없었기 때문에 수용소 측에 무척이나 신임을 받고 있었다. 그리고 어느새 이곳 수용소의 전담 시체 처리꾼이 되어 있었다.

물론 이곳에서 시체를 처리한다고 해봤자 마대에다 둘둘 말아서 뒷산에 갖다 묻는 것이 전부였다. 물론 더러는 대학병원 같은 곳에 해부용 시체로 넘겨지기도 했는데, 어쨌든 이곳에서 죽어 나가는 것을 우리는 누구나 다 질색으로 여겼다. 대빵이 피워 물고 있는 담배는 시체 처리를 한 수고비로 칠룡이가 이곳 수용소 실장한테서 얻어온 세 개비 중에 두 개비를 징발한 거였다. 그 때문인지 대빵은 칠룡이를 무시할 수 없는 존재로 인정하고 있었다.

"나는 말이야……."

대빵은 오랜만에 빨아보는 담배 연기에 취했는지 두 눈이 게슴츠레하게 풀어져 있었다. 그리고 담배 연기로 도넛을 만드는 여유까지 보였다.

"나는 이곳을 빠져나가기만 하면 대한민국을 상대로 손해배상을 청구할 생각이었지. 물론 대한민국의 법이 조지법이라는

152

것쯤은 진작부터 알고 있었지만 말이야. 돈 없고 힘없고 빽 없는 사람들은 그냥 인정사정 두지 않고 팍팍 조져대는 조지법……. 그 대신에 돈 있고 빽 있고 힘있는 놈들한테는 알아서 팍팍 기는 조지법……. 나는 대한민국의 그 조지법을 상대로 손해배상을 청구하려고 작정을 하고 있었단 말이야. 손해배상, 손해배상. 아아, 씨팔, 손해배상…….”

대빵은 자신의 결연한 마음을 증명해 보이기라도 하듯이 부드득 이를 갈기까지 했다. 하지만 우리는 대빵의 혼잣말쯤에는 별 관심이 없었다. 오직 대빵이 뿜어내는 담배 연기에만 잔뜩 군침을 삼키고 있었다. 대빵이 뿜어내는 담배 연기는 너무도 향기로웠던 것이다. 대빵은 담배 연기에 취한 채 계속해서 혼자 중얼거렸다.

“그런데 말이야, 이제는 그 더럽고 악취 나는 조지법을 상대로 손해배상을 청구하는 대신 운명적인 여자를 선택하기로 마음을 돌렸지. 운명적인 여자, 운명적인 사랑……. 아아, 그 희정이하고 그냥 조용히 살기로 마음을 정한 거야. 물론 그 희정이는 오직 나만을 기다리고 있겠지. 삼겹살을 구워놓고 소주도 두세 병 준비해놓고 내가 어서 오기만을 눈이 빠지게 기다리고 있겠지. 그래서 전화번호부에 자기 이름을 올려놓은 것 아니겠어? 나에게 어떤 암호 같은 것을 보내기 위해서 말이야. 아아, 그래. 맞아, 맞는 말이야. 나에게 어떤 운명적인 암호를 보내기 위해서 자기 이름을 전화번호부에 올려놓았던 거야. 안 그래? 안 그러냐고?"

대빵은 담배 연기에 취했는지 한 손을 이마에 대면서 어지러운 표정을 짓기까지 했다. 형편없는 꽁보리밥에다 단무지 몇 조각, 그리고 멀건 된장국으로 하루 세 끼 식사를 하고 운동도 거의 하지 못한 부실한 몸으로 오랜만에 담배를 피우니 좀 어지러워진 모양이었다. 그때 중국 돼지가 아주 요란하게 대빵의 말에 맞장구를 쳤다.

"맞습니다, 맞아요. 힘없는 사람은 사정없이 짓밟고 힘 있는 사람들한테는 알아서 팍팍 기는 대한민국의 그 더럽고 악취 나는 조지법을 상대로 손해배상을 청구하는 대신 운명적인 사랑을 선택하는 그 결단력……. 아아, 정말 감동적입니다, 감동적……. 물론 그런 감동적인 말을 듣고도 감동하지 않는 놈이 있다면 모조리 종로 네거리에서 총살을 시켜버려야겠지요. 쯧쯧, 그 머리로 공부를 계속했으면……. 정말 안타깝군요, 안타까워. 그나저나 그 담배…… 그 담배 한 모금만 어떻게 빨 수 없을까요? 딱 한 모금만…… 두 모금이나 세 모금도 아니고 딱 한 모금만…… 그저 딱 한 모금만……."

대빵은 자기 앞에서 애걸하고 있는 중국 돼지를 잠시 취한 듯한 눈길로 물끄러미 바라보았다. 그러다 담배를 중국 돼지의 손에다 건네주었다. 담배는 삼분의 일이 조금 못 남아 있는 그래도 어마어마한 장초였다. 우리는 마치 복권에 일등으로 당첨된 억세게 운 좋은 놈이라도 발견한 듯이 중국 돼지를 무척 부러운 눈길로 바라보았다.

"어이, 여보쇼, 중국 돼지. 나도 한 모금만 줘봐. 딱 한 모금만…… 두 모금도 아니고 딱 한 모금만 빨아보게……."

중국 돼지가 아편환자처럼 정신없이 담배를 쭉쭉 빨아대자 그때까지 가만히 눈치를 보고 있던, 이 비좁은 방 안의 제3인자인 개백정이 중국 돼지에게 잽싸게 달려들었다. 하지만 중국 돼지는 개백정의 애원을 외면한 채 벽 쪽으로 돌아앉아서 금싸라기 같은 꽁초를 허겁지겁 빨아댔다. 그렇지만 개백정도 여간내기가 아니어서 작심을 하고는 중국 돼지의 팔을 비틀고 담배를 냉큼 빼앗아 뻑뻑 빨아댔다. 비록 지금은 중국 돼지에게 밀려서 제3인자로 밀려났지만 한때는 제2인자였다는 관록이 그런 용기를 주었는지도 몰랐다. 대빵은 기분이 좋았던 때문인지 그런 소란을 너그럽게 바라보며 미소를 지었다. 그것은 누가 보아도 권력을 쥔 자의 미소였다. 어쨌든 대빵은 이 비좁은 방 안의 최고 권력자였던 것이다.

"어이, 개백정. 술 한잔 가져와."

대빵은 자못 흥이 도도했는지 제3인자인 개백정에게 술 심부름을 시켰다. 물론 이 비좁은 방 안에 술이 있을 리는 만무했다. 그렇지만 개백정은 대빵의 지시를 받자마자 특유의 그 빠릿빠릿한 몸놀림으로 컵에다 물을 따라 대빵한테 조심스럽게 바쳤다. 대빵이 모처럼 자신에게 관심을 가져준 것에 무척 신이 났던 모양이었다. 대빵은 단숨에 술을 들이켰다. 물론 물을 들이켠 것이다.

"어, 취한다. 그나저나 어이, 개백정, 밖에다 두고 온 애인은 이제 완전히 포기해버린 거야? 식당에서 일하는 그 이혼녀 말이야. 아무리 생각해도 지금쯤 딴 사내 품에서 헉헉대고 있을 것 같은데. 그런 여자들은 말이야, 낄낄낄……."

대빵은 자신의 운명적인 사랑, 운명적인 여자들에 대해서 대단한 긍지와 자부심을 가지고 있는 모양인지 개백정의 애인에 대해서 아주 경멸조로 빈정거렸다. 물론 전화번호부를 가지고 독서를 하면서, 외국 유학을 갔다 온 여자라든가, 대학 교수라든가, 건설회사 회장님 외동딸 등을 찍어서 대뜸 운명적인 여자들로 만들어놓은 대빵이고 보니 식당에서 종업원으로 일하는 개백정의 애인쯤은 아주 보잘것없고 값싼 여자로 보였던 모양이었다. 개백정은 얼굴이 어둡게 일그러졌지만 무언가 희망의 끈을 찾듯이 힐끔 로마의 쥐새끼를 바라보았다. 그 순간 둘은 서로 의미심장한 눈길을 주고받았다. 우리는 둘의 눈길이 무엇을 의미하는지 잘 알고 있었다. 그 둘은 탈출을 꿈꾸고 있었다.

11

개백정은 요즘 들어서 부쩍 탈출에 대한 집념에 불타고 있었다. 워낙 다혈질적인 성격에다 얼마 전에 자신의 애인이 다른 남자의 품에 안겨 있는 악몽을 꾸고는, 그 악몽 때문에 무척 충격을 받은 모양이었다. 한시라도 빨리 이곳 수용소를 빠져나가지 못하면 애써 투자해서 잡아두었던 식당 종업원인 이혼녀를 영영 놓칠지도 모른다는 근심 걱정 때문인지 요즘 들어서는 밤잠마저 설치고 있었다. 또 중국 돼지가 있는 한 이 비좁은 방 안에서 결코 제2인자 자리를 회복할 수 없다는 어떤 체념 같은 것도 작용했던 모양이었다. 개백정은 이런저런 사정 때문에 탈출에 대한 결심을 굳히고 탈출 동지를 은밀히 물색했는데 정말 엉뚱하게도 로마의 쥐새끼가 선택되었다.

우리는 개백정이 로마의 쥐새끼를 탈출 동지로 선택한 것에 대해 사실 좀 놀라지 않을 수 없었다. 로마의 쥐새끼는 이 비좁은 방 안의 누구한테 경멸을 당해도 할 말이 없는 위인이었다. 정말 비겁하고도 비굴한 놈이었다. 우리는 로마의 쥐새끼가 얼마나 비겁하고 비굴했는지를 지금도 선명히 기억한다.

로마의 쥐새끼는 서너 달쯤 전에, 그러니까 쇠창살이 총총히 박힌 창문 너머로 어느덧 가을의 풍경이 나타나고 있을 무렵, 술에 곯아떨어진 채 길거리에서 쓰러져 자다가 이곳에 실려 온 위인이었다. 행인의 신고를 받고 출동한 경찰은 로마의 쥐새끼 행색이 무척 초라했던 때문인지 파출소로 데려가지 않고 이곳 수용소 측에다 연락을 해줬는데, 수용소 측에서는 '선진적인 거리질서 정화'를 위해서 곧바로 봉고차를 출동시켜 고주망태가 된 로마의 쥐새끼를 실어 왔던 것이다. 우리는 로마의 쥐새끼가 이곳에 실려 오던 날, 무척 살벌하면서도 우스꽝스럽고, 그리고 황당했던 그 광경을 아직도 생생히 기억한다.

로마의 쥐새끼가 실려 오던 그날, 한밤중에 느닷없이 이 비좁은 방 안에서 대빵과 개백정, 중국 돼지, 칠룡이 등이 차출을 당했다. 봉고차 운전기사의 연락 때문이었다. 경찰의 연락을 받고 술에 취해 길거리에 곯아떨어졌던 술주정뱅이를 실어 오는데, 그 자식이 정신을 차리더니 자기는 해병대 출신이라며 봉고차에서 내려야겠다고 떼를 쓰는데, 보통 깡다구가 아니라는 거였다. 수용소에 도착하면 아마 해병대 출신답게 정말 개같이 난리를 피울 것 같으니 단단히 준비를 해두라는 연락이었다. 총무님과 실장은 그런 전화 연락을 받고 대빵과 개백정 등을 차출해서 몽둥이와 쇠파이프 등을 건네주며 단단히 다짐을 해두었다.

"그 개새끼를…… 하여간에 그 해병대 출신이 난리를 피우고 개지랄을 떨거든 사정없이 두들겨 패서 반 죽여버려라. 뒈지면 우리가 책임질 테니까. 하여튼 허튼 수작질을 한다든가 난리를 피우면 몽둥이나 쇠파이프로 반 죽여놓으란 말이야. 아니면 아예 죽여버리든가. 알았지? 알았어?"

한밤중에 느닷없이 차출된 대빵과 개백정, 중국 돼지 등은 마치 특수명령을 받은 특수부대원들처럼 잔뜩 긴장한 채, 잠시 후면 개같이 난리를 피울 해병대 출신이 나타나기를 초조하게 기다렸다. 얼마 후 봉고차가 외등이 쓸쓸히 켜져 있는 정문을 지나 호실 앞으로 다가왔지만 의외로 차 내부는 무척 조용했다. 운전기사가 내린 뒤 곧 뒤따라 해병대 출신이 내렸다. 해병대 출신은 어둠에 잠긴 황량한 수용소 건물이며 쇠파이프, 몽둥이 등을 거머쥐고 있는 수용소 측 사람들을 멈칫멈칫 살펴보더니 신음처럼 혼잣말을 중얼거렸다.

"젠장, 이제 보니 내가 꼼짝없이 로마에 끌려왔군. 로마에 끌려왔어……."

해병대 출신의 혼잣말은 이상한 암호처럼 들렸는데 물론 총무님과 실장, 그리고 대빵, 개백정, 중국 돼지 등은 해병대 출신의 그 이상한 암호를 해독하지 못하고 서로의 얼굴만 힐끔힐끔 쳐다보았다. 사실 이곳은 '선진적인 거리질서 정화'를 위해서 부랑자들을 강제로 수용하는 수용소였지 결코 로마는 아니었던 것이다. 그런데도 해병대 출신은 넋 빠진 놈처럼 계속 혼잣말을 중얼거렸다.

"빌어먹을, 결국 내가 속았군, 속았어. 술이 깰 때까지 조용히 잠을 재워주는 곳이 있다고 해서 순순히 따라왔더니만…… 이제 보니 분위기가 영 로마의 검투장 같은 곳이잖아. 노예수용소 같기도 하고……. 씨팔, 기가 막히는군, 기가 막혀. 빌어먹을……."

해병대 출신은 말투로 보아서 잔뜩 기가 질린 모양이었다. 물론 외등이 켜져 있는 칙칙한 수용소 건물, 그리고 몽둥이며 쇠파이프 등을 거머쥔 채 마치 특수부대원들처럼 용맹하게 서 있는 수용소 측 사람들을 보고 기가 질리지 않는 사람이 있다면 그건 사람이 아닐지도 몰랐다. 해병대 출신은 나름대로 어떤 계산이 끝났는지 이윽고 두 손을 머리 위로 올렸다.

"로마에 가면 로마의 법을 따르라고 했었지. 젠장, 알았소, 알았어. 어쨌든 나는 무조건 항복을 할 테니 그 무시무시한 살인무기들을 치워주시오. 나는 이곳 로마의 법을 충실히 따르고 로마의 법을 준수할 테니까."

해병대 출신은 항복의 표시로 양손을 머리 위로 올리고 이제 처분만 바란다는 표정을 지었다. 총무님과 실장은 어이가 없다 못해 무척 황당한 모양이었다. 어쨌든 피가 튀고 비명 소리가 진동하는 그런 살벌한 격투를 예상하고 있었는데 의외로 일이 우스꽝스럽게 종결되었던 것이다. 물론 전쟁터에서도 항복하는 적병은 굳이 사살하지 않듯이 이곳 수용소의 법칙에 충실히 따르겠다고 미리 알아서 기고 있는 해병대 출신을 굳이 두들겨 팰 이유는 없었다. 아프리카 메기 때문에 한바탕 난리를 치른 경험이 있어서 또다시 골치 아픈 꼴통이 실려 온 것은 아닌가 하고 잔뜩 긴장해 있었는데 의외로 아주 착실한 모범생이 들어 왔던 것이다. 어쨌든 로마의 쥐새끼는 수용소 측에서 보면 백 번이라도 환영할 만한 위인이었다.

하지만 우리는 로마의 쥐새끼를 아주 노골적으로 경멸할 수밖에 없었다. 적어도 해병대 출신이라면 그날 끌려왔을 때 결사적으로 저항을 해서 피가 튀고 뼈가 부러지는 어떤 난투극을 벌여야 했다. 우리는 솔직히 그런 난투극을 애타게 기다리고 있었다. 그리고 그 사건은 두고두고 이 비좁은 방 안에서 어떤 전설적인 이야깃거리로 남을지도 몰랐다. 하지만 해병대 출신은 아주 비겁하고 비굴하게도 로마법 운운하며 대뜸 수용소 측에다 두 손을 들고 항복을 해버린 뒤 로마의 쥐새끼로 변신을 했던 것이다.

그런데 더욱 기가 막히게도, 경멸을 받아야 마땅한 그 로마의 쥐새끼에게 대빵은 대뜸 이 비좁은 방 안의 제4인자 자리를 내주었다. 이 비좁은 방 안의 제일 말석인 재래식 변소 앞에서 대가리를 푹 처박고 있어도 부족할 그런 놈에게 제4인자 자리는 사실 너무 파격적인 자리였다. 물론 대빵은 자기 사촌형이 해병대 출신이라는 점을 강조하기는 했지만 우리는 대빵의 인사정책에 불평과 불만이 많을 수밖에 없었다. 사실 '선진적인 거리질서 정화'를 위해 이곳에 강제로 끌려와서 생징역을 살고 있는 인물들 중에는 3년 내지 4년 동안 썩어온 고참들도 여럿 있었다. 그런데도 대빵은 그런 빛나는 서열을 무시하고 늘 자기 입맛대로 인사정책을 펴고 있었다. 하지만 할 수 없는 일이었다. 어쨌든 대빵은 이 비좁은 방 안의 최고 권력자였던 것이다.

로마의 쥐새끼는 이 비좁은 방 안의 세4인자 자리를 꿰찼으면서도 인생 무력증에 걸렸거나 아니면 인생을 포기해버리기라도 한 놈처럼 틈만 나면 꺾어 세운 무릎에다 얼굴을 파묻고 잠을 자는 게 일이었다. 마치 이 비좁은 방 안이 자신의 부족한 잠을 보충해주기 위한 곳이라는 듯이 틈만 나면 얼굴을 파묻고 잠을 자고 있었다. 물론 실제로 잠을 자고 있는 것인지, 아니면 자신의 비굴함이 부끄러워서 고개를 처박고 있는 것인지, 아니면 말 못할 다른 어떤 고민거리라도 있는 것인지 우리로서는 그 내막을 알 수 없었다. 어찌 보면 이 비좁은 방 안에 들어오자마자 곧바로 상상력이 고갈되어서 마치 살아 있는 시체라도 되어버린 듯한 모습이었다. 어쨌든 로마의 쥐새끼는 그런 식으로 이 비좁은 방 안의 질서와 분위기에 모범생처럼 적응해갔고 수용소 측에서도 그런 모습을 무척 기특하게 여겼다.

로마의 쥐새끼가 이곳에 끌려온 다음날, 그러니까 이곳 수용소의 최고위층인 원장님과 총무님이 로마의 쥐새끼를 시찰하러 왔을 때도 로마의 쥐새끼는 무척 무기력해 있었다. 총무님이 의례적으로 질문을 해도 그저 심드렁하게 대꾸를 했다.

"얀마, 너 어디 연락할 데 전화번호 있어?"

"그런 것 다 잊어버렸소."

"다 잊어버렸다니?"

"옛날에는 몇 개 있었지만 그냥 다 잊어버렸소."

"그러니까 아무 데도 전화 연락을 할 데가 없어?"

"그냥 다 잊어버렸다니까……."

"이거 정말 웃기는 놈이군. 그럼 혼자 살아?"

"혼자 산다기보다 혼자 떠돌지요."

"거 참 희한한 놈이군. 이곳에 끌려와서도 대뜸 두 손을 머리 위에 올리고 항복을 하는 희한한 짓을 하더니……."

로마의 쥐새끼에 대한 시찰은 그걸로 끝났다. 그 짧은 순간에 로마의 쥐새끼는 이 비좁은 방 안에서 무려 5년 정도를 썩어야 한다는 대단히 불리한 판결을 받았던 것이다. 정말 기가 막히고 소름 끼치는 판결이었지만 로마의 쥐새끼는 그런 내막을 까맣게 모르는 모양인지 그저 무기력하게 방바닥만 내려다보았다.

원장님과 총무님의 시찰이 끝나자 대빵은 이 비좁은 방 안의 제일 말석인 재래식 변소 앞에서 웅크리고 앉아 있는 로마의 쥐새끼를 한동안 물끄러미 관찰했다. 아마 로마의 쥐새끼가 입고 있는 꾀죄죄한 잠바며 때에 전 청바지 등을 바라보며 그 독특한 신통력으로 로마의 쥐새끼에 대해서 나름대로 어떤 품평을 해보는 모양이었다. 물론 로마의 쥐새끼 복장을 보건대 사회에서 별로 신통하게 살았던 흔적은 없어 보였다. 대빵은 나름대로 어떤 품평을 마쳤는지 이윽고 로마의 쥐새끼에게 질문을 했다.

"어이, 사회에서는 뭐 했나? 뭐 하면서 먹고살았어?"

"그냥…… 그냥 노가다로 먹고살았소."

"노가다도 직종이 있잖아?"

"그저 잡부였소. 새벽부터 인력소개소에서 일거리를 잡아야 하는 잡부……."

"쯧쯧, 기술이라도 좀 배우지 그랬어. 못을 때려 박는 목수라든가……. 결혼은 했나?"

"한 3년 전에 이혼했소."

"왜?"

"여편네가 간호사였는데…… 치질 수술을 받으러 왔던 병원 환자하고 눈이 맞아버렸소. 그 치질 환자가 고급 승용차를 몰고 다니는 아주 어마어마한 부자였거든. 물론 그 치질 환자도 자기 여편네가 있었지만, 제법 예쁘장한 간호사를 한번 품어보고 싶었던 모양이었소. 여편네는 돈 많은 졸부하고 유흥이나 로맨스를 즐기고 싶었던 모양이었고. 그래서 분통이 터진 김에 여편네를 토막 내서 죽여버릴까 이혼을 할까 망설이다 결국 이혼을 선택했소."

"쯧쯧, 정말 좆같은 년이군, 좆같은 년……. 그럼 이혼을 하기보다 아예 토막을 내서 죽여버리지 그랬어?"

"만일 그랬다면…… 아마 지금쯤 사형수로 감옥에 있을 테지."

"하긴 그렇군. 그럼 자식은?"

"세 살짜리 딸내미가 하나 있는데 고향 어머니한테 맡겨놓았소."

"하긴 그럴 수밖에 없겠군. 쯧쯧…… 그래서 횟술을 마시고 다녔던 모양이군, 횟술……."

대빵은 로마의 쥐새끼를 무척 동정하는 눈치였다. 어쨌든 한

밤중에 수용소에 끌려온 뒤 몽둥이나 쇠파이프 등을 보고 로마법 운운하며 두 손을 들고 항복을 해버리는 희한한 모습도 모습이거니와, 홧술을 마시고 고주망태가 된 채 길거리에 쓰러져서 잘 만한 남다른 사연은 있었던 것이다. 그래서 대빵은 로마의 쥐새끼를 동정한 나머지 대뜸 제4인자 자리로 이동시켜버렸는지도 몰랐다. 물론 우리로서는 대단히 분통이 터지는 일이었다.

그런데 모범생이었던 로마의 쥐새끼가 느닷없이 탈출을 꿈꾸기 시작했다. 물론 그 배후에는 개백정이 있었다. 개백정은 식당에서 일하는 이혼녀가 다른 남자의 품에 안겨서 헉헉대는 악몽을 꾼 뒤, 무척 초조해하면서 탈출을 꿈꾸기 시작했는데, 그 탈출 동지로 로마의 쥐새끼를 선택했던 것이다. 썩어도 준치라고 그래도 해병대 출신이니 그만한 숨겨진 배짱과 깡다구는 있지 않을까 하는 계산으로 개백정은 로마의 쥐새끼를 탈출 동지로 선택한 것 같았다. 그리고 로마의 쥐새끼는 고향 어머니에게 맡겨놓았던 어린 딸내미 생각이 간절했거나 아니면 다른 어떤 사연이라도 있었는지 몰랐다. 어쨌든 둘은 틈만 나면 탈출에 대해서 속삭였는데, 개백정은 사회에서 비디오를 제법 많이 봤는지 탈출을 상의할 때마다 꼭 비디오 내용을 들먹였다. 며칠 전에도 둘은 제법 그럴싸하게 속삭이고 있었다.

"땅굴, 땅굴을 파는 게 어떨까? 그게 제일 쉬울 것 같은데. 영화에서도 그 방법을 많이 써먹잖아?"

개백정의 말에 로마의 쥐새끼는 좀 멍한 표정을 지었다.

"지금 제정신을 가지고 하는 소리요? 넋 빠진 소리 그만 하쇼. 우리는 영화 속의 주인공들도 아니고 땅굴을 팔 능력도 없소. 그리고 땅굴을 파다 여기서 환갑잔치라도 벌이려고 작정을 했소?"

"그럼, 그럼 미국 특수부대 출신들한테 연락을 하면 어떨까? 우리를 탈출시켜주기만 하면 백만 달러를 주겠다고 제의를 하는 거야. 그러면 아마 미국 특수부대 출신 놈들이 군침을 삼키고 우리를 탈출시켜줄 것 같은데…… 어때 안 그래? 내 생각이 괜찮지?"

"빌어먹을…… 아예 영화를 만들거나 비디오를 찍자고 하쇼. 도대체 지금 제정신 가지고 그런 소리가 나오고 있소? 미국 특수부대 출신들한테 연락은 어떻게 하고, 그리고 백만 달러는 도대체 어디에서 마련할 거요?"

"듣고 보니 그런 문제점도 있었네. 그럼, 그럼 천장을 뚫으면 어떨까? 그래서 지붕으로 탈출을 하는 거야, 마치 박쥐처럼……. 내가 언젠가 비디오에서 봤는데 주인공이 그런 방법으로 탈출을 했거든. 주인공은 정말 맥가이버 같은 사람이었는데, 하여간에 귀신같이 천장을 뚫고 탈출을 했거든. 사방이 시멘트로 꽉 막혀 있었는데……. 어때, 그 방법을 사용해볼 절호의 기회가 아닐까? 천장을 뚫는 방법……."

개백정이 너무 고차원적인 탈출방법을 늘어놓자 로마의 쥐새끼는 마침내 맥이 풀린 눈치였다. 개백정이 진심으로 탈출을 꿈꾸고 있는 것인지 아니면 그냥 장난 삼아 탈출 운운하고 있는 것인지 좀 헷갈리는 모양이었다. 개백정과 로마의 쥐새끼가 아무리 머리를 쥐어짜고 쥐어짜도 탈출을 할 수 있는 별 뾰족한 방법이 없었기 때문에 대빵도 군이 탈출계획에 대해서 간섭을 하거나 수용소 측에다 보고를 하지는 않는 것 같았다. 어쩌면 그들의 황당하고도 우스꽝스런 탈출계획을 은밀히 즐기고 있는 것도 같았다. 사실 탈출은 불가능했고 설사 운 좋게 탈출을 한다 하더라도 수용소 측 인원이나 전화 연락을 받고 출동한 경찰에게 대번에 덜미를 잡힐 것이 뻔했다. 물론 그 다음에는 복날 개처럼 두들겨 맞은 뒤 독방에 감금될 것이 뻔했다. 그래도 개백정과 로마의 쥐새끼는 탈출방법에 대해서 끈덕지게 연구했다. 개백정은 여전히 땅굴을 파거나 천장을 뚫는 것에 미련이 있었지만 로마의 쥐새끼는 어느 날 아주 현실적인 탈출방법을 꺼내놓았다.

"사실 방법은 딱 한 가지밖에 없소."

"뭔데?"

"실장이 아침에 우리를 세수시키기 위해서 문을 딸 때, 그때 실장을 때려눕히고 무작정 튀는 방법, 그 방법밖에 없소. 물론 실장이 술에 곤드레가 되어 있는 때로 날짜를 잡아야겠지만, 사실 그게 제일 쉽고도 성공할 확률이 높은 방법이오. 실장을 때려눕히는 배짱이 필요하겠지만……."

"실은 나도 그 생각을 하고는 있었는데…… 물론 배짱이라면 나도 한몫하는 놈이니까 배짱 걱정은 말고……. 사실 개를 아무나 때려잡는 줄 알아? 나도 처음에 개를 잡을 때는 그 잔인하고 징그러운 장면 때문에 남모르게 오바이트도 많이 하고 밤에는 악몽도 많이 꾸고 그랬었지만 결국 배짱으로 버텨냈거든……. 먹고살려면 할 수 없는 일 아니겠어? 그래, 좋아. 아무래도 실장을 때려눕히고 튀는 방법, 그 방법밖에 없겠어. 씨팔……."

개백정과 로마의 쥐새끼는 탈출방법에 대해서 끊임없이 토의하고 연구를 하더니 드디어 실장을 때려눕히고 튀는 방법까지 생각해냈다. 하지만 우리는 알고 있었다. 설사 실장을 때려눕히고 수용소 밖으로 나간다 해도 수용소 측에서는 곧바로 추격대를 보낼 것이고 또한 경찰도 곧바로 추격해올 것이니, 결국은 얼마 못 가 붙들려 올 것이 뻔했다. 그러면 다음 행선지는 뻔했다. 우리는 그런 과정을 잘 알고 있었기 때문에 아예 탈출을 포기하고 있었다. 어쩌면 개백정과 로마의 쥐새끼도 결국은 탈출을 포기하고 말 것이었다.

12

대빵은 개백정이 따라준 술을 마시고, 아니 물을 마시고 제법 흥취가 도도한 모양이었다. 일부러 취한 흉내를 내느라고 그랬는지 비틀거리면서 자리에서 일어나더니 춤까지 덩실덩실 추었다. 대빵은 전화번호부를 돌돌 말아 쥔 채 춤을 추면서도 여전히 운명적인 여자, 운명적인 사랑 타령을 줄기차게 늘어놓았다.

"아아, 오늘은 내가 운이 터져서…… 그 옛날 독립기념관에서 일할 때 알았던 내 첫사랑 희정이를 만났고, 그 희정이가 긴자꾸였고, 재산도 몇 억은 되고…… 그리고 내가 찾아오기만을 애타게 기다리면서 삼겹살도 구워놓고 소주도 두세 병씩 준비해놓고 있다니. 젠장, 이쯤 되면 세상에서 정말 부러울 것이 없군. 좋아, 오늘은 내 생애 최고의 날이다, 내 생애 최고의 날……. 아아, 술맛 좋다, 술맛 좋아. 어이 개백정, 술 한잔 더 따라 봐."

개백정은 로마의 쥐새끼하고 탈출계획을 속삭이고 있다가 얼른 양은 주전자를 가지고 대빵에게 술을, 아니 물을 따라주었다. 대빵은 그 잔도 단숨에 들이켜고 또다시 비좁은 방 안에서 덩실덩실 춤을 추었다. 그때 마침 대빵의 흥을 깨는 소리가 들려왔다. 필리핀 염소가 엉거수춤 일어서더니 똥구녕을 들어쥐고 대빵 앞에서 고개를 조아렸다.

"저…… 똥이 마려운데요. 아주 급하게, 정말 급하게…… 정말 터질 것 같아요. 금방이라도 터질 것 같아요, 정말…….."

대빵은 필리핀 염소를 잠시 사납게 쏘아보았다. 대빵이 매일같이 꼭두새벽부터 전화번호부를 가지고 독서에 몰두하고 있었지만 사실 그 전화번호부는 이곳 수용소 측에서 이 비좁은 방 안의 수용 인원들이 똥을 쌀 때 밑을 닦으라고 준, 일종의 화장지였다. 그러니까 필리핀 염소는 어쨌든 대빵에게 정당한 요구를 하고 있는 것이었다.

하지만 대빵에게 전화번호부는 그 무엇과도 바꿀 수 없는 아주 엄청난 보물이며 재산이었다. 우선 상상력이 메말라버린 이 비좁은 방 안에서 그래도 독서를 할 수 있는 유일한 물건이 전화번호부였고, 황제의 옥새처럼 대빵의 권위를 세울 수 있는 게 전화번호부였고, 또한 이 수용소를 빠져나가면 자신을 서방님처럼 반겨줄 운명적인 여자들이 무더기로 있는 게 바로 전화번호부였다. 어쩌면 대빵은 우리가 재래식 변소에 똥을 누러 갈 때마다, 자신의 권위와 자신의 운명적인 여자들이 똥간 밑으로 곤두박질쳐지는 듯한 어떤 격렬한 슬픔과 고통에 시달렸는지도 몰랐다. 대빵은 그래서 우리가 똥을 싸러 갈 때마다 불같이 화를 내곤 했다.

"야 이 개새끼들아. 네놈들이 하루에 처먹는 것이 도대체 얼마나 된다고 그렇게 허구한 날 똥간에 못 가서 안달이냐. 하루 세끼 식사라고 해봤자 요즘은 교도소에서도 안 준다는 꽁보리밥에다 단무지 몇 조각, 그리고 멀건 된장국밖에 더 있냐. 도대체 그런 걸 먹고 무슨 똥이 나온다고 툭하면 똥, 똥, 똥, 하면서 똥을 싸질러대려는 거야? 이 개똥 같은 새끼들아……. 도대

체 왜 그런 엉뚱한 기적이 일어나고 있는 거냐고, 이 씨팔놈들
아."

대빵은 자신의 권위와 자신의 운명적인 여자들이 우리의 똥
닦는 휴지로 사라지는 것이 도무지 견딜 수 없는 모양이었다.
하지만 대빵이 아무리 분통을 터뜨린다고 해도 우리가 언제까
지나 똥을 억지로 참고 있거나 혹은 그 똥을 입으로 다시 토해
낼 수는 없는 일이었다. 그런 사정을 잘 알고 있었기 때문에 대
빵은 매번 분통을 터뜨리고 욕질을 해대면서도 할 수 없이 한
장의 전화번호부를 절반으로 찢어서 우리에게 건네줄 수밖에
없었다. 사실 전화번호부 반 쪼가리로 밑을 닦으라는 것은 정
말 너무한 처사였지만 우리로서는 어쩔 수 없는 일이었다. 이
비좁은 방 안의 최고 권력자는 대빵이었던 것이다.

대빵은 전화번호부를 이리저리 뒤적이다 마침내 어느 한 장
을 반 쪼가리로 찢어서 필리핀 염소에게 건네주었다. 필리핀
염소가 전화번호부 반 쪼가리를 들고 재래식 변소에 들어가자
우리는 일제히 변소 쪽을 주시했다. 아마 필리핀 염소는 재래
식 변소에 쪼그리고 앉은 채, 변소 출입문 틈으로 새어 들어온
방 안의 불빛을 통해 전화번호부 반 쪼가리를 들여다보며 혹시
여자들 이름이라도 없나 하고 골똘히 더듬거리고 있을 것이 분
명했다. 그러다 운 좋게 여자들 이름이라도 나오면 진뜩 군침
을 흘리며 그 여자들의 옷이라도 벗기고 있든가 아니면 그 여
자들이 자신을 운명적으로 사랑해줄지도 모른다는 어떤 희망

에 젖어가고 있을 것 같았다. 그러다 문득 어떤 회한에 잠겨가고 있을지도 몰랐다.

인간은 무엇인가.

산다는 것은 무엇인가.

나는 도대체 왜 여기에 있는가.

필리핀 염소는 그런 회한에 잠긴 채 똥 무더기가 잔뜩 쌓여 있는 변소 밑바닥을 내려다보며 퍽 침울해하고 있을지도 몰랐다. 물론 젊어서는 부모에게 상속받은 재산을 술과 여자들 치마폭에 날리면서 참으로 끗발 좋게 살았지만, 이제는 아내와 자식들에게마저 버림받은 자신의 처지가 한없이 괴롭고 쓸쓸하고 처량하게 느껴질 게 분명했다. 이제 필리핀 염소에게서 봄날은 떠나갔고, 그 봄날은 두 번 다시 돌아오지 않을 확률이 많았던 것이다.

하지만 필리핀 염소는 지금쯤 전화번호부 반 쪼가리를 들여다보며 또 다른 봄날을 꿈꾸고 있을지도 몰랐다. 어쩌면 전화번호부에 있는 여자들은 자신을 운명적으로 사랑해줄지도 몰랐던 것이다. 물론 전화번호부에 있는 그 여자들은 재벌 회장의 외동딸이라든가 회사 여사장이라든가 혹은 돈 많은 이혼녀들처럼, 하여간에 자신의 비참하고 처량한 신세를 대번에 역전시켜줄 그런 여자들일지도 몰랐던 것이다. 그 때문에 필리핀 염소는 마치 마지막 남은 희망이라도 발견해보듯이 전화번호부 반 쪼가리에 나와 있는 여자들의 이름을 안타깝게 더듬어보고 있을 것이 틀림없었다. 하지만 필리핀 염소는 마지막 남은 어떤 희망 같기도 했던 그 전화번호부 반 쪼가리를 결국은 밑을 닦는 데 사용하고 다시 이 비좁은 방 안으로 돌아와야 했다.

13

우리가 필리핀 염소의 똥 싸는 모습을 상상하며 재래식 변소를 쓸쓸히 바라보고 있을 때 갑자기 옆방에서 시끄러운 고함 소리가 들려왔다. 아마도 옆방 여자 호실에서 아침 새벽부터 싸움이 벌어진 것 같았다. 어젯밤에 술 취한 젊은 여자 한 명이 봉고차에 실려 왔는데 여자 호실의 대빵이 그 신참 여자를 기합 들이다 시비가 벌어진 모양이었다.

"야 이 쌍년아, 네년이 뭔데 나를 때리고 지랄이야, 지랄은……. 네년이 대빵이면 대빵이지 왜 나한테 이래라저래라 지랄이야, 지랄은……."

"어쭈, 이 쌍년이 하늘 같은 대빵한테 말하는 것 좀 봐. 이 또라이 같은 년이……."

"대빵? 흥, 네까짓 게 뭔데 대빵을 찾고 지랄이야, 지랄은……. 인간은 다 똑같이 평등한데, 다 똑같이 평등한데…… 왜, 내 말이 틀렸어? 틀렸어? 틀렸어?"

"평등? 이 쌍년이 이젠 염불까지 하고 있네. 이년이 어제 저

녁에 술이 떡이 되어서 길거리에 쓰러져 자다 이곳에 끌려오더니…… 너 아직도 정신 덜 차렸냐? 아직도 술이 덜 깼어?"

"이 개 같은 년아, 내가 길거리에서 쓰러져 자든, 호텔방에서 뒹굴며 자든, 내 집구석에서 엎어져 자든 네년이 무슨 상관이야? 무슨 상관이야?"

"너 이년, 너…… 너 어디 맛 좀 봐라. 이 쌍년……."

"왜 때리고 지랄이야, 지랄은. 왜 때려, 왜 때리냐고, 이 쌍년아……."

"에고고, 이년이 누구를 때리고 있어? 너, 머리끄덩이 안 놓아? 아아, 아파…… 너 이년 죽어봐라. 아예 숨통을 끊어놓아버릴 테니까……."

여자 호실에서는 드디어 난투극이 벌어지고 있는지 우당탕탕탕하며 히스테릭한 비명 소리가 들려왔다. 여자들도 싸울 때는 무척 무식하고 무자비하다는 것을 우리는 옆방에 있는 여자 호실의 소동을 통해서 잘 알고 있었다. 사실 어지간한 남자들의 싸움보다 더 격렬하고 잔인했다.

하지만 이곳에서 소동을 부리거나 대빵한테 반항하는 것은 스스로 무덤을 파는 짓이나 다름없었다. 이곳 수용소 측에서는 어쨌든 대빵을 통해서 우리를 간접 통치하고 있었던 것이다. 그런데 어제 술이 취한 채 끌려온 여자 신참은 그 사실을 전혀 모르고 있는 모양이었다. 그렇지 않고서야 감히 대빵하고 난투극을 벌일 리가 없었다.

174

여자 호실에서 비명 소리가 터져 나오고 소동이 점점 크게 벌어지자 마침내 실장이 출동한 모양이었다. 구둣발로 쿵쾅거리며 요란하게 복도를 걸어가는 발소리만 듣고도 우리는 그게 실장인지 알 수 있었다. 실장은 사실 평범한 얼굴이었지만 자신이 무서운 악마처럼 보이기를 원하고 있는 위인이었다. 물론 실장은 이곳에서 저승사자처럼 정말 무서운 존재이기는 했다.

이곳 수용소 원장님의 사촌동생인 실장은 주특기가 여러 가지 있었지만 대표적인 것은 알코올 중독에다 수용된 사람들을 마구잡이로 두들겨 패는 폭행이었다. 삼류 지방대학을 나온 뒤 뚜렷한 직장을 구하지 못한 채 실업자로 빌빌거리다가 삼십대 초반에 벌써 알코올 중독자로 전락해 있었는데, 사촌누나인 이곳 원장님이 보다 못해 수용소 실장으로 전격 임용해주었던 것이다. 실장은 여자 호실의 자물쇠를 끄르고 방으로 들어서자마자 그 특유의 갈라진 목소리로 고함부터 질러대기 시작했다.

"누구야? 새벽부터 좆같이 떠들고 좆같이 지랄하는 좆같은 년이 도대체 누구야? 어떤 씨팔년이야? 죽고 싶어서 환장한 년이 도대체 누구야? 어떤 씨팔년이냐고?"

여자 호실은 대번에 침묵에 빠져들었다. 하지만 실장은 여전히 고래고래 고함을 질러댔다.

"너 이년…… 오라, 이제 보니 너 이년, 어제 저녁 길거리에서 술 취해 뻗어 있다가 실려 온 네년이었구나. 야, 이 쌍년아, 여기가 네년 안방인 줄 알아? 이 씨팔년이 새벽부터 겁대가리를 상실해도 유분수지 이곳이 어딘 줄 알고 함부로 고함을 지르고 쌈질을 하고 난리를 치고 지랄이야. 이거 미친년 아냐? 정신이 돈 년 아냐? 어어, 어디서 함부로 옷을 벗어던지고 난리야⋯⋯."

옆방 여자 호실에서는 신참 여자가 옷을 벗어던지면서 자기 나름대로 어떤 시위 내지는 반항을 하고 있는 모양이었다. 그 순간 우리는 실장의 지위가 군침이 돌도록 탐이 났다. 사실 땡전 한 푼 안 들이고 젊은 여자가 옷 벗는 모습을 구경할 수 있다는 것은 얼마나 커다란 행운인가. 물론 돈이 썩어나는 졸부들이나 힘있고 빽 있는 놈들은 으리으리한 룸살롱 같은 데서 그보다 더한 것들을 구경하고 실습할 테지만, 또한 중국 돼지처럼 민중이나 노동자를 위해 투쟁했다고 하면서도 창녀촌을 떠도는 사람들 역시 그런 것을 실컷 구경하고 실습까지 했을 테지만, 바야흐로 옆방에서 신참 여자가 옷을 벗어던지고 있는 모습은 우리같이 돈 없고, 빽 없고, 힘없이 삶의 변두리로 밀려난 인생 따라지들한테는 정말이지 군침 도는 광경이 아닐 수 없었다. 신참 여자가 옷을 벗어던지며 시위를 하자 실장은 당황했는지 좀 침묵을 지키다가 이윽고 버럭버럭 고함을 질러대기 시작했다.

"어어, 이 씨팔년이 어디까지 벗고 지랄이야? 야, 이 씨팔년아, 그러면 내가 겁먹을 줄 아냐? 아예 빤쓰까지 훌렁 벗고 보지 구멍까지 한번 확 비춰봐라. 내가 눈 하나 끔뻑하는가. 이 몽둥이로 보지 구멍을 확확 쑤셔버릴 테니까. 어어, 이 개 같은 년 봐라. 진짜 빤쓰까지 벗어부치고 난리네. 오냐, 이 씨팔년. 너 오늘 한번 죽어봐라. 네까짓 게 그런 걸로 나한테 겁을 주고 나를 군기 잡으려고 하는 모양인데…… 너 이년, 계산 잘못했다. 사실 너 같은 것 하나 때려 죽여봤자 뒷산에다 묻어버리든가 해부용 시체로 넘겨버리면 그만이니까. 이 씨팔년, 어디 죽어봐라……."

옆방에서는 곧바로 퍽퍽 하면서 사람 패는 소리와 함께 찢어지는 듯한 여자의 비명 소리가 들려왔다. 실장은 여자의 머리채를 휘어잡아 방바닥에다 패대기를 치고 발로 지끈지끈 밟아 댄 뒤, 다시 일으켜 세워서 주먹으로 몇 대 갈긴 뒤 몽둥이로 사정없이 후려치고 있을 것이 틀림없었다. 그게 실장이 사람을 두들겨 팰 때 바둑의 정석처럼 단골로 써먹는 수법이었다.

사실 실장은 원장님의 사촌동생이라고는 하지만 이곳 수용소의 하급 직원에 불과했다. 더욱이 그 지위로는 사회에서도 역시 하급 인생 취급을 면하기 어려웠다. 막상 이곳 수용소를 벗어나면 그런 식으로 별 볼일 없는 취급을 받을 직업과 지위를 가진 위인이었지만 이곳 수용소에서 만큼은 우리들한테 정말 저승사자처럼 군림했다. 적어도 이곳 수용소에서는 실장이 장관이나 판검사, 혹은 경찰총장보다 더 무서운 엄청난 실력자였다.

"아이고 나 죽어, 나 죽네. 아야야, 아이고. 아이고, 사람 살려. 사람…… 사람 살려, 사람. 나 죽네, 아이고. 아이고, 나 죽어…….”

“이 씨팔년, 주둥아리 안 닥쳐? 팍 죽어버리기 전에 아가리 안 닥쳐? 이 같잖은 것이, 이 사람 같지도 않은 것이 어디서 감히 옷을 벗어부치면서 깡다구를 부리고 있어. 내가 누군지도 모르고, 이 씨팔년이…….”

여자 호실에서는 신참 여자의 비명소리와 실장의 고함 소리가 서로 뒤섞여서 무척 시끄러웠다. 실장의 위협에 굴복했는지 아니면 신참 여자가 기절이라도 했는지 옆방은 갑자기 조용해져버렸다. 하지만 잠시 후 옆방에서는 소리 죽여 우는 흐느낌 소리가 들려오기 시작했다. 조금 전까지 악을 쓰며 실장한테 저항하던 신참 여자가 마침내 소리 죽여 흐느껴 울고 있었다. 물론 우리는 소리 죽여 우는 그 흐느낌의 의미를 잘 알고 있었다. 신참 여자는 결국 실장에게 굴복하고 또한 이곳 수용소의 질서와 법에 굴복했던 것이다. 로마의 쥐새끼 같은 놈은 참으로 비굴하고 비겁하게도 미리 두 손을 들고 항복해버렸지만 옆방의 신참 여자는 무언가 저항을 하고 반항을 하다가 굴복했던 것이다.

“너 이년…… 앞으로 이곳에서 성한 몸으로 있고 싶으면 까불지 말고 얌전히 지내. 알았어? 그리고 이 쌍년아. 그런 것도 젖가슴이라고 내밀고 있냐? 이제 한창 나이에 젖가슴이 그게 뭐냐? 완전히 절벽이잖아? 그리고 사타구니에 그것도 털이라고 달고 있냐? 너 혹시 사내놈 아냐? 낄낄낄……."

실장은 낄낄거리며 신참 여자에 대해서 나름대로의 품평을
했다. 그러자 옆방에서는 여자들의 웃음소리가 요란하게 들려
왔다. 특히 여자 대빵의 웃음소리는 아예 히스테릭하게 들리기
까지 했다. 어쩌면 대빵의 권위를 되찾았다는 승리자의 웃음이
었는지도 몰랐다. 실장은 신참 여자에 대해서 또다시 이것저것
품평을 늘어놓기 시작했다. 사실 젊은 여자의 알몸을 구경하면
서 저렇듯 노골적으로 품평을 할 수 있다는 것은 얼마나 엄청
난 권력이며 또한 얼마나 탐나는 지위인가. 우리는 실장의 권
력과 지위가 새삼 장관이나 판검사 혹은 경찰총장보다 더 부럽
게 느껴질 수밖에 없었다.

잠시 후 실장은 여자 호실을 나와서 우리 방문 앞에 멈춰 서
더니 달그락달그락 소리를 내며 자물쇠를 끌렀다. 그리고 방문
을 거칠게 확 열어젖히면서 마치 저승사자처럼 떡 버티고 섰
다. 그 순간 겨울 찬바람이 쉭 하니 방 안으로 쏟아져 들어오면
서 독한 술 냄새가 풍겨왔다. 실장의 한 손에는 몽둥이가 들려
있었고 다른 한 손에는 먹다 남은 소주병이 들려 있었다. 중증
알코올 중독자나 다름없는 실장은 숙소에서 새벽까지 술을 퍼
마셨던 모양이었다. 무언가 향긋하면서면서도, 다른 인간의 입
속을 거쳤던 때문인지 어쩔 수 없이 역겨운 그 특유의 술 냄새
를 우리가 소리 죽여 킁킁거리며 음미하고 있는 동안 실장은
몽둥이로 방바닥을 쿵쿵 짓찧으며 버럭 고함을 질렀다.

"이곳은 아무 이상 없나? 이곳은 아무 이상 없어?"

대빵은 마치 사단장을 맞이한 신참 소대장처럼 빳빳하게 부동자세를 취하며 기합 든 목소리로 힘차게 대답했다.

"예, 아무 이상, 아무 이상 없습니다."

"씨팔, 알았어. 하여간에 어떤 놈이든지 말썽 피우는 물건들이 있으면 곧바로 나한테 보고만 해, 알았어? 그냥 아작아작 씹창을 내서 시체로 만든 뒤에…… 수용소 뒷산에다 묻어버리든지 아니면 해부용 시체로 병원에 넘겨버릴 테니까. 알아들었어? 알아들었냐고, 이 개새끼들아……."

"예, 알아들었습니다."

우리들의 바짝 기합 든 복창 소리를 듣고도 무언가 미심쩍은 구석이 있는지 아니면 어떤 시빗거리를 찾기 위해서인지 실장은 방 안을 이리저리 거칠게 살펴보았다. 그런 실장이 검은 외투를 걸치고 있어서인지 영락없이 저승사자처럼 보였다. 또한 무척 평범한 얼굴이었지만 우리한테 끊임없이 독하고 악랄하게 굴어서인지 마치 악마처럼 보이기도 했다. 특히 늘 술에 절어 있어서인지 눈의 흰자위에 붉은 실핏줄이 보기 흉하게 엉켜 있는 모습을 보면 정말 소름이 끼치기도 했다. 사람은 역시 그 행동이나 마음 씀씀이에 따라 얼굴 모습도 달라지는 모양이었다.

실장은 우리들이 잔뜩 웅크리고 있는 비좁은 방 안을 거칠게 살펴보다 이윽고 쾅 소리가 나도록 출입문을 닫고 나갔다. 그리고 밖에서 자물쇠를 잠그는 소리가 달그락달그락 들려왔다. 우리는 밖에서 자물쇠가 채워진 채 또다시 우리 속에 갇힌 짐 승처럼 갇혀 있을 수밖에 없었다. 아무 지은 죄 없이 다만 술에 취해서 길거리나 역전 대합실에 쓰러져 잤을 뿐인데도 '선진적 인 거리질서 정화'를 위해 이곳에 강제로 수용되어 있는 것은 정말이지 미치고 답답하고 환장하고 울화통이 터지다 못해 머 리가 돌아버릴 일이었다. 방금 전 여자 호실 신참 여자의 말처 럼, 우리에게는 술을 먹고 길거리에서 쓰러져 자건, 호텔방에 서 뒹굴며 자건, 자기 방에서 엎드려 자건, 어쨌든 주거 이동의 자유가 있었던 것이다.

우리는 무척 우울했다.

우리가 우울해진 이유는 새벽부터 누군가가 또다시 씹창나 게 두들겨 맞고 소리 죽여 울고 있었기 때문이었다. 옆방의 신 참 여자가 악을 쓰며 이곳의 질서에 저항할 때는 사실 흥미로 운 구경거리가 생긴 것 같아서 좀 흥분이 되기도 했지만, 막상 신참 여자가 개같이 두들겨 맞고 이곳의 질서와 법에 굴복하며 소리 죽여 흐느껴 울던 그 울음소리는 우리를 무척 우울하게 했다. 이곳의 질서에 저항하다 마침내 무자비한 폭력 앞에 굴 복하고 그것이 못내 슬퍼서 소리 죽여 우는 소리, 우리는 그 소 리의 의미를 너무도 뼈저리게 잘 알고 있었다.

우리는 정말이지 두들겨 맞는 것을 무척 싫어하는 사람들이 었다. 개돼지 같은 짐승들도 무단히 두들겨 맞는 것을 싫어할 텐데 하물며 사람이 되어가지고 어느 누가 무단히 두들겨 맞는 걸 좋아하겠는가. 뺨 한 대만 갈겨도 사회에서는 엄연히 폭행죄로 고소나 고발을 당할 텐데, 황당하게도 이곳 수용소에서는 그런 폭행죄가 전혀 성립되지 않았다. 우리는 때리면 다만 맞고, 두들겨 패면 다만 두들겨 맞고, 가두어두면 다만 갇혀 있을 뿐이었다. 중국 돼지의 학설처럼 우리는 살아 있는 시체인지도 몰랐다. 아니 개백정의 학설처럼 개처럼 사육되고 있는 개새끼들인지도 몰랐다.

하지만 우리는 알고 있었다. 우리는 대한민국의 국민으로서 헌법과 법률에 의해 신변의 안전을 보호받을 권리가 있었다. 우리는 모두 나이 스물을 훨씬 넘긴 성인들이었으며, 사회에서 비록 공장이나 노동판 같은 곳에서 노동을 하거나, 개를 때려잡거나, 직업 없이 실업자 생활을 하며 빈둥거리고 있거나, 혹은 부랑자로 이곳저곳을 떠돌고 있었을망정 그래도 어엿한 대한민국의 국민이었다. 법률에 의하지 않고는 불법 감금이나 폭행 등을 당할 하등의 이유가 없었다. 더욱이 헌법에 의해 주거 이동의 자유를 보장받을 권리도 있었다. 그리고 우리는 결코 죄인이 아니었기 때문에 언제든지 이곳 수용소를 나갈 수도 있었다.

하지만 우리는 이곳에 끌려온 뒤 그야말로 꼼짝달싹 못하고 있었다. 어느 날 느닷없이 헌법과 법률을 초월하는 어떤 막강한 권력에 의해 이곳에 끌려온 뒤로 이곳 수용소의 어떤 막강한 법의 지배를 받으며 그야말로 하루하루를 우리 속에 갇힌 개처럼, 혹은 살아 있는 시체처럼 보내고 있었다. 정말 좆같고 기가 막히는 일이었다.

14

실장이 나간 뒤 한동안 침울해 있던 이 비좁은 방 안의 고요를 깬 것은 대빵의 고뇌에 찬 혼잣말이 아니라 의외로 강남 제비의 허스키한 목소리였다.

"이 수용소는 진짜 이상한 곳이네. 도저히 이해가 안 갈 정도로 진짜 이상한 곳이네, 이상한 곳……."

우리는 이 비좁은 방 안의 고요를 깬 강남 제비를 물끄러미 바라보았다. 강남 제비는 마흔여섯 살의 진짜 부랑자였다. 한때는 고향에서 농사를 짓기도 했지만 하우스 재배에 몇 번 실패하면서 빚만 잔뜩 짊어지자 고향에서 야반도주하여 그 뒤로 일정한 직업 없이 부랑자로 지내던 위인이었다. 물론 농촌 사내답게 결혼도 못한 노총각이었고, 날씨가 추워지는 겨울이면 스스로 부랑자 시설 같은 곳에 들어가서 겨울을 지내곤 했던 모양이었다. 우리는 강남 제비가 그 별명답게 세법 견문이 넓다는 것을 인정하고 있었다. 강남 제비는 계속해서 이야기를 했다.

"내가 여러 곳을 돌아다녀봤지만 이곳처럼 이해가 안 가는 곳은 진짜 처음이네. 경상도 대구에 있는 그 수용소는 성당 수녀님들이 운영을 하는데 사람들이 그렇게 친절할 수가 없었거든. 사람을 두들겨 패는 것은 아예 보지도 못했고. 그런데 이곳은 걸핏하면 사람을 개 잡듯이 두들겨 패고 있네. 하여간에 그곳에서 근무하는 수녀님들은 말할 것도 없고 파견 나온 공무원도 그렇게 친절할 수가 없었는데……. 그런데 이곳에서는 아예 밖에서 자물쇠를 채워놓은 채 멀쩡한 사람들을 강제로 가둬놓고 걸핏하면 무자비하게 두들겨 패고, 파견 나온 공무원은 코빼기도 안 비치고, 정말 좆같은 곳이네. 대구에 있는 그 수용소는 간식으로 빵과 우유도 나왔는데……."

사실 우리는 강남 제비한테서 그 이야기를 여러 번 들었다. 물론 우리는 사람을 강제로 감금하지도 않고 때리지도 않고 그리고 파견 나온 공무원이며 직원들이 무척 친절한 수용소가 있다는 말을 도무지 믿을 수가 없었다. 강남 제비가 이곳 생활에 불만을 느낀 나머지 자기 나름의 어떤 이상향을 꿈꾸고 헛소리를 하는 것처럼 들렸던 것이다. 사람은 불만이 극에 달하거나, 고통과 절망이 깊어지면 무언가 이상향을 꿈꾸게 마련이었다. 옛날 조선시대 허균이란 사람도 『홍길동전』을 지어서 자기 나름의 어떤 이상향을 꿈꾸지 않았던가.

하지만 요즘은 강남 제비의 말이 긴가민가하고 헷갈리고 있었다. 어쩌면 우리도 이곳 수용소 생활에 지친 나머지 어떤 이상향을 꿈꾸고 있는지도 몰랐다. 사실 이곳 수용소는 중국 돼지의 학설처럼 혹은 개백정의 학설처럼 너무도 가혹한 조건을 자랑하고 있었다. 두 평 반쯤 되는 비좁은 방 안에 무려 열두 명의 인간을 몰아넣어서 호흡이 턱턱 막히게 만들었고, 밖에서 자물쇠를 채워놓아 주거 이동의 자유를 박탈해버렸고, 비좁은 방 안에 아무런 문화적인 혜택도 주지 않아 인간의 상상력을 완전히 말라비틀어지게 만들었고, 또한 초자연적인 법으로 군림하면서 걸핏하면 복날 개 잡듯이 두들겨 패고 있었기 때문에 어디인가에는 인간적인 향기가 있는 그런 부랑인 수용소가 있을 거라는 믿음이 싹트고 있었다. 강남 제비는 우리가 고개를 끄덕여주자 신이 났는지 계속해서 말을 했다.

"하여간에 그곳에서는 자기가 수용소를 나가고 싶으면 언제든지 마음대로 나갈 수 있었고 식사 때 이따금 고기도 주고 그랬는데……. 이곳은 밖에서 자물쇠를 채워놓아 사람을 강제로 가둬놓고 식사라고 해봤자 늘 꽁보리밥에다 멀건 된장국, 그리고 단무지밖에 주지 않고 있으니……. 참 이상한 곳이네. 내가 이곳에서 강제로 아홉 달을 갇혀 있는 동안 여태 고기 조각 한 번 구경을 못해봤으니……. 이런 곳에는 우리들을 위한 예산이 나온다고 하던데, 도대체 그 예산을 어디에다 쓰는지 모르겠네. 설날에조차 떡국에 고기 한 점 없었으니……."

강남 제비는 며칠 전 설날에 고기 한 점 비치지 않았던 것이 못내 서운했는지 드디어 그 이야기까지 꺼냈다. 물론 강남 제비만 서운했던 것은 아니었다. 사실 우리도 구정 설날을 무척 기대하고 있었다. 우리가 기대를 걸었던 것은 어쩌면 너무도 당연한 일이었다. 아무리 수용소 측이 우리를 인간 버러지나 인간 기생충 취급을 하고 있더라도 설날만큼은 과자 같은 간식이라든가 특히 식사에 관해서 어떤 따뜻한 배려가 있을 거라는 희망을 가지고 있었다. 설날은 대한민국 최대의 명절이었고, 우리라고 해서 그 명절에서 소외받고 싶지는 않았던 것이다.

하지만 우리의 기대는 산산조각이 나버렸다.

실장이 방문 밖에서 자물쇠를 열고, 그리고 식사를 담은 식판이 들어왔을 때, 그 아침 식사는 우리를 완전히 실망과 분노로 떨게 만들었다. 먼저 눈에 띈 것은 식사 때마다 일 년 열두 달 빠지지 않고 단골로 나오는 말라비틀어진 단무지였고, 배추 수확 작업이 끝난 남의 배추밭에서 땅바닥에 떨어진 배추 껍데기를 긁어모아 소금물에다 잔뜩 절인 뒤 고춧가루 몇 줌 뿌려서 담근 그 좆같은 김치가 여전히 눈에 띄었고, 그리고 떡국이라고 해봤자 멀건 소금물에다 그냥 떡가래만 넣어서 끓인, 정말 지랄 같은 떡국이었다. 우리의 기대는 완전히 똥물을 뒤집어쓴 꼴이었다.

"이곳은 진짜 이상한 곳이네, 이상한 곳……. 교회 권사라는 원장도 그렇고……. 대구에 있는 수녀님들은 그렇지 않았는데……. 이건 완전히 예수를 팔아먹고 십자가를 팔아먹는 년이잖아. 사기꾼 같은 년. 보지를 그냥 쫙쫙 찢어버리든가 해야지……."

강남 제비는 드디어 이곳 수용소 최고위층에게까지 불만의 화살을 쏘아대기 시작했다. 여자 호실에서 신참 여자가 실장한테 씹창나게 두들겨 맞은 뒤 이곳의 법과 질서에 굴복한다는 표시로 소리 죽여 흐느껴 울던 그 참담한 광경 때문에 우리들이 무척 우울해하고 있을 때, 강남 제비는 마치 이 비좁은 방 안의 강직한 대변자처럼 거침없이 불만을 털어놓고 있었다. 그때 느닷없이 중국 돼지가 강남 제비에게 호통을 치기 시작했다.

"이 개새끼야, 아가리 안 닥쳐! 주둥아리 안 닥쳐!"

중국 돼지의 갑작스런 호통에 강남 제비는 좀 얼떨떨한 표정이었다. 우리도 사실 좀 놀랄 수밖에 없었다. 중국 돼지가 비록 이 비좁은 방 안의 제2인자이기는 했지만 결코 절대권력을 가진 대빵은 아니었다. 더욱이 강남 제비의 불평불만을 들으면서도 대빵이 묵묵히 침묵을 지키고 있는데 중국 돼지가 괜히 나서서 강남 제비한테 호통을 칠 이유는 없었다. 그런데도 중국 돼지는 강남 제비한테 또다시 호통을 치기 시작했다. 마치 이 비좁은 방 안의 대빵 같은 모습이었다.

"이 씨팔놈아, 네놈이 지금 누구를 욕하고 있는 거냐? 감히 이곳 원장님을 욕하고 씹어대고 있어? 그리고 네놈이 지금 우리를 우롱하면서 사기를 치고 있어? 대한민국에서 인간 버러지, 인간 기생충들을 감금하지도 않고 자유롭게 풀어놓는 그런 수용소가 어디 있단 말이냐? 이 개새끼야, 혓바닥을 확 끊어놓아버릴라. 거짓말하는 것도 부족해서 감히 이곳 원장님 욕까지 하다니……."

강남 제비는 완전히 얼이 빠진 모습이었다. 아무래도 중국 돼지의 말이 너무 충격적으로 들린 모양이었다. 사실 우리에게도 중국 돼지의 말은 너무 충격적이었다. 중국 돼지는 한때 노동운동을 하고 민주화투쟁도 했다고 떠벌린 위인이었다. 그리고 원장님이 예수를 팔아먹고 십자가를 팔아먹는 년이라고 욕까지 했던 위인이었다. 또한 우리가 이곳 수용소의 살아 있는 시체다,라는 학설까지 퍼뜨린 위인이었다. 그런데 그런 중국 돼지가 느닷없이 이곳 수용소 원장님을 두둔하고 나섰던 것이다. 우리는 중국 돼지가 이곳 수용소 원장님의 최측근으로 채용이 되었다든가 아니면 기둥서방으로 뽑혔다는 말을 결코 들어본 적이 없었다. 그런데도 중국 돼지가 왜 갑자기 원장님을 두둔하고 나섰던 것일까.

어쩌면 중국 돼지는 나름대로 피를 말리는 계산을 하고 있는 것 같았다. 이제 몇 달 후 대빵이 자유사동으로 이동하면 원장님이나 총무님이 대빵과 면담을 할 때 이 비좁은 방 안의 제2인자인 중국 돼지가 과연 대빵의 자질이 있는가, 혹시 수용소 측에 대해 불평불만 같은 것을 씹어대지는 않았는가 하는 것 등을 자세히 물어볼 것은 뻔했다. 중국 돼지는 그것을 염두에 두고 대빵의 자리를 좀더 확실히 승계하기 위해서 미리 이곳 수용소 측에다 점수를 따두려는 게 분명했다. 우리는 중국 돼지의 그런 비열하고도 얄팍한 계산을 꿰뚫어보고 노골적인 경멸과 냉소를 퍼붓지 않을 수 없었다. 그런데도 중국 돼지는 강남 제비에게 또다시 호통을 치고 있었다.

"이 개새끼야, 이 씨팔놈아. 군대에서 까라면 까야 하듯이 이곳에서도 까라면 그냥 까야 하는 거야. 네놈이 원장님 덕택이 아니면 감히 어떻게 하루 세끼 밥을 먹을 수 있겠냐? 그런데도 반찬 투정이나 하면서 원장님 욕을 하고 있어? 이 개새끼야, 이 좆같은 새끼야, 혓바닥을 확 끊어놓아버릴라……."

"허참, 정말 기가 막히네. 나는 사실대로 이야기한 것뿐인데. 내 말이 틀린 것도 아니고……. 그런데 갑자기 왜 나한테 시비를 걸고 지랄이야, 지랄은. 입만 열면 노동운동을 하고 민주화운동을 했다더니……. 씨팔, 사실은 지랄운동을 했던 모양이네. 지랄운동, 씨팔……."

강남 제비가 마침내 중국 돼지에게 불만을 털어놓았다. 중국 돼지는 강남 제비의 말을 도저히 참을 수 없다고 판단했는지 금방이라도 웃통을 벗어부치고 강남 제비를 요절낼 시늉을 했다. 그때 대빵이 갑자기 중국 돼지의 뺨을 주먹으로 사정없이 내갈겼다. 그러고는 자리에서 벌떡 일어난 뒤 중국 돼지에게 냅다 발길질하고 짓밟기 시작했다. 그러면서 대빵은 히스테릭하게 외쳤다.

"이 씹새끼야, 이 더럽고 추접스러운 놈아, 나는 네놈에게서 무언가 더러운 냄새가 풍긴다고 경고를 했었어. 네놈은 도대체 인간성이 이상하단 말이야. 강남 제비가 백번 옳은 이야기를 하고 있는데 네놈이 왜 갑자기 나서서 초장을 뿌리고 고춧가루를 뿌리면서 좆지랄을 떨고 있어? 그리고 네놈이 이곳 원장년, 그 씨팔년 기둥서방이라도 되냐? 왜 갑자기 그 좆같은 년을 두둔하고 지랄이야, 지랄은……. 이 더럽고 추접스러운 놈아!"

대빵은 방바닥에 나뒹굴고 있는 중국 돼지를 계속해서 주먹으로 치고 발로 짓밟았다. 중국 돼지는 에구구 하는 비명을 내지르면서도 대빵에게 두들겨 맞을 수밖에 없었다. 우리는 대빵이 이참에 중국 돼지를 아예 이 비좁은 방 안의 제일 말석인 재래식 변소 앞으로 좌천시켜버리기를 간절히 기대했다. 중국 돼지는 사실 제일 말석인 재래식 변소 앞에서 알몸으로나 웅크리고 앉아 있어야 할 놈이었다. 참으로 운이 좋아서 이 비좁은 방 안에서 제2인자로 초고속 성장을 했지만 초고속 성장에는 아무래도 문제가 따르게 마련이었다. 물론 우리도 질투가 있는 놈들이었다. 서열을 무시하는 초고속 성장을 어느 누가 환영하고 박수를 쳐주겠는가. 우리는 잔뜩 기대를 걸면서 대빵을 주시했다.

대빵은 씩씩거리면서 중국 돼지를 잠시 노려보다 자리에 털썩 주저앉았다. 그리고 무언가 결단을 내리려는 듯이 잔뜩 이마를 찌푸리며 눈앞을 골똘히 노려보았다. 그 통에 대빵의 맞은편에 앉은 필리핀 염소가 마치 날벼락이라도 맞은 듯이 허겁지겁 무척 겸손하고 복종적인 자세를 취하면서 고개를 푹 숙였다. 어쩌면 대빵은 중국 돼지를 제일 말석인 재래식 변소 앞으로 내쫓아버릴까 아니면 제3인자나 제4인자 자리쯤으로 좌천시켜버릴까 하고 갈등하는지도 몰랐다. 이윽고 대빵은 결단을 내렸는지 볼품없이 잔뜩 웅크리고 앉아 있는 중국 돼지를 매섭게 쏘아보며 입을 열었다.

"아무튼 네놈은 무언가 좀 이상한 놈이야. 아주 더럽고 비열한 냄새를 풍기고 있단 말이야. 아무튼 내가 좀더 두고 보겠어. 좀더 며칠…… 그리고 그때 내가 네놈의 운명을 결정해주겠어. 네놈의 운명을……."

우리는 대빵의 결연한 말을 듣고도 좀 실망했다. 지금 당장 중국 돼지를 좌천시키지 않은 것이 못내 서운하고 씁쓸했다. 하지만 중국 돼지의 운명도 이제는 끝장난 것이나 다름없는 것 같았다. 어쩌면 내일쯤 아니면 모레쯤 제2인자 자리에서 쫓겨나 있을지도 몰랐다. 어떡하든 대빵의 자리를 무사히 승계하려던 중국 돼지의 그 거창한 꿈과 야망도 결국 물거품이 될 모양이었다. 권력이란 역시 돌고 돌게 마련이었다. 이윽고 대빵은 전화번호부를 사시미 칼이나 등산용 도끼처럼 돌돌 말아서 방바닥을 탁탁 쳐대며 입을 열었다.

"내가 아까부터 죽 들어봤지만 강남 제비가 여태껏 한 말이 다 맞는 말이다. 설날에만 해도 어디 그게 사람 밥이냐 개밥이냐? 씨팔, 막말로 고기 한 점이 없었잖아, 고기 한 점……. 하여튼 이 씨팔놈들이 우리에게 할당된 부식비며 다른 비용들을 모조리 빼돌려서 자기들 배를 채우기 때문에 우리가 헐벗고 굶주리고 학대받고 있었던 것 아니야? 말하자면 이 개새끼들이 벼룩의 간을 빼먹고 있었던 것 아니냐고…….”

대빵은 마치 선동가처럼 주먹을 불끈 쥐고 거칠게 흔들어대기까지 했다. 그리고 생각났다는 듯이 중국 돼지를 매섭게 쏘아보았다. 중국 돼지는 대빵의 매서운 눈길을 받고 한층 더 고개를 푹 숙였다. 대빵은 여전히 전화번호부로 방바닥을 탁탁 쳐대며 또다시 입을 열었다.

“사실 강남 제비의 말처럼 이곳은 정말 이상한 곳이다, 이상한 곳……. 말하자면 좆같은 곳이지. 사실 나도 이런 좆같은 곳에서 어서 빨리 빠져나가야 하는데……. 그리고 운명적인 여자들을 하루라도 빨리 찾아가봐야 하는데……. 물론 내가 찾아가기만 하면 그 운명적인 여자들은 나를 서방님처럼 반갑게 맞아주겠지. 삼겹살을 구워놓고 소주도 두세 병쯤 마련해놓고……. 그렇게 나를 반겨주겠지. 아아, 운명적인 사랑, 운명적인 여자……. 젠장, 그 생각만 해도 그래도 희망이 좀 생기는군, 희망이 생겨…….”

대빵은 수용소 측에 대해 불만을 터뜨리다가 엉뚱하게 또다시 운명적인 사랑, 운명적인 여자들을 들먹였다. 우리는 쓴웃음을 지었다. 하여간에 대빵은 전화번호부가 있는 한 결코 희망을 잃지 않을 사람처럼 보였다. 물론 전화번호부에는 외국에 유학 갔다 온 부잣집 외동딸도 있고, 돈 많은 이혼녀도 있고,

회사 여사장도 있고, 대학 교수도 있고, 백화점 소유주도 있고, 하여간에 군침이 돌 만한 여자들이 잔뜩 대기하고서 운명적으로 대빵을 기다리고 있었던 것이다. 전화번호부는 어느새 대빵에게 길이요, 진리요, 생명이 되어 있었다.

15

하지만 우리는 알고 있었다.

전화번호부는 대빵에게 희망이 될 수도 있지만, 엄청난 절망이 될 수도 있었다. 대빵이 막상 이곳 수용소를 빠져나갔을 때 운명적인 사랑으로 맺어져야 할 전화번호부의 그 여자들은 대빵을 생면부지의 인간으로 취급할 것이 불을 보듯 뻔했다. 막말로 전화번호부에서 점찍었던 여자들에게 전화를 걸어봤자 그 여자들은 대빵의 암호 같은 말을 도저히 해독을 할 수 없을 것이 분명했다.

"아아, 나요, 나……. 그대의 운명적인 사랑, 바로 나란 말이야. 그래, 그동안 어땠어? 그동안 내가 오기만을 눈이 빠지게 기다리고 있었겠지? 삼겹살을 구워놓고 소주도 두세 병쯤 준비해놓고……. 오래전에 길 떠난 서방님을 기다리듯이 나를 기다리고 있었겠지? 어때, 지금 당장 만날까? 아아, 내 운명적인 여자여……."

대빵의 말에 전화기 저쪽의 여자는 그저 황당해할 것이 틀림없었다.

　　"여보세요. 여보세요. 대체 지금 무슨 소리를 하고 있는 거예요? 운명적인 사랑이라느니, 운명적인 여자라느니……."

　　"글쎄, 나라니까, 나……. 그대의 운명적인 사랑, 바로 나라고……. 내가 이제야 돌아왔어, 이제야……. 그래, 나를 위해서 삼겹살을 구워놓고 소주도 두세 병쯤 마련해놓았겠지?"

　　"여보세요. 여보세요. 이제 보니, 이제 보니 당신 미친 사람이군요. 미친놈, 정신병자, 미친놈……."

　　운명적인 여자들은 그런 식으로 대빵을 대번에 정신병자나 미친놈으로 전락시켜버릴 것이 분명했다. 어쨌든 일반 사회에서는 자신의 과대망상이 남한테까지 일방적으로 통할 수는 없는 법이었다. 물론 대빵이 기어이 전화번호부에 있는 여자를 찾아간다면, 그리고 운명적인 사랑 운운하면서 횡설수설을 계속 늘어놓는다면 그 운명적인 여자는 지체 없이 대빵을 경찰에 신고할 것이 뻔했다. 전화번호부가 대빵에게 비극이 되는 순간이다. 그걸 아는지 모르는지 대빵은 여전히 운명적인 사랑에 잔뜩 도취되어 있었다.

　　"아아, 미치겠군, 미치겠어. 갑자기 희정이가 보고 싶어서 정말 미치겠어. 아아, 그 긴자꾸는 내가 이렇게 애가 타도록 저를 그리워하고 있는 줄은 꿈에도 생각을 못 하겠지. 독립기념관에서 헤어진 지…… 그러니까 그 희정이가 행방불명이 된 지

도 벌써 십 년이 지난 모양이군. 십 년이면 강산도 변한다는
데……. 그래서 그런지 희정이가 너무너무 보고 싶어지는군.
아아, 내 첫사랑, 긴자꾸, 최희정……."

대빵은 아주 지독한 상사병에 걸리기라도 한 것처럼 저 혼자
서 정신없이 씨부렁거렸다. 물론 대빵의 상사병은 어제오늘 발
병한 것은 아니었다. 또한 한 여자만을 상대로 한 것도 아니었
다. 대빵의 상사병은 아주 기묘하고도 이상한 특징을 가지고 있
어서 우리도 때로는 헷갈릴 때가 많았다. 열흘쯤 전에는 김현주
때문에 상사병에 걸렸고, 한 달쯤 전에는 박미숙 때문에 상사병
에 걸렸었다. 그래서 우리는 대빵의 진정한 상사병의 대상이 최
희정인지, 김은숙인지, 김현주인지, 박미숙인지, 송지영인지,
윤미선인지, 박경희인지, 또는 어느 개쌍년인지 도무지 감을 잡
을 수가 없었다. 대빵은 여전히 혼잣말을 중얼거렸다.

"아아, 미치겠군, 미치겠어. 최희정…… 내 운명적인 사랑을
만나고 싶어서 정말 미치겠어. 만약에 내가 희정이를 하루라도
빨리 찾아가지 않는다면…… 개백정 애인처럼 어떤 개 같은 놈
이 희정이를 가로채갈지도 모르겠지. 젠장, 정말 골치 아프
군……. 아아, 사랑이란 것이, 운명적인 사랑이란 것이 이렇게
골치가 아플 줄이야. 어쨌든 운명적인 사랑을 다른 놈한테 빼
앗기지 않으려면 하루라도 빨리 이곳에서 빠져나가야 하는
데……. 탈출, 탈출, 탈출……."

우리는 대빵의 입에서 갑자기 튀어나온 탈출이라는 단어에

바짝 긴장했다. 대빵이 마침내 참고 참았던 어떤 본색을 드러
낸 것은 아닌가 하는 의혹마저 들고 있었다. 사실 개백정과 로
마의 쥐새끼가 끊임없이 탈출계획을 속삭이고 있는데도 이것
을 묵인하는 것은 어쩌면 대빵 역시 나름대로 탈출을 염두에
두었기 때문인지도 몰랐다. 우리는 좀 긴장한 눈길로 대빵을
조심스럽게 힐끔거렸다.

하지만 대빵은 이제 탈출 같은 무모한 짓은 하지 않을 것 같
았다. 대빵은 몇 개월 정도만 지나면 마치 교도소의 모범수처
럼 자유사동으로 옮겨갈 것이 거의 확실했다. 2층으로 된 현대
식 건물의 그 자유사동에는 텔레비전도 있고, 방문에다 자물쇠
도 채우지 않고, 식사의 질과 양도 이 비좁은 방 안보다 훨씬
낫고, 구타도 거의 없고, 그리고 일반 사회로 나가고 싶으면 언
제든지 떠날 수도 있었다. 그런데 그 몇 달을 못 참아서 대빵이
굳이 탈출을 할 리는 없었다.

대빵은 여전히 상사병에 걸린 놈처럼 혼잣말을 중얼거렸다.

"아아, 이제 보니 희정이가 청바지를 입었군. 아니 무릎에
닿는 스커트를 입고 있는 것 같아. 미끈하게 빠진 다리를 보고
좆같은 놈들이 군침을 줄줄 흘리고 있군. 좆같은 놈들……. 내
첫사랑한테, 내 운명적인 여자한테 감히 군침을 흘리고 있다
니. 씹새끼들, 죽일 놈들, 개새끼들……. 흐응. 그래, 군침을
흘릴 테면 어디 한번 마음껏 흘려봐라. 그 여자는 오직 나만을,
오직 나 하나만을…… 정말 나만을 목이 빠지게 기다리고 있을

테니까. 나를 기다리느라고 매일같이 소주 두세 병에다 삼겹살을 푸짐하게 구워놓고 있을 테니까. 아아, 희정이가 윗도리는 흰 블라우스를 입었군. 아니 노랑 블라우스인지도 모르겠어. 제기랄, 너무 멀리 있어서…… 정말 너무 멀리 있어서 그런지 가물가물하게 보이는군. 젠장, 자유, 자유가 없으니……. 그래, 자유가 없으니 이젠 눈도 침침해지는 모양이야. 왜 이렇게 자꾸 눈앞이 가물거리지…….”

대빵은 중증 상사병 환자처럼 연신 혼잣말을 중얼거렸다. 대빵은 무언가 답답했는지 자리에서 벌떡 일어나더니 창가로 다가갔다. 아마 창가로 가면 운명적인 여자의 모습을 좀더 잘 볼 수 있다고 나름대로 생각한 모양이었다. 아프리카 메기가 변소 환기통으로 창문 유리를 박살내버린 탓에 밖에서 비닐을 쳐놓은 창문 앞에 우두커니 서서 대빵은 물끄러미 창밖을 내다보았다. 그러다 어느 순간 대빵의 입에서 탄성이 터져 나왔다.

“아아, 눈이 오고 있어……. 눈…… 눈…… 눈이 오고 있어, 눈이…….”

우리는 대빵의 탄성에 일제히 창문 쪽을 바라보았다. 도주를 방지하기 위해서 쇠창살을 총총히 박아놓은 창문에는 이제 막 새벽의 여명이 내비치고 있었다. 그리고 대빵의 말처럼 눈발이 흩날리고 있었다. 대빵은 눈발이 흩날리는 새벽의 여명을 물끄러미 바라보며 여전히 혼잣말을 중얼거렸다.

“아아, 눈이 오고 있어, 눈이……. 씨팔, 정말 미치겠군, 미치겠어. 이렇게 눈이 오는 날에는 첫사랑인 희정이하고 데이트를 해야 하는데…….데이트를 하다 긴자꾸 맛을 보기 위해서 여관에도 들어가야 하는데…….아니, 오늘 같은 날에는 희정이보다 김현주하고 데이트를 해야 할지도 모르겠군. 아니, 아니 그게 아니지. 오늘같이 저렇게 눈이 내리는 날에는 몸매가 잘빠진 박미숙하고 데이트를 하는 게 낫지 않을까? 아니, 아니, 작고 아담한 윤미진이가 나을지도 모르겠어. 아아, 오늘같이 저렇게 눈이 내리는 날에는…… 그래, 오늘같이 저렇게 눈이 내리는 날에는 누군가한테 전화를 걸어야 하는데. 그 씨팔년들한테 전화를 걸어야 하는데…….”

대빵은 창가에서 안절부절못하고 있다가 갑자기 전화번호부를 펼쳐 들고 이리저리 뒤적이기 시작했다. 하지만 마음이 너무 들떠 있어서인지 전화번호부에서 누군가를 쉽게 찾아내지 못했다. 그러다 대빵이 탄성을 내질렀다.

“찾았어! 찾았어! 드디어 김숙경의 전화번호를 찾았어. 그림을 배우러 미국 유학을 갔다 온 뒤 줄곧 나를 기다리고 있었다는 그 씨팔년을 찾았어. 내 초상화를 그리기 위해서…… 아아, 서방님 같은 내 초상화를 그리기 위해서 자나 깨나 나를 기다리고 있었다는 그 화가를 찾았어, 그 예쁘장한 화가를…….”

대빵은 열병환자처럼 정신없이 중얼거리더니 마치 애인을 포옹하기라도 하듯이 대뜸 전화번호부를 가슴에 꽉 껴안았다. 우리는 대빵의 그런 모습을 보고 좀 의아해할 수밖에 없었다.

물론 김숙경은 대빵이 한 보름쯤 전에 전화번호부에서 발견하고 아주 열렬히 사랑했던 여자였다. 중국 돼지의 의견에 따르면 김숙경은 직물공장을 경영하는 노처녀 사장이었다. 그런데 그 김숙경이 대빵에 의해서 어느새 미국 유학을 갔다 온 화가로 둔갑해 있었다. 대빵은 이제 전화번호부에 있는 여자들의 신상문제에 대해서마저 헷갈리고 있거나 아니면 무언가 혼동을 하기 시작한 모양이었다. 물론 한 남자가 너무 많은 여자를 거느리고 있으면 아무래도 문제가 생기게 마련이었다.

대빵은 김숙경의 모습이라도 떠올리고 있는지 눈발이 내리는 창밖을 물끄러미 바라보며 침묵에 빠져들었다. 물론 대빵이 생각하고 있는 김숙경은 미국 유학을 갔다 온 화가일 것이 틀림없었다. 하지만 보름쯤 전에 대빵은 중국 돼지의 이름 풀이를 받아들여서 김숙경이 직물공장 노처녀 사장이라는 것에 분명히 동의했었다. 그렇다면 대빵이 지금 떠올리고 있는, 미국 유학을 갔다 온 김숙경은 도대체 어떤 여자일까. 우리는 정말 머리가 혼란스러울 수밖에 없었다. 그걸 아는지 모르는지 대빵은 침묵을 깨고 또다시 혼잣말을 중얼거렸다.

"아니, 아니, 김숙경이 아니라 최희정의 전화번호를 찾아야지. 내 첫사랑…… 그 긴자꾸의 전화번호를 찾아야지. 아아, 내 첫사랑…… 오직 나만을 사랑하고 오직 나만을 기다리고 있는 그 옛날 그 여학생의 전화번호를 찾아야지. 아아, 운명적인 사랑, 운명적인 여자. 그래, 최희정의 전화번호를 찾아야지……."

  대빵은 다시 전화번호부를 펼쳐 들고 이리저리 바삐 뒤적여
대기 시작했다. 책장이 잘 넘겨지지 않자 아예 손바닥에다 침
을 퉤퉤 뱉어가며 전화번호부를 뒤적였다. 우리는 대빵의 그런
모습을 보고 좀 씁쓸하지 않을 수 없었다. 대빵은 드디어 미쳐
버리기라도 한 모양이었다. 하긴 이곳 수용소, 특히 이 비좁은
방 안에서 아무런 죄도 없이 6년여 동안 생징역을 살고 있었으
니 사람이 미칠 만도 했다. 대빵은 이윽고 전화번호부를 펼쳐
들고 탄성을 내질렀다.

  "아아, 찾았어, 찾았어. 운명적인 내 사랑, 최희정이를 드디
어 찾았어. 그래, 이제 그 긴자꾸한테 전화를 해야겠군. 저렇
게 눈이 오고 있으니 데이트라도 한번 하자고 전화를 해야겠
어. 전화, 전화, 전화……."

  대빵은 마치 전화기를 찾기라도 하는 것처럼 고개를 두리번
거리며 비좁은 방 안을 이리저리 살폈다. 그 모습은 영락없이
실성한 사람처럼 보였기 때문에 우리는 좀 불안하기까지 했다.
우리는 대빵에게 무어라고 충고를 해주고 싶었지만 대빵한테
감히 충고를 해줄 만한 위인은 이 비좁은 방 안에 아무도 없었
다. 어쨌든 대빵은 이 비좁은 방 안의 최고 권력자였던 것이다.
우리는 그저 대빵하고 눈길이 마주치지 않도록 가급적이면 고
개를 숙인 채 대빵의 실성한 듯한 모습을 곁눈질로 힐끔거릴
수밖에 없었다. 대빵은 전화기를 찾느라고 허둥대다 이윽고 무

언가를 깨달았는지 전화번호부를 방바닥에다 내동댕이치고 주먹으로 벽을 쾅쾅 쳐대기 시작했다.

"전화, 전화, 전화…… 아아, 전화, 전화, 전화……. 그 좆같은 전화기가 왜 여기에는 없는 거지? 그 흔해빠진 전화기가 왜 여기에는 없는 거야?"

대빵은 이제 모든 걸 알아차리고 다시 현실로 돌아온 모양이었다. 이 비좁은 방 안에는 결코 전화기가 없으며, 방문은 밖에서 자물쇠가 잠겨 있으며, 또한 창문에는 쇠창살이 총총히 박혀 있어서 전화를 걸러 밖으로 나갈 수도 없다는 것을 깨달은 모양이었다. 대빵은 계속해서 주먹으로 벽을 쳐대며 혼잣말을 중얼거렸다.

"아아, 미치겠군, 미치겠어, 정말 미치겠어. 내가 이곳에서 왜 이런 생징역을 살아야 하는지 정말 미치겠어. 내가 남의 물건을 도둑질한 것도 아니고, 그렇다고 강도짓을 한 것도 아니고, 살인을 저지른 것도 아니고, 그저 술이 좀 취해서 역전 대합실에서 쓰러져 잠이 들었던 것뿐인데……. 일은 고되고 일당은 별 볼일 없고…… 외롭고 쓸쓸하고…… 그래서 술 몇 잔 마시고 역전 대합실에서 쓰러져 잔 것뿐인데……. 그런 불쌍한 놈을 이렇게 잔인하게 가둬놓고 학대를 하고 있다니…… 짐승 같은 년놈들……. 야, 이년아, 네년이 교회 권사냐? 그러고서도 우리들한테 회개하고 예수를 믿으라고 주둥아리를 놀리고 있냐? 이 개쌍년아, 그 주둥아리를 확 찢어버릴라……."

대빵은 마침내 수용소의 최고위층들에게 욕설을 퍼붓기 시작했다. 그러면서 마치 이 비좁은 방 안 어딘가에 수용소 최고위층들이 있기라도 한 양 두 눈을 부라리며 방 안을 휘 둘러보았다. 만일 눈앞에 최고위층들이 있기라도 하면 당장에 목줄이라도 졸라서 죽여버릴 기세였다. 우리는 갑자기 성질이 사나워진 대빵의 모습을 보고 본능적으로 좀더 확실하게 무척 겸손하고 복종적인 자세를 취했다. 가급적이면 대빵하고 눈길이 마주치지 않도록 고개를 푹 숙이고 눈길을 방바닥에다 고정시키고 있었다. 대빵이 실성한 사람처럼 난폭해지자 어쨌든 우리는 점점 불안해질 수밖에 없었다. 대빵은 어느 순간 마음의 분노를 가라앉혔는지 목소리가 좀 차분해지고 있었다.

"아아, 고향에 가보고 싶어, 고향에 가보고 싶어. 엄마가 보고 싶어, 엄마가 보고 싶어……. 엄마가 죽은 뒤로 벌써 20여 년 동안 고향에 한번 가보지를 못했어. 그런데 그동안 까맣게 잊고 있었던 그 고향 생각이 왜 이제서야 갑자기 떠오르는 것일까. 아아, 고향, 고향, 내 고향……. 산골짝을 넘어 또 산골짝에 있는 그 깡촌에도 지금쯤 눈은 내리고 있을 텐데……. 엄마가 끔찍이 아끼고 사랑했던 그 장독대에도 눈은 내리고 있을 텐데……. 엄마만 계속 살아 있었어도 고등학교는 다녔을 텐데……. 그런데 씨팔, 엄마가 죽은 뒤로 아버지가 술만 퍼마시면 어찌나 나를 두들겨 패대는지 그만 가출을 해버렸고 그 뒤에 내 신세가 이 모양 이 꼴이 되어버렸으니……."

대빵은 마침내 눈물을 흘리기 시작했다. 마치 실성한 사람처럼 고개를 푹 떨구기도 하고, 망연히 창밖을 내다보기도 하고, 갑자기 우리를 쓸쓸히 바라보기도 하면서 눈물을 흘리고 있었다. 우리는 대빵의 눈물을 보자 기분이 좀 묘해졌다. 얼마 전 여자 호실에서 신참 여자가 실장한테 씹창나게 두들겨 맞으면서 소리 죽여 흐느끼던 그 울음소리가 아직도 우리 귀에 쟁쟁한데, 이 비좁은 방 안의 최고 권력자인 대빵이 눈물을 흘리자 왠지 기분이 묘해질 수밖에 없었다. 대빵은 이윽고 손등으로 눈물을 닦아내기 시작했다. 그러면서 마치 어린아이처럼 울먹였다.

　"엄마, 엄마, 엄마, 엄마, 엄마……."

　대빵은 애써 눈물을 닦아내더니 또다시 엄마를 찾으면서 눈물을 흘리기 시작했다. 마치 어린애가 어떤 악몽을 꾸고 난 뒤 엄마를 찾으면서 울고 있는 듯한 그런 모습이었다. 사실 우리는 대빵이 우는 모습을 처음 보았기 때문에 좀 당황했다. 대빵은 이 비좁은 방 안에서 언제나 근엄하게 무게를 잡고 있어야 하고, 때로는 인상을 팍팍 쓰면서 우리들 기를 죽여놓아야 하고, 때로는 누군가를 씹창나게 두들겨 패야 하는 그런 위인으로만 알고 있었던 것이다. 그런데 눈발이 날리면서 먼동이 트고 있는 지금, 대빵이 느닷없이 엄마를 찾으면서 눈물을 흘리고 있기 때문에 우리의 감정과 머릿속에는 혼란이 일어날 수밖에 없었다. 서른여섯 살이나 처먹은 사내놈이 엄마를 찾으면서 눈물을 흘리고 있는 모습에 냉소를 흘려야 할지 아니면 저 나이에도 아직 엄마를 찾으면서 눈물을 흘릴 수 있구나 하고 감동을 해야 할지, 참으로 난감하기만 했다. 대빵은 눈 내리는 창밖을 내다보며 또다시 혼잣말을 중얼거렸다.

"아아, 고향에 가보고 싶어, 고향에…… 눈 내리는 장독대를 보고 싶어, 장독대……. 엄마 산소에도 가보고 싶고, 엄마 산소에도……. 아아, 엄마, 엄마, 엄마……."

대빵은 창밖을 내다보며 연신 손등으로 눈물을 훔쳐내고 있었다. 그때 대빵의 모습을 유심히 지켜보고 있던 개백정이 입을 열었다.

"참 답답하네. 고향에 가보면 될 것 아니오. 그까짓 것 고향에 가보면 되지……."

"고향에 가면 된다고? 어떻게, 어떻게 고향에 가지?"

"이곳을 나가면 되지."

"이곳을 나가? 이곳을 나간다고? 그러면…… 그러면 탈출, 탈출을 하라고?"

대빵은 눈물 때문에 새빨개진 눈으로 개백정을 뚫어지게 노려보았다. 대빵의 머릿속에는 아직도 탈출에 대한 공포와 두려움이 남아 있는 모양이었다. 그때 이 비좁은 방 안의 제4인자인 로마의 쥐새끼가 개백정을 거들고 나섰다.

"기회는 지금뿐이오. 탈출할 생각이 있다면……. 아까 옆방의 신참 여자를 두들겨 패러 갔던 실장이 우리 방 안까지 점검

하러 왔을 때…… 그 실장 놈을 보니 정신없이 잔뜩 취해 있는
몰골이었소. 그러니 실장이 우리들 아침 세수를 시키기 위해서
방문 자물쇠를 딸 때 그냥 냅다 두들겨 패서 기절시키고 튀면
되는 거요. 그러면 고향에 갈 수 있는 거요. 고향의 장독대도
볼 수 있고, 엄마 산소에도 가볼 수 있고…… 그리고 무엇보다
도 운명적인 그 여자, 최희정을 만날 수도 있고……. 사실 이
렇게 눈 내리는 날 그 긴자꾸 여자하고 데이트를 할 수 없다면
정말 쪽팔리는 일 아니오? 그리고 자꾸 시간을 늦추면 그 희정
이를 다른 사내놈이 낚아채 가버릴지도 모르는 일이고…….
물론 그러면 닭 쫓던 개 지붕 쳐다보는 꼴이 될 테지. 이제 이
해가 가시오?”

대빵은 로마의 쥐새끼 말에 선뜻 대답을 못했다. 대빵은 이
제 몇 달 후면 자유사동으로 이동을 하게 되어 있었고, 그때에
는 얼마든지 고향에도 갈 수 있고, 엄마 산소에도 갈 수 있고,
그리고 전화번호부에 있는 운명적인 여자들도 찾아갈 수 있었
다. 그런데 굳이 지금 탈출을 할 필요가 없었다. 탈출은 까딱하
면 신세 조지기 딱 알맞은 위험한 작업이었던 것이다. 그러자
개백정이 다시 나서서 대빵을 설득했다.

“정말 답답하네. 그렇게 창가에 서 있기만 해서 도대체 뭘 어
떻게 할 작정이오? 어서 밖에 나가서 최희정, 그 긴자꾸에게
전화를 해야지……. 그래서 그 긴자꾸를 만난 뒤 눈 내리는 거
리에서 데이트도 하고, 그러다 여관에 데리고 가서 알몸을 쪽

쪽 빨기도 하고, 그래야 할 것 아니냐고? 그리고 어머니 산소도 가봐야 할 것 아니오? 그래야 불효자 소리를 안 듣지……."

대빵이 좀 침울해 있다가 개백정의 말에 고개를 끄덕였다.

"그래. 개백정 말이 맞아. 오늘같이 저렇게 눈 내리는 날에는 운명적인 사랑, 그 최희정이를 전화로 불러내서 데이트도 하고 여관에도 데려가야 하는데……. 어머니 산소에도 갔다 와야 하고, 씨팔……."

"그러니 빨리 결단을 내리쇼. 실장은 지금 잔뜩 취해 있어서 우리가 몇 대 갈겨버리면 픽 쓰러져서 몇 시간은 못 일어날 테니까. 그때 냅다 야산 쪽으로 튀면 탈출은 백 프로 성공할 거니까, 백 프로…… 이제 알겠소?"

"그렇지만 나는 몇 달만 있으면 자유사동으로 옮겨가는데. 그곳으로 가면 얼마든지 자유롭게 일반 사회로 나갈 수도 있고……."

대빵은 아직 이성을 잃지는 않았는지 제법 사리에 맞는 말을 했다. 대빵이 뒤로 빠질 눈치를 보이자 로마의 쥐새끼가 갑자기 언성을 높이며 끼어들었다.

"이런 씨팔…… 좆 달린 사내로서 그런 말이 감히 입 밖에 나오나? 그러면서도 감히 운명적인 사랑 운운하고 있는 거냐고? 최희정 그 긴자꾸가 날이면 날마다 삼겹살을 구워놓고 그리고 소주도 두세 병 준비해놓고 당신을 기다리고 있었으니 이제 당신도 그 여자한테 뭔가를 보여주어야 할 것 아냐? 나는 수용소 네놈들한테 굴복하지 않고 기어이 탈출했다, 나는 남자다, 나는 사나이다, 그런 기개를 보여주어야 할 것 아니냐고? 사실 당신이 불알 두 쪽 달린 것 말고 최희정한테 보여줄 것이 무엇이 있어? 안 그렇소? 내 말이 틀려?"

로마의 쥐새끼가 대빵에게 윽박지르듯이 고함을 지르며 막 말을 해대자 대빵은 잠시 얼떨떨한 모양이었다. 대빵은 자신이 이 비좁은 방 안의 최고 권력자인 대빵이라는 것도 잊어버렸는지 로마의 쥐새끼가 윽박지르는 말을 듣고도 침울한 표정을 짓기만 했다. 물론 평소 같았으면 감히 생각할 수도 없는 광경이었지만 분위기가 정말 이상하게 돌아가고 있었다. 대빵이 이윽고 침울하게 입을 열었다.

"그래, 그 말이 맞아. 최희정…… 내 첫사랑한테 무언가를 보여줄 필요가 있지. 그런데 내가 그 여자한테 보여줄 것은 사실 아무것도 없지. 그래, 나도 그것은 인정하고 있지. 씨팔, 검정고시도 아직 수학하고 생물은 합격을 못 했고……. 아아, 정말 좆같군, 좆같아. 내 운명적인 여자한테 막상 아무것도 보여줄 것이 없다니……. 정말 쪽팔리는군, 쪽팔려……. 씨팔, 좋아, 결심했어. 이곳을 탈출해버리자. 그래서 내 첫사랑한테 내가 사나이였다는 것을 보여주는 거야. 지옥 같은 이곳을 탈출한 진짜 사나이였다는 것을 보여주는 거야. 불알 두 쪽밖에 없는 놈이 운명적인 여자한테 보여줄 것이 그것밖에 더 있겠어? 사나이, 사내다움, 사내다움 말이야……. 그래, 가자, 가. 탈출을 해버리자, 씨팔……."

대빵은 탈출에 대한 결심을 다지기라도 하듯이 주먹을 불끈 쥐었다. 그리고 마치 격투기 선수처럼 어퍼컷이며 발길질 등을 요란하게 해대면서 비좁은 방 안을 휘젓고 다녔다. 하지만 워낙 비쩍 마른 체구에다 이곳에서 거의 영양실조에 가까운 식사를 하고 있었던 때문인지 뼈마디에서 우둑우둑 하는 소리만 요란하게 터져 나올 뿐이었다. 우리는 대빵의 흥분한 듯한 모습을 보고 좀 긴장하지 않을 수 없었다. 어쨌든 이 비좁은 방 안에서 대빵이 탈출에 합류한다면 성공할 확률은 그만큼 높아질 수밖에 없었다. 그리고 이곳 수용소가 발칵 뒤집힐 일이 벌어질 것은 뻔한 일이었다.

우리는 정말 피곤한 인간들이었다.

대빵이 꼭두새벽부터 전화번호부를 가지고 독서에 열중하는 동안 우리는 무척 겸손하고 복종적인 자세로 바짝 웅크리고 앉아 있어야 했다. 그런 일은 정말이지 너무도 피곤하고 답답하고 미치고 환장할 만한 중노동이었다. 그런데 그 중노동을 끝내고 이제 겨우 자유시간을 가지면서 아침 식사시간을 기다리고 있는데 엉뚱하게도 이 비좁은 방 안의 실력자급들이 대거 탈출을 하려고 모의하고 있었다. 우리는 당황하지 않을 수 없었다. 만일 그들의 탈출이 성공한다면 그 뒤에 우리들의 신상에는 어떤 변화가 있을까 하고 부지런히 이해득실을 따져보지 않을 수 없었다. 우리는 정말 피곤한 인간들이었다.

208

16

　실장의 구둣발 소리가 쿵쾅거리며 들려왔다. 실장은 이윽고 밖에서 자물쇠를 끄른 뒤 언제나 그렇듯이 방문을 활짝 열어젖히고 버럭버럭 고함을 질러댔다.

　"이 씨팔놈들아, 잘 잤냐? 이 개새끼들아, 지금 밖에는 눈이 오고 있다. 눈이 오고 있어. 괜히 강아지들처럼 눈 구경하느라고 한눈팔지 말고…… 하여간에 한 놈 당 십 초 내에 세수를 마치고 총알처럼 다시 방 안으로 들어오기 바란다. 내 신경 건드리지 말고……."

　실장은 새벽까지 퍼마신 소주에 절어서인지 눈알이 벌겋게 충혈되어 있었고 걸음마저 좀 비틀거렸다. 그렇게 퍼마셨는데도 이곳 수용소의 일과표에 맞춰서 우리를 세면시키기 위해 나온 것을 보면 정말 대단한 술꾼인 것만은 분명했다. 실장은 몽둥이를 들고 방문 앞에 마치 무법자처럼 버티고 있었는데 그때 개백정이 느닷없이 실장의 얼굴을 주먹으로 후려갈겨버렸다. 실장이 바닥에 픽 쓰러지자 개백정은 쓰러진 실장의 목에서 재빨리 호루라기를 빼앗아 들고 실장의 가슴이며 옆구리 등을 냅다 걷어찼다. 그러면서 으르렁거렸다.

　"야, 이 개새끼야, 이 좆같은 새끼야. 내가 네놈한테 그동안 얼마나 두들겨 맞고 좆같은 짓을 당했냐. 어디 맛 좀 봐라. 사실은 너 같은 알코올 중독자가 이런 곳에 갇혀 있어야 하는데 왜 멀쩡한 우리를 강제로 가둬놓는 거냐? 이놈의 세상은 왜 이렇게 거꾸로 되어 있는 거냐고? 이 쌍놈의 새끼야, 이 버러지 같은 새끼야. 사회에 나가면 아무것도 아닌 별 볼일 없는 놈이 왜 우리한테는 저승사자처럼 굴어댔냐고? 이 개새끼야, 이 좆같은 새끼야……."

개백정은 완전히 뻗어버린 실장에게 계속해서 주먹질과 발길질을 해댔다. 로마의 쥐새끼가 흥분한 개백정을 말리면서 '빨리빨리'라는 말을 외쳐대자 그때서야 개백정은 주먹질과 발길질을 그만두고 수용소 정문 쪽을 바라보았다. 개백정은 이곳의 지리를 잘 아는 듯이 대빵과 로마의 쥐새끼한테 마치 소대장처럼 지시했다.

"자, 빨리빨리, 저 야산 쪽으로……."

개백정과 대빵, 그리고 로마의 쥐새끼는 눈발이 퍼붓고 있는 수용소 정문 쪽을 향해 신발도 신지 않은 맨발로 냅다 달음박질을 하기 시작했다. 신발은 이곳 수용소에서 어딘가에 보관해 두었기 때문에 쉽게 찾아낼 수 없었다. 물론 복도 앞에는 우리가 세면을 하러 갈 때 신는 두어 개의 슬리퍼가 있었지만 그 슬리퍼를 신고 뛸 수는 없었기 때문에 결국 맨발로 달음박질할 수밖에 없었다. 우리가 그들 세 사람을 불안하게 지켜보고 있을 때 갑자기 강남 제비가 개백정 일행을 따라서 뜀박질을 하기 시작했다. 실장은 완전히 정신을 잃지는 않았는지 복도 바닥에 나동그라진 채 신음을 내지르기 시작했다.

"에고고, 나 죽네. 에고고, 나 죽어. 아이고, 아이고…… 나 죽어, 나 죽어……."

실장의 신음 소리는 참으로 구슬프게 들렸다. 그러자 이곳 수용소의 전담 시체 처리꾼인 칠룡이가 실장을 부축하여 복도에 앉혀놓았다. 칠룡이는 역시 충직한 인물이었다. 복도에 꼴사납게 앉은 실장은 옆구리며 가슴 부위를 양손으로 움켜쥐고 칠룡이에게 다급하게 지시했다.

"야 인마, 야 이 개새끼야. 너는 어서 사무실에 가서 총무님과 경찰한테 연락을 해라. 그 버러지들이, 그 기생충들이 이곳을 탈출했다고 어서 가서 연락을 하란 말이야. 나는 뒈지지는 않으니까 그냥 여기 놔두고 어서 가봐. 빨리빨리, 이 개새끼야……."

실장이 거듭 재촉해대자 칠룡이는 충실한 노예처럼 허겁지겁 사무실 쪽으로 달음박질을 했다. 우리는 칠룡이한테 제발 연락하지 말라고 외치고 싶었지만 실장의 귀와 눈이 아직 생생했기 때문에 훗날의 보복이 두려워서 아무런 말도 할 수 없었다. 다만 사무실로 달음박질하는 칠룡이를 그저 사납게 쏘아보고 있을 뿐이었다.

칠룡이의 연락을 받으면 곧 총무님이 나타나서 수용소 자유사동에서 힘깨나 쓰는 사람들을 차출해서 대빵 일행을 추격할 것이 뻔했다. 그리고 경찰 역시 사회의 무서운 병원균 취급을 받고 있는 이곳 수용소 인원이 탈출했다는 연락을 받으면 곧바로 출동해서 탈출했던 일행을 추격할 것이 분명했다. 더욱이 파출소는 인근에 있었기 때문에 이제는 피를 말리는 시간 싸움이 되어버린 것 같았다.

우리는 복도에 옹기종기 몰려서서 대빵과 개백정, 로마의 쥐새끼, 강남 제비 등이 달아나는 모습을 안타깝게 바라보았다. 그런데 참 희한한 일이 벌어지고 있었다. 논밭을 가로질러 야산 쪽으로 열심히 뜀박질을 하던 대빵이 갑자기 되돌아오고 있었다. 허공을 하얗게 뒤덮고 있는 눈발을 헤치며 대빵이 수용소 정문 앞에 도착한 것은 순식간의 일이었다. 대빵은 수용소 정문 앞에 도착하자마자 갑자기 두 손을 번쩍번쩍 쳐들며 외치기 시작했다.

"만세! 만세! 만세!"

대빵은 정문 앞에서 마치 독립군처럼, 혹은 치열한 전투 끝에 어떤 고지라도 점령한 병사처럼 두 손을 번쩍번쩍 쳐들며 만세를 외쳤다. 참으로 뚱딴지 같은 그 광경에 우리는 정말 황당해할 수밖에 없었다. 그런데도 대빵은 여전히 만세를 외쳐대고 있었다.

"만세! 만세! 자유 만세……! 자유 만세! 만세! 만세! 자유 만세! 자유 만세……."

대빵은 악을 쓰듯이 자유 만세를 외쳐대고 있었다. 그 모습은 마치 수용소 측에다 엿 먹으라는 야유의 몸짓처럼 보이기도 했다. 아니, 어쩌면 매일같이 꼭두새벽부터 전화번호부를 가지고 독서를 하며 깨달았던 어떤 심오한 철학의 외침인지도 몰랐다. 아니, 어쩌면 자신의 첫사랑한테 혹은 운명적인 여자들한테 불알 두 쪽 찬 것밖에는 아무것도 보여줄 것이 없었는데 이제 바야흐로 무언가를 강렬하게 보여주려는 아주 격렬한 몸짓 같기도 했다. 대빵은 발작적으로 제자리에서 팔짝팔짝 뛰기도 하고, 한 손을 휘휘 내두르기도 하면서 무척 기고만장한 모습으로 자유 만세를 외쳤다. 그 모습은 누가 보아도 승리자만이 나타낼 수 있는 아주 의기양양한 몸짓이었다. 사실 대빵은 그 순간 모든 것을 정복한 승리자처럼 보이기도 했다.

"만세! 만세! 자유 만세! 자유 만세! 자유 만세……."

아프리카 메기가 재래식 화장실 구석으로 몰리면서 필사적으로 외쳐대던 그 소리를 대빵이 또다시 외쳐대고 있는 모습을 보고 우리는 왠지 묘한 감정에 사로잡혔다. 그러면서 우리는 차츰 걱정이 되기 시작했다. 대빵이 죽자 살자 뜀박질을 해도 부족할 판에 저렇게 시간을 지체하다가는 탈출은 고사하고 경찰과 수용소 측의 사람들에게 붙잡혀 복날의 개처럼 질질 끌려올 것이 뻔했다.

개백정과 로마의 쥐새끼, 그리고 강남 제비는 대빵이 갑자기 수용소 쪽으로 달음박질을 한 뒤 수용소 정문 앞에서 미친 듯이 자유 만세를 외쳐대고 있자 삼시 황당해하는 모습들이었다. 그들은 대빵에게 어서 빨리 뒤따라오라고 손짓을 하며 고함을 질러댔지만 대빵은 자신의 행위에 완전히 도취되어버렸는지

도무지 반응을 나타내지 않았다. 개백정과 로마의 쥐새끼, 강남 제비는 할 수 없다는 듯이 다시 몸을 돌려 눈발이 거세게 퍼붓고 있는 야산 쪽으로 결사적으로 달음박질했다. 그들의 모습을 하얀 눈발이 뒤덮고 있었다.

비극의 순간은 곧 다가왔다.

거세게 퍼붓는 눈발을 헤치고 저 멀리에서 수용소 쪽으로 승용차가 다가왔다. 승용차는 지붕에서 경광등이 번쩍이는 걸로 보아 경찰 순찰차인 모양이었다. 대빵은 그제야 사태의 심각성을 깨달았는지 논밭을 가로질러 야산 쪽으로 달음박질을 하기 시작했다. 그 뒤를 경찰과 총무님, 그리고 수용소 자유사동에서 차출된 용병들이 추격했다.

대빵은 자기 나름대로 열심히 뜀박질을 했지만 하루 세끼를 꽁보리밥에다 단무지 두세 조각, 그리고 멀건 된장국으로 버텨온 몸으로는 금방 체력의 한계를 드러내고 있었다. 대빵은 희뿌연 눈발 속에서 누군가한테 덜미를 잡혔고 이내 논바닥에 나뒹굴었다. 영양 상태가 좋은 사냥개들은 우선 일부분이나마 사냥에 성공한 셈이었다. 그리고 그들의 일부는 개백정과 로마의 쥐새끼, 강남 제비가 사라진 야산을 향해 또다시 맹렬한 추격을 시작했다. 그 추격자들의 모습을 거세게 퍼붓는 눈발이 뒤덮고 있었다.

우리는 대빵이 질질 끌려오는 모습을 침울하게 지켜보았다. 대빵은 이미 발길질과 주먹질 등으로 난타를 당하여 얼굴에는 선혈이 낭자했다. 그런데도 대빵은 여전히 미친 듯이 외쳐대고 있었다.

"만세! 만세! 자유 만세! 자유 만세! 자유 만세……."

우리는 그 광경을 지켜보며 차츰 소름 끼치는 듯한 어떤 공포와 슬픔 속으로 빠져들었다. 인간이 인간을 사냥하고, 인간이 인간을 사육하고, 인간이 인간을 지배하고, 인간이 인간을 구타하고, 인간이 인간을 학대하고, 인간이 인간을 인간 취급하지 않는 그런 것들에 대한 소름 끼치는 듯한 공포와 슬픔이었다. 대빵은 두들겨 맞으면서도 숨 가쁘게 외쳐대고 있었다.

"만세! 만세! 자유 만세! 자유 만세! 자유 만세……."

대빵은 마치 인간의 어떤 원초적인 꿈을 부르짖는 것 같았다. 물론 그것은 자유였다. 하지만 우리는 너무도 잘 알고 있었다. 이 세상, 이 사회에는 슬프게도 스스로의 힘으로 자유를 지킬 수 없는 사람, 혹은 자유를 지키기 힘든 사람들이 존재했다. 우리도 그렇지만 대빵 역시 그런 사람들 중의 하나였다. 대빵이 지금은 저렇게 발악적으로 자유 만세를 외쳐대고 있지만 이제 잠시 후면 쇠파이프며 몽둥이 등으로 초주검이 되도록 두들겨 맞고 나뒹그라질 것이 뻔했다. 그리고 이 엄농설한에 보일러도 들어오지 않는 독방에 내팽개쳐진 채, 중국 돼지의 학설처럼 살아 있는 시체가 될 것이 분명했다. 그것이 이제 대빵에게 남겨진 운명이었다. 그때 기운을 회복한 듯한 실장이 비틀비틀 일어나더니 버럭버럭 고함을 질러댔다.

"이 개새끼들아, 빨리빨리 방으로 안 들어가? 이 개자식들이 뭐 구경할 게 있다고 옹기종기 서서 지랄들을 하고 있어. 빨리 방으로 안 들어가? 다들 시체로 만들어버리기 전에 빨리 안 들어가? 네놈들도 도망가려고 작정을 하고 있는 거냐? 이 개새끼들을 다 죽여버릴라. 빨리 안 들어가……."

우리는 실장의 폭력 솜씨를 잘 알고 있기 때문에 잔뜩 겁을 집어먹고 마치 양몰이꾼에게 몰리는 양 떼처럼 비좁은 방 안으로 기어 들어갈 수밖에 없었다. 실장은 곧 방문을 쾅 닫고 밖에서 자물쇠를 채웠다. 우리는 비좁은 방 안에 들어오자마자 무언가 침울하고 허탈하고 불안한 어떤 복잡한 감정에 휩싸인 채 안절부절못했다. 물론 두 평 반짜리 비좁은 방 안에 좀전까지는 무려 열두 명의 사람들이 꽉 들어차 있었지만 이제는 네 명이 빠져나가서 여덟 명으로 대폭 줄어든 그런 공간적인 변화 때문에 안절부절못하고 있는 것은 아니었다. 우리는 무언가가 잘못 되어 있다는, 그것도 아주 소름이 끼치도록 무언가가 잘못 되어 있다는 어떤 지독한 절망감 때문에 안절부절못하고 있었다.

우리는 허탈감과 절망감 속에서도 이제 이 비좁은 방 안에 어떤 권력의 공백이 생겼다는 것을 깨달았다. 대빵은 이제 이곳에는 두 번 다시 돌아오지 못할 것이 분명했다. 탈출 과정의 죄질로 보아서 그것은 틀림없는 사실이었다. 우리는 불과 얼마 전까지만 해도 대빵이 전화번호부를 가지고 독서에 열중해 있던 자리를 바라보다 깜짝 놀랐다.

대빵의 자리는 이미 누군가가 차지하고 있었다. 그것은 바로 중국 돼지였다. 중국 돼지는 어느새 전화번호부를 수중에 넣고 대빵의 자리에 앉아 있었다. 사실 전화번호부는 대빵의 상징이기도 했고 권력의 상징이기도 했다. 그리고 수많은 운명적인 여자들을 만날 수 있는 어떤 희망의 상징이기도 했다. 중국 돼지는 그 전화번호부를 손아귀에 잔뜩 틀어쥐고 대빵의 자리에 야무지게 버티고 앉아 있었다. 그리고는 마치 먹이를 빼앗길까 봐 으르렁거리는 개처럼 우리를 사납게 쏘아보았다.

창밖에는 여전히 눈발이 날렸다. 그 눈발은 대빵에게 고향의 장독대며 엄마를 떠올리게 했던 추억의 눈발이었다. 그리고 오래전 노동판을 떠돌 때 알았던 어느 여학생을 떠올리게 했던 눈발이기도 했다. 그 추억의 눈발이 쇠창살이 총총히 박힌 창밖에서 하염없이 쏟아지고 있었다.

두 평 남짓한 부랑인 수용소에 갇힌 열두 사람의 대화와 회상으로 엮어가는 한성탁의 『전화번호부』는 소재와 주제, 그리고 형식이 매우 특이한 소설이다. 이 소설의 공간은 비좁고 암담하다. 그러나 신랄하고 해학적인 문장, 밑바닥 인생들의 내력이 묻어나는 대화에는 숨막힐 듯한 분위기를 밀어내며 비죽비죽 웃음이 새어나오게 하는 힘이 서려 있다. 권력 유지의 방편으로 악이용된 '선진적인 거리질서 정화'의 희생자들인 등장인물들은 모두 별명으로 불린다. 인간으로서의 권리를 박탈당하고 아무것도 소유할 수 없는 이들에게 밑씻개 용으로 주어진 낡은 전화번호부는 권력의 상징이다. 그것은, 거기에 기재된 여성들의 이름이 불러일으키는 공상 속에 이들이 세상과 소통할 수 있는 유일한 통로가 있기 때문이다. 그러니, 그것을 소유한 자는 그곳의 최고 권력자인 '대빵'일 수밖에 없다. 그러나 '대빵' 역시 외부의 권력자들 앞에서는 무력하기 짝이 없는 존재이다. 전화번호부의 위력이 빛을 잃게 된 어느 날 '대빵'과 '개백정'과 '로마의 쥐새끼'와 '강남 제비'는 맨발인 채 눈 내리는 벌판으로 뛰어든다. 하지만, 이들의 탈출이 성공으로 이어질 가능성은 거의 없어 보인다. 권력의 속성과 인간의 조건을 명징하게 그려낸 이 작품이 당선작으로 뽑히게 된 데에는 무엇보다 그 미학적 완결성이 크게 작용했다.

한성탁 씨의 당선을 축하하며, 끝으로 노파심에서 한마디 덧붙여둔다. 그가 함께 보내온 장편소설 『어느 정신병자의 숲』도 그렇듯이, 그의 문학세계는 출구 없는 어둠에 감싸여 있는 듯이 보인다. '전지구적 자본주의체제의 바깥은 존재하지 않는다'거나 네그리 식으로 말해 '제국의 바깥은 없다'는 게 지금 우리가 마주치고 있는 삶의 조건이라면, 권력의 부정적 측면과 난파된 영혼들의 절망을 강조하는 것 못지않게 대안적 세계에 대한 치열한 탐색이 지속될 수밖에 없다는 것이다.

＿황광수(문학평론가)

나는 『전화번호부』를 읽으며 내내 예전에 보았던 영화 〈뻐꾸기 둥지 위로 날아간 새〉를 떠올렸다. 폐쇄적인 정신병원을 무대로 벌어지는 인간 군상들의 욕망과 절망을 보여주는 그 영화는 인간 실존에 대한 심각한 고민을 불러일으켰던 것이다.

우선 한성탁의 소설 『전화번호부』는 한국 소설이 아직 가보지 못했던 독특한 소설적 공간을 획득하고 있다. 일찍이 조지 오웰이 영국의 최하층 생활을 경험해보기 위해 부랑인 수용소로 들어간 것처럼, 이 소설의 공간 역시 현대 한국 사회의 최하층 지대인 부랑인 수용소를 무대로 하고 있는 것이다. 작가의 특이한 체험이 없이는 도저히 접근할 수 없는 이 공간은 매우 현대적이며 또한 과거적이다. 이 『전화번호부』라는 코드는 도대체 무엇일까? 작가는 이 코드를 통해 도대체 무엇을 보여주려고 했던 것일까?

작가 한성탁은 이 폐쇄적이고 비일상적인 공간을 통해 권력에 대한 광기 어린 욕망과 허망함을 블랙 코미디적으로 보여주고 있다. 그리하여 하나의 헌 종이 다발에 불과한 전화번호부를 독재자의 선글라스처럼 풍자의 대상으로 변환시켜 폭력과 또 다른 폭력으로 점철되었던 우리들 내부의 어두운 자화상을 새삼 떠올리게 하고 있다.

이 간단하지 않는 시대에, 개성 있는 작가의 등장을 예의 주시한다.

_김영현(소설가)

늘 피곤한 인간들의 반란

고명철(문학평론가)

출사표를 던진 신인 작가에게

먼저, 늦은 감이 있지만, 지난해 실천문학 신인상을 수상하
신 데 대해 축하드립니다. 이번에 제가 읽은 작품은 지난해 실
천문학 신인상을 수상한 당신의 장편소설『전화번호부』였습니
다.『전화번호부』의 작가에 대해 아무런 정보도 없는 상태에서
출판사로부터 작품을 건네받고 읽기 시작했습니다. 작품을 통
독한 후 해설 원고를 어떻게 쓸 것인지 고민이 되었어요. 무엇
보다 신인 작가로서 출사표를 던진 첫 작품의 해설을 제가 맡
았기에 그 고민은 이만저만한 게 아니었거든요. 저는 평소 이
런 생각을 품고 있었습니다. 독자들이 소설로부터 점점 거리를
두는 이유 중 하나는, 어떤 소설이 소설시장에 나왔는데 그 소
설이 하나의 문화상품으로 포장되기 위해 동원되는 각종 추천
사와 해설 원고가 의미의 과잉을 낳음으로써, 독자들이 해당
작품을 읽은 후의 미적 체험과 크게 어긋나기 때문이라고. 말

하자면 해당 작가의 미학을 지나치게 높이 평가하거나 으레 칭찬 일색으로 의미를 부여하는, 이른바 주례사비평의 범람이 독자들로 하여금 소설을 읽지 않게 하는 이유를 제공하고 있다고요. 물론 이것은 어디까지나 여러 현상적인 이유들 중 하나에 불과할 따름이죠.

그래서 저는 만약 제게 신인작가의 첫 작품을 해설할 기회가 주어진다면, 천편일률적인 주례사비평보다 작품의 신뢰도에 기반한 생산적 대화를 나누고 싶다는 생각을 하고 있었습니다. 하여 제 해설이 이후 작가의 창작세계에 자그마한 도움이 될 뿐만 아니라 독자들에게도 그 작가의 행보에 지속적 관심을 가질 수 있도록 하는 계기가 되었으면 합니다.

1. 누구를 위한 부랑인 수용소인가?

『전화번호부』를 읽으면서 흥미롭게 다가온 것은 작중 인물들이 놓여 있는 공간의 특성이었습니다. 이 소설의 공간은 매우 단조로운 게 특징인데요. 시종일관 하나의 공간만이 소설을 지배하고 있더군요. 그 공간은 부랑인 수용소인데, 이 공간의 속성은 다음의 진술을 통해 선명히 드러나 있습니다.

> 사실 이곳 수용소는 중국 돼지의 학설처럼 혹은 개백정의 학설처럼 너무도 가혹한 조건을 자랑하고 있었다. 두 평 반쯤 되는 비좁은 방 안에 무려 열두 명의 인간을 몰아넣어서 호흡이 턱턱 막히게 만들었고, 밖에서 자물쇠를 채워놓아 주거 이동의 자유

를 박탈해버렸고, 비좁은 방 안에 아무런 문화적인 혜택도 주지 않아 인간의 상상력을 완전히 말라비틀어지게 만들었고, 또한 초자연적인 법으로 군림하면서 걸핏하면 복날 개 잡듯이 두들겨 패고 있었기 때문에 어디인가에는 인간적인 향기가 있는 그런 부랑인 수용소가 있을 거라는 믿음이 싹트고 있었다. (185쪽)

위 인용에서 단적으로 볼 수 있듯이, 우리가 소설 속 부랑인 수용소에서 최소한의 인권을 기대하는 것은 불가능한 일입니다. 원래 이곳은 어떤 사회악(社會惡)을 저지른 범인을 사회로부터 격리시키는 공간이 결코 아닌데, 바꿔 말해 한 사회의 체제를 동요·위반·전복시키는 등의 범법을 저지른 자를 감금시키는 곳이 결코 아니지 않습니까? 그런데 이곳 부랑인 수용소는 소설 속에서 바로 이와 같은 역할을 적극적으로 수행하는, 어처구니없는 공간으로 그려지고 있습니다. 때문에 이 공간은 문제적 공간이면서 부정의 공간이죠. 이곳에 수용되어 있는 자들인 경우 대부분 그 자질구레한 정황이야 어떻든 간에, "일정한 거처 없이 떠도는 부랑자들이나, 술에 취해 역 대합실 혹은 길거리 같은 곳에서 쓰러져 잠들었던 사람들"(39쪽)로서, 경찰에 의해 이곳까지 호송된 후 연고자의 연락처가 없거나, 설령 연락이 된다 해도 연고자가 이렇다 할 대응을 하지 않거나, 아니면 수용소 측에서 일부러 모든 연락을 두절하여 강제로 그들을 수용하게 됩니다. 만약 그들에게 죄를 묻는다면, 일정한 거처 없이 길거리를 방황하거나 인사불성으로 대취하여 길거리의 질서를 아주 약간 어지럽힌(?) 정도나 될까요. 하지만 이 정도는 경범죄에 해당하는 것으로, 부랑인 수용소에서 인권을 무참히 유린당한 채 어떠한 법률적 판단 없이 수용소 관리자들 마음대로 그들을 가두어둘 수는 없는 것입니다.

당신은 수용소의 바로 이러한 구조악(構造惡) 혹은 행태악(行態惡)에 대한 예리한 문제의식을 보이고 있습니다. 당신에게 소설 속 부랑인 수용소는 한국 사회를 비판적으로 성찰하고자 하는 문제적 공간으로 인식되고 있다는 생각이 듭니다. 부랑인 수용소를 통해 한국 사회의 해묵은 구조악과 행태악을 묘파하고, 그것을 나름대로 부정하고자 하는 주제의식을 뚜렷이 읽을 수 있습니다. 무엇보다 부랑인 수용소는 정부로부터 합법적인 사회 보호시설로 인정받고 있으나, 합법의 모양새를 띤 채 가장 비합법적으로 운영되는 사회 부조리의 온상이라는 점은 이 공간의 부정성과 타락성을 가감 없이 보여주고 있네요. 즉, 부랑인 수용소는 어떻게 해서든지 수용 인원을 최대한 확보함으로써 정부로부터 재정적 지원을 많이 받아 수용소의 이윤을 높이는 게 궁극의 목적이라는 사실을 소설에서 확인할 수 있습니다. 겉으로 볼 때 '선진적인 거리질서 정화'를 위해 수용소가 존재한다고 하지만, 엄밀히 말해 수용소는 수용소 측의 경제적 이윤을 극대화하기 위해 존재하는, 타락한 상거래 행위가 버젓이 이루어지는 이윤 추구의 장소에 불과할 뿐입니다. 그런데 문제는 경제적 이윤을 극대화하는 상거래 행위가 타자의 인권을 짓밟는 폭력을 통해 이루어지고 있다는 점이거든요. 수용소 측에서는 아예 인권 개념을 찾아볼 수 없는 것이죠.

이처럼 소설 속 부랑인 수용소는 합법을 가장한 비합법적인 폐쇄적 공간이면서, '선진적인 거리질서 정화'를 위한다는 근대적 공간이 인권을 유린하는 반근대적 공간의 모습을 보여줍니다. 당신은 이 공간을 통해 한국 사회의 곳곳에 똬리를 틀고 있는 부정과 타락의 실상을 비판적으로 성찰하고자 합니다.

그런데 저는 이러한 의미를 읽어내면서 아쉬운 점이 있었습니다. 분명, 소설 속 부랑인 수용소는 작가의 의도를 잘 드러내고 있는 공간으로 적합하되, 이 공간에 대한 해석학적 상상력이 웅숭깊지 못하다는 생각을 쉽게 떨쳐내기 어렵습니다. 부랑인 수용소를 소설의 문제적 공간으로 설정한 것 자체는 매우 흥미롭습니다. 부랑인 수용소라는 공간에 대한 당신의 문제의식은 한국 사회를 예각적으로 투시해내고 있지만, 그 투시의 범위가 너무 광범한 나머지 자칫 하나마나한 얘기로 전락할 수도 있습니다. 따라서 장편소설에서 시종일관 하나의 공간이 지배적일 경우, 그 공간에 대한 해석학적 상상력이 풍부히 뒷받침되어야 한다는 과제가 제기됩니다. 아쉽게도 소설 속 부랑인 수용소는 닫혀 있는 극도의 폐쇄적 공간에 압도된 나머지 수용소에 대한 작가의 다양한 인문사회학적 분석과 통찰이 결여되어 있거든요. 가령, 기왕 수용소에 대한 부정적 속성을 경제적 이윤 추구에만 매몰되어 있다는 데 초점을 두었다면, 좀더 수용소의 운영 방식에 대한 세밀한 분석이 가능하지 않았을까요. 또한 수용소 관리자 측의 인권 유린에 대해 거칠게 접근할 게 아니라 온갖 육체적·정신적 폭력 행위의 구체적 양상을 밀도 있게 접근하여, 한국 사회의 폭력의 현상학에 대한 서사적 탐구도 가능하지 않았을까요. 매우 흥미 있는 공간을 설정한 만큼 그 공간에 대한 인문사회학적 분석과 통찰이 좀더 병행되었다면, 훨씬 문제적 공간으로서 그 역할을 충분히 보증해내지 않았을까 하는 욕심이 생깁니다. 사실, 저는 한국 소설을 읽을 때마다 드는 생각이, 우리 작가들이 공간에 대한 해석학적 상상력에서 밀도감을 결여하고 있을 뿐만 아니라 다채롭지 못하다는 생각이 들곤 하거든요. 이렇게 공간에 대해 당신과 얘기하는 이유는, 제 비평적 바람입니다만, 첫 소설에서 '부랑인 수용소'라는 이색적 공간을 설정했듯이, 이후 혹시 또 다른 이색적 공간을 주목할 경우 공간에 대한 서사적 탐구에 매진하기를 기대해서입니다.

2. 역사 속에 살아 있는 시체들

그런데 공간에 대한 서사적 탐구는 인물을 탐구하는 것과 별개의 문제가 아닙니다. 소설의 공간이 독자적 생명을 갖는 것은 그 공간에 자리한 인물의 존재 때문이거든요. 『전화번호부』도 이 점에 대해서는 예외가 아닙니다. 부랑인 수용소에 반강제적으로 끌려와 수용당한 부랑자들의 면모를 부각시키기 위해 당신이 애쓴 흔적을 잘 알 수 있습니다. "대빵은 오늘도 꼭 두새벽부터 독서에 열중했다."(7쪽)라는 첫 문장에서 짐작할 수 있듯, 이 소설에서는 대빵을 중심으로 여러 명의 부랑자들을 등장시키고 있습니다. 당신은 부랑자들의 특성에 맞게 별칭으로 그들을 호명하고 있더군요. 대빵, 중국 돼지, 개백정, 아프리카 메기, 필리핀 염소, 베트남 방랑자, 방아깨비, 로마의 쥐새끼 등이 이 소설에 등장하는 부랑자들입니다. 이 중 대빵은 별칭 그대로 부랑자들 중 최고의 권력을 장악하고 있죠. 수용소에 갇혀 있는 부랑자들은 모두 대빵의 일거수일투족으로부터 자유롭지 못한 채 그의 전횡적 권력에 복종할 뿐, 그의 존재와 권위에 조금이라도 도전하는 일은 있을 수 없습니다. 아차, 예외적인 인물이 하나 있죠. 다운증후군을 앓고 있는 방아깨비는 유일하게 대빵의 절대권력 바깥에 존재하는 인물입니다. 이 인물에 대해 당신은 다음과 같이 진술하고 있습니다.

> 하지만 이 비좁은 방 안의 그런 살벌한 분위기를 비웃고 조롱이라도 하듯 시도 때도 없이 노골적으로 히죽히죽 웃어대고 있는 무척 강직한 인물이 있었다. 우리가 무척 겸손하고 복종적인 자세로 바짝 웅크리고 앉아 있는 동안에도 그 인물만은 항상 두 다리를 편안하게 쭉 뻗고 있으면서 이 비좁은 방 안의 엄격한 질서와 규율을 깡그리 무시했다. 그리고 세상이 같잖다는 듯이 쉴 새 없이 히죽히죽 웃으면서 그 누군가를 혹은 그 무언가를 끊임없이 비웃고 조롱하고 있었다. 정말 대단한 인물이 아닐 수 없었다.

그 대단한 인물은 방아깨비였다.

  (중략) 어쩌면 방아깨비는 이 비좁은 방 안의 최고 권력자인 대빵을 향해서 노골적으로 비웃음과 조롱을 퍼부을 수 있는 유일한 인물인지도 몰랐다. 또한 이곳 수용소에 대해서 그리고 이곳 수용소 너머 자유가 난무하는 저 아득한 사회에 대해서 쉴 새 없이 비웃고 조롱을 퍼부을 수 있는 유일한 인물인지도 몰랐다. (12~13쪽)

"마치 사탕을 손에 쥔 네댓 살짜리 어린아이처럼 시도 때도 없이 변덕을 부"(14쪽)리는 절대권력자 대빵을 비웃고 조롱할 수 있는 방아깨비는 수용소에 갇혀 있는 부랑자들 중 어쩌면 유일한 자유인일지 모를 일입니다. 제가 부랑자들 중 방아깨비에 주목하는 이유는 방아깨비를 통해 수용소에 갇혀 있는 인물들을 다각적으로 탐색할 수 있지 않을까 하는 생각이 들어서입니다. 하지만 소설 속에서 방아깨비의 역할은 미미하게 그려집니다. 물론 방아깨비는 다운증후군을 앓고 있는 환자이기 때문에 수용소와 부랑자들을 제대로 관찰할 수 있는 인물로 부적격할 수도 있습니다. 하지만 당신의 위 진술에서 읽을 수 있듯이 이 소설에서 문제적 인물이 대빵이기 때문에 대빵과 거리를 두면서 그를 객관화된 시선으로 볼 수 있는 인물은 바로 방아깨비일 것입니다. 방아깨비는 동료 부랑자들로부터 소외되어 있으며, 심지어 대빵의 관심사 밖으로 추방당하고 있기에, 어떻게 보면, 대빵을 포함하여 부랑자들 전체를 객관화된 시선으로 보여줄 수 있는 인물입니다. 이렇게 방아깨비의 무심하면서도 객관화된 시선을 통해 부랑자들의 내외면 풍경이 다각도로 부각될 수 있으리라는 생각도 들었습니다. 뿐만 아니라 방아깨비의 '노골적인 비웃음과 조롱'이 대빵뿐만 아니라 대빵의 절대권력을 승계하려는 부랑자들 사이의 음험한 욕망을 신랄하게 풍자할 수도 있지 않을까 하는 생각도 들었습니다. 방아깨비의 시선에 비친 그들은 모두 도토리 키 재기 같은 그렇고 그런 존재들에 불과하거든요. 대빵을 포함하여 대빵의 권력을 승계하려는 부랑자들이 제아무리 서로가 잘났다고 뽐낸다 한들, 수용소 관리자 측이 소유한 그들보다 우월한 권력에 그들의 권력은 속박되기 마련이니까요. 또한 모르긴 모르되, 이러한 권력의 메커니즘은 또 다른 우월한 권력에 예속될 수밖에 없는데, 방아깨비의 비웃음과 조롱이야말로 권력의 재생산에 따른 권력의 무상함을 겨냥하는 것으로 해석할 수는 없을까요.

하지만 당신은 방아깨비의 이러한 면을 형상화하는 데에는 적극적이지 않았던 듯합니다. 오히려 저뿐만 아니라 다수 독자들에게 부각된 것은 수용소에 갇힌 부랑자들의 존재에 대한 작가의 인식이었습니다. 가령, 대빵의 서열에 이어 제2인자 자리에 순식간에 오른 중국 돼지는 자신들을 '살아 있는 시체'라고 틈날 때마다 강조하는가 하면, 중국 돼지에게 제2인자 자리를 빼앗긴 개백정이 자신들을 '사육되고 있는 개새끼'라며 핏대를 높이는데요. 모두 부랑자들을 "인간 버러지, 인간 기생충"(37

쪽) 혹은 "무서운 병원균"(57쪽)으로 취급을 하는 데 대한 인식을 앞세우고 있습니다.

　이렇게 부랑자들에 대한 사회적 통념을 작품 곳곳에 등장인물의 입을 빌려 진술하고 있는 것은 작가의 어떤 의도가 있기 때문입니다. 그것은 부랑자들이 '선진적인 거리질서 정화'에 암적 존재로서 사회로부터 소외되어야 할 비정상적 존재들인데, 여기서 간과할 수 없는 것은, 왜, 그들이 사회로부터 격리되어야 할 존재들인가 하는 점입니다. 바로 이 점에 대해 당신은 온 신경을 곤두세우지 않았을까요. 이 점과 관련하여 제가 주목한 부랑자들은 아프리카 메기와 베트남 방랑자였습니다. 아프리카 메기는 1980년 신군부정권에 의해 광주의 민중항쟁을 잔혹하게 진압한 공수부대 출신으로서 수용소에 갇힌 이후 자유를 달라고 요구하지만, 수용소 측에 진압당하게 됩니다. 자신이 광주의 민주화 요구를 진압한 것처럼 이번에는 자유를 요구하는 자신을 진압하는 수용소 측과 대면합니다. 비록 아프리카 메기는 개인에 불과하지만, 이렇게 한 개인사를 통해 한국 현대사의 비정상성은 고스란히 드러나고 있습니다. 그런가 하면 베트남전쟁에 참전하여 무고한 베트남 양민을 죽인 네 대한 심한 죄책감을 갖고 폐인이 되다시피하여 떠돌고 있는 베트남 방랑자는 전쟁에서 수류탄이 터지는 환청으로부터 자유롭지 못한데, 대빵은 오히려 수용소가 그를 방황하게 하지 않고 안식처를 제공해줄 수 있다고 동정합니다. 이 얼마나 아이러니

컬한 동정입니까. 우리는 이미 수용소가 어떠한 곳인지 너무나 잘 알고 있지 않습니까. 수용소는 암울하고 닫힌 극도의 폐쇄적 공간으로서 반인권적 공간이라는 것은 새삼 강조할 필요도 없는 사실이 아닙니까. 그런데 이런 지옥과 같은 수용소에서 있는 게 차라리 낫다는 대빵의 말을 통해 우리는 베트남전쟁의 상흔이 얼마나 충격적이고 파괴적이며, 우리 사회가 그 전쟁의 상흔을 치유하는 데 얼마나 방관자적 자세를 취하고 있는지를 짐작할 수 있습니다. 즉 당신은 베트남 방랑자처럼 역사의 광기를 체험한 개인이, 사회로부터 철저히 소외당한 채 일상의 주변부를 배회하기보다 차라리 지옥과 같은 수용소에 갇힌 채 전쟁의 상흔을 혼자서 감당해낼 수밖에 없는, '이중의 고통'을 부각시키고 있습니다.

말하자면, 아프리카 메기와 베트남 방랑자는 역사의 광기로부터 온전히 놓여날 수 없다는 것을 말해주고 있습니다. 여기서 저는, 두 부랑자들을 통해 이해할 수 있듯이, 부랑자들이 사회로부터 격리된 것은 '인간 버러지', '인간 기생충', '무서운 병원균'이라는 인식을 갖도록 한 사회가 큰 책임을 져야 한다는 작가의 비판적 의도가 개입된 것이라고 생각합니다. 부랑자들의 거의 모든 일상에 간섭을 하는 대빵이 "우리는 역사 속에서 과연 어떤 존재들이라고 생각해?"(91쪽)라는 질문을 던지는데, 이에 대해 중국 돼지가 "우리는 역사 속에서 살아 있는 시체로 존재한다"(91쪽)라고 답변한 데에서 알 수 있듯이, 어떻게 보면 광기의 한국 현대사를 경험한 우리들 모두가 수용소의 부랑자들처럼 '인간 버러지'와 다를 바 없을지도 모르죠. 좀더 말을 고상하게 바꾼다면, 이러한 한국 사회에 살고 있는 우리들은 "늘 피곤한 인간들"(8쪽)입니다. '역사 속에서 살아 있는 시체'로 살아야 하는 "너무 피곤한 인간들"(10쪽) 말이죠.

3. 권력에의 매혹과 소통의 상상력

여기서 이러한 인간들이 집착하고 있는 게 있습니다. 그것은 바로 권력입니다. 권력에의 매혹은 누구에게나 있습니다만, 특히 우리처럼 광기의 역사를 체험하는 가운데 일상마저 이러한 역사의 자장권으로부터 자유롭지 못한 현실을 고려해볼 때 권력을 추구하는 것은 그리 특별한 일상이 아닙니다. 이 소설의 제목인 『전화번호부』는 바로 이러한 권력을 상징한다고 봐도 틀리지 않습니다.

대빵이 꼭두새벽부터 열중하는 독서는 전화번호부인데, 수용자들 그 누구도 감히 전화번호부를 훔쳐볼 수 없습니다. 행여나 전화번호부를 훔쳐보았다는 혐의를 대빵으로부터 받는다면 대빵의 무자비한 폭력이 기다릴 뿐이죠. 즉, 전화번호부는 대빵과 그 위상이 동일하다고 볼 수 있습니다. 그런데 재미있는 것은, 이 전화번호부의 양가성입니다. 전화번호부는 수용자들 사이의 최고 절대권력을 의미하지만, 동시에 가장 비천한 위상도 지니고 있어요. 사실, 바깥 세계와 철저히 단절된 수용소 안에서 전화번호부가 무슨 소용이 있겠습니까. 아무런 효용 가치도 없는 그저 두터운 종이묶음에 불과할 따름이죠. 쓸모가 있다면 그것은 수용자들의 밑씻개로써 용이하게 사용될 겁니다. 정리해보면, 전화번호부는 최고의 절대권력을 표상하는가 하면, 밑씻개로 사용되는 비천한 물건에 지나지 않습니다. 동일한 대상이 서로 정반대의 위상을 지니게 되는 것이죠. 어찌 보면 권력의 속성을 적나라하게 말해주고 있는 것인지 모를 일입니다. 왜냐하면 전화번호부와 동일시되는 대빵은 작품 말미에서 고향에 계시는 어머니와 첫사랑에 대한 낭만적 충동으로 인해 수용소를 탈출해보지만, 멀리 못 가서 수용소 측에 붙잡혀 가혹한 폭력을 당하고 대빵의 권력은 곧 제2인자 중국 돼지에게 넘어가 버리는데요. 언제까지나 철옹성처럼 누릴 수 있을 듯하던 대빵의 권력은 이렇게 허무하게 스러지고 맙니다. 물론 대빵의 권력을 넘겨받은 중국 돼지도 언젠가 대빵처럼 권력을 허무하게 내놓을 테지요.

그런데 제가 전화번호부와 권력 관계에 대한 작가의 형상화에서 문제를 제기하고 싶은 것은 이들이 맺는 관계의 양상입니다. 작품 곳곳에서 반복적으로 얘기되고 있는 것은 전화번호부에 인쇄되어 있는 여성의 전화번호에 대한 집요한 탐닉입니다. 물론, 이 점을 이해 못 하는 바는 아닙니다. 남성들만이 갇혀 있는 폐쇄적 공간에서 성적 욕망의 표출은 가장 자연스런 현상들 중 하나입니다. 저는 이것을 탓하자는 게 결코 아닙니다. 성적 욕망과 권력의 관계가 표피적이다 보니, 작품 곳곳에서 드러나는 이들 관계가 지루하고 상투적인 것으로 읽히는 게 문제입니다. 전화번호부를 소유하고 있는 자가 권력을 쥐고 있기에 성적 욕망 또한 권력을 가진 자만이 소유할 수 있다는 측면만 부각되고 있으며, 전화번호로부터 성적 판타지만을 두드러지게 내세우고 있습니다. 대빵인 경우 성적 욕망과 성적 판타지를 권력자만이 마음껏 소유할 수 있음을 매우 단조롭게 보여주고 있는데, 앞서 언급한 수용소의 전화번호부가 지닌 양가성을 염두에 둔다면, 성적 욕망과 성적 판타지 일변도가 아닌 다른 측면에서도 권력 관계에 대한 서사적 탐구가 가능할 수 있다는 생각이 듭니다. 게다가 기왕 얘기가 나왔으니 말하자면, 전화번호부에 등록된 여러 여성의 전화번호를 통한 소통의 상상력을 좀더 구체화했으면 어떨까 하는 생각도 들었습니다. 당신도 작품 속에서 "전화번호부는 어느새 대빵에게 길이요, 진리요, 생명이 되어 있었다"(193쪽)라고 언급했듯이, 전화번호부가 수용소의 안쪽과 바깥쪽을 이어주는 소통의 역할을 하는, 상상력의 매개체가 되었으면 했습니다. 당신은 이 점을 너무 성급히 생각한 듯합니다. 다소 느닷없는, 충동적인 대빵의 탈출 시도가 이를 입증해 보이는데요. 지금껏 아무런 문제없이 자신의 절대권력을 장악하고 있던 대빵이 어머니와 첫사랑에 대한 그리움의 감정에 복받쳐 탈출을 시도한 것은 서사적 설득력이 미흡하기 때문입니다. 작품의 말미로 가면서 조급히 소설의 결말을 맺어야 하는 강박증에 사로잡혀 있었던 것은 아닌지요. 그래서인지, 대빵이 탈출하여 수용소 측에 붙잡히면서 "만세! 만세! 자유 만세! 자유 만세! 자유 만세……."(213쪽)라는 절규는 진정성이 배어 있는 게 아니라 포즈로서 읽힐 여지가 다분하거든요. 소통의 상상력에 좀더 긴장감이 있었으면 하는 아쉬움이 남습니다.

신인 작가의 첫 작품을 독자에게 친절히 소개하지 못한 듯해 죄송스러울 따름입니다. 다만 이 글의 앞머리에서도 언급했듯이 저의 바람은 신인 작가와 생산적 대화를 나누면서, 독자들과 함께 지속적인 관심을 갖기를 바라는 것입니다. 『전화번호부』를 단숨에 읽어갔다는 것은, 이 소설의 매혹이면서, 경계해야 할 점이기도 합니다. 소설만의 허구성을 갖고 있다는 것은 미덕임에 틀림없습니다. 다만 그 허구성이 풍부한 해석학적 상상력과 인문사회학적 분석 및 통찰이 뒷받침된다면, 한국 소설의 대지를 풍요롭게 해줄 수 있다고 저는 믿습니다.
이제야 당신의 이름을 혀끝으로 굴려봅니다.

작가 한성탁! 그의 다음 소설을 기대하는 것은 우리 모두의 특권이 될 터이다.

봄비. 밤거리. 가로등. 검정우산. 비닐우산. 추억. 초승달.
포플러나무. 뭉게구름. 여객선. 주민등록증. 풍금소리. 동창생.
사글세방. 전깃줄. 첫눈. 이별. 봉제공장. 수양버들. 처녀귀신.
여관방. 낙엽. 술꾼. 나이트클럽. 노래방. 연안부두. 화장터.
성경책. 종달새. 아지랑이. 옥수수. 기찻길. 수용소. 천둥소리.
낙하산. 독립군. 몽둥이. 시외버스. 공동묘지. 검정고무신. 별
똥별. 빗물. 엄마. 몽당연필. 과꽃. 그믐달. 가족사진. 꽁초. 동
냥아치. 비닐하우스. 시냇물. 꽃상여. 플라타너스. 꿈길. 보리
피리. 백수건달. 시체해부. 소쩍새. 섬. 달동네. 티켓다방. 연
애편지. 소나기. 나그네. 탄광촌. 수수밭. 괘종시계. 공사판.
고추잠자리. 창녀. 먹구름. 저승사자. 수류탄. 초상화. 떡국.
방앗간. 느티나무. 가구공장. 흑백텔레비전. 첫사랑. 새벽길.
대합실. 코스모스. 야간열차. 등잔불. 허수아비. 귀향. 뱃고동.
대폿집. 낙엽. 방랑자. 보름달. 수평선. 파돗소리. 보리밭. 외

딴길. 함박눈. 장독대. 함바집. 황톳길. 염색공장. 손거울. 소
달구지. 들길. 할미꽃. 기러기. 가을. 공순이. 역마살. 화랑담
배. 달력. 촛불. 번갯불. 울음소리. 막걸리. 여인숙. 싸락눈. 고
향. 눈물. 그리고, 그리고, 공중전화 부스에서 발견한 전화번
호부…… 전화번호부. 전화번호부. 전화번호부. 전화번호부.
전화번호부. 전화번호부. 전화번호부. 전화번호부. 전화번호
부. 전화번호부. 전화번호부. 전화번호부. 전화번호부. 전화번
호부. 전화번호부. 전화번호부. 전화번호부. 전화번호부. 전화
번호부. 전화번호부. 전화번호부. 전화번호부. 전화번호부. 전
화번호부. 전화번호부. 전화번호부. 전화번호부. 전화번호부.
전화번호부. 전화번호부. 전화번호부. 전화번호부. 전화번호
부. 전화번호부. 전화번호부. 전화번호부. 전화번호부. 전화번
호부. 전화번호부. 전화번호부. 전화번호부. 전화번호부. 전화
번호부의 등장인물들, 그들은 지금쯤 어디에서 무엇을 하며 살
아가고 있을까……

2005년 4월 9일
한성탁